KB093158

마음

클래식 보물창고 40
마음

펴낸날 초판 1쇄 2016년 9월 15일
지은이 나쓰메 소세키 | **옮긴이** 장현주
펴낸이 신형건 | **펴낸곳** (주)푸른책들 | **등록** 제321-2008-00155호
주소 서울특별시 서초구 양재천로7길 16 푸르니빌딩 (우)06754
전화 02-581-0334~5 | **팩스** 02-582-0648
이메일 prooni@prooni.com | **홈페이지** www.prooni.com
카페 cafe.naver.com/prbm | **블로그** blog.naver.com/proonibook

ISBN 978-89-6170-557-8 04830
＊잘못된 책은 구입한 곳에서 바꾸어 드립니다.

이 도서의 국립중앙도서관 출판시도서목록(CIP)은 서지정보유통지원시스템 홈페이지(http://seoji.nl.go.kr)와
국가자료공동목록시스템(http://www.nl.go.kr/kolisnet)에서 이용하실 수 있습니다.
(CIP제어번호: CIP2016018151)

보물창고는 (주)푸른책들의 유아, 어린이, 청소년, 문학 도서 임프린트입니다.

こころ

마음

나쓰메 소세키 | 장현주 옮김

보물창고

차 례

- 상 -

선생님과 나

1

나는 그분을 언제나 선생님이라고 불렀다. 그래서 여기에서도 그냥 선생님이라고 쓰고 본명은 밝히지 않겠다. 이렇게 하는 것은 세상 사람들을 의식해서라기보다는 그러는 편이 내게 자연스럽기 때문이다. 나는 그분을 기억할 때마다 바로 '선생님'이라고 말하고 싶어진다. 펜을 들어도 마찬가지다. 어색하게 이름 따위는 전혀 쓰고 싶은 마음이 들지 않는다.

내가 선생님을 알게 된 것은 가마쿠라(鎌倉)[1]에서였다. 그 시절 나는 아직 젊은 학생이었다. 여름 방학을 이용하여 해수욕을 간 친구에게 꼭 오라는 엽서를 받았기 때문에 나는 약간의 돈을 마련하여 찾아가기로 했다. 돈을 마련하는 데 이삼일이 걸렸다. 그런데 내가 가마쿠라에 도착한 지 사흘도 지나지 않아, 나를 불

---

1) 가나가와 현(神奈川縣) 남동부에 있는 시. 도쿄에 가까운 휴양지로 사적이 많고 가마쿠라 막부가 있던 곳.

러들인 친구는 갑자기 고향으로부터 돌아오라는 전보를 받았다. 전보에는 어머니가 아프다고 쓰여 있었지만 친구는 그것을 믿지 않았다. 친구는 전부터 고향에 있는 부모님에게 내키지 않는 결혼을 강요당하고 있었다. 그는 요즘 시대로 볼 때 결혼하기에는 너무 젊었고, 무엇보다 결혼 상대를 마음에 들어 하지 않았다. 그래서 여름 방학이면 당연히 돌아가야 할 고향으로 가지 않고 일부러 도쿄 근처에서 놀고 있었던 것이다. 그는 나에게 전보를 보여 주며 어떻게 하면 좋을지 물었다. 나는 어떻게 해야 좋을지 몰랐다. 하지만 그의 어머니가 아픈 것이 사실이라면 그는 돌아가는 것이 당연했다. 그래서 그는 결국 떠나게 되었다. 모처럼 찾아간 나는 홀로 남겨졌다.

방학이 아직 상당히 남아 있었기 때문에 가마쿠라에 있어도 상관없었고 돌아가도 상관없었던 나는 당분간 잡아 둔 여관에 머물기로 했다. 친구는 주고쿠 지방[2]에 사는 자산가의 아들로, 경제적으로는 부족함이 없었지만 아직 학생인 데다 나이도 나이여서 생활 수준은 나와 별 차이가 없었다. 그래서 나는 홀로 남겨졌지만 다른 여관을 찾을 필요는 없었다.

여관은 가마쿠라의 외곽에 자리하고 있었다. 당구나 아이스크림 같은 신문물을 즐기기 위해서는 긴 논두렁길을 하나 넘어가야만 했다. 인력거로 가도 20전은 들었다. 그런데도 개인 별장이 여기저기에 들어서 있었다. 왜냐하면 바다와 몹시 가까워 해수욕을 즐기기에는 매우 편리한 위치에 있었기 때문이다.

---

2) 일본의 야마구치, 돗토리, 시마네, 히로시마, 오카야마, 이 다섯 개 현이 있는 지방.

나는 매일 수영을 하러 나갔다. 오래되어 때에 찌든 초가집 사이를 지나 해변으로 내려가면, 이 근처에 이렇게 도시 사람들이 많나 싶을 만큼 피서 온 남녀로 가득했다. 어느 때는 바닷속이 공중목욕탕처럼 검은 머리들로 북적북적거리기도 했다. 그 가운데 아는 사람이라고는 단 한 명도 없는 나도 흥성거리는 분위기 속에 파묻혀, 모래사장에 배를 깔고 엎드려 있거나 무릎을 치는 파도를 느끼며 여기저기 뛰어다니는 것이 참으로 유쾌했다.

나는 선생님을 그런 혼잡 속에서 발견했다. 당시 해변에는 간이 찻집이 두 군데 있었다. 나는 그중 한 곳을 자주 드나들었다. 하세(長谷)[3]에 커다란 별장을 가지고 있는 사람들과는 달리, 전용 탈의실이 없는 그 근처의 피서객에게는 반드시 그런 공동 탈의실 같은 곳이 필요했다. 그들은 거기서 차를 마시고 휴식을 취하는 것 외에 수영복 세탁을 부탁하거나 짠물이 묻은 몸을 씻거나 모자나 우산을 맡기기도 했다. 나는 수영복은 없었지만 소지품을 도난당할 우려가 있었기 때문에 수영하러 들어갈 때는 반드시 그 찻집에 모든 소지품을 맡겼다.

2

내가 그 간이 찻집에서 선생님을 봤을 때, 선생님은 마침 옷을 벗고 바다로 들어가려는 참이었다. 나는 그때 반대로 젖은 몸에 바람을 맞으며 물에서 나오고 있었다. 선생님과 나 사이에는

---

3) 가마쿠라의 남부. 해안과 가까운 곳으로 '하세 대불(大佛)', '하세 관음' 등으로 알려져 있다.

시야를 가로막는 무수히 많은 검은 머리가 움직이고 있었다. 특별한 사정이 없었다면 나는 선생님을 지나쳤을지도 모른다. 그 정도로 해변은 혼잡했고 정신이 없었음에도 불구하고, 내가 선생님을 바로 발견할 수 있었던 것은 선생님이 한 서양인과 함께 있었기 때문이다.

그 서양인의 지독히도 흰 피부색이 내가 간이 찻집에 들어서자마자 주의를 끌었다. 일본 유카타[4]를 입고 있던 그는 그것을 의자 위에 내팽개친 채 팔짱을 끼고 바다 쪽을 향해 서 있었다. 그는 우리들이 입는 팬티 한 장 외에는 아무것도 입고 있지 않았다. 나는 그것이 가장 이상해 보였다. 나는 이틀 전에 유이가하마(由井が浜)[5]까지 가서 모래 위에 쭈그리고 앉아 오랫동안 서양인들이 바다에 들어가는 모습을 바라보고 있었다. 내가 있던 곳은 좀 높은 언덕 위였고, 그 바로 옆이 호텔 뒷문이었기 때문에 내가 앉아 있는 동안 많은 남자들이 수영을 하러 나왔지만 배나 팔, 허벅지를 드러낸 사람은 없었다. 여자는 말할 것도 없었다. 그들 대부분은 머리에 고무로 된 모자를 썼기 때문에 파도 사이에 적갈색이나 감색, 남색 머리가 둥둥 떠 있었다. 그런 모습을 본 나였기에 달랑 팬티만 한 장 걸치고 사람들 앞에 서 있는 서양인이 몹시 신기해 보였다.

얼마 후 그는 자기 옆을 보고, 거기에 쭈그리고 앉아 있는 일본인에게 뭔가 한두 마디를 건넸다. 그 일본인은 모래 위에 떨어

---

4) 위아래로 걸쳐 입는 두루마기 모양의 긴 무명 홑옷. 옷고름이나 단추가 없고 허리띠로 몸을 두르는데, 목욕 후 또는 여름철에 평상복으로 입는다.
5) 가마쿠라 시의 남부 사가미완(相模湾)에 면하여 약 2킬로미터 정도 펼쳐진 모래 해변.

진 수건을 주우려던 참이었는데, 그것을 줍자마자 즉시 머리에
두르고 바다 쪽으로 걷기 시작했다. 그 사람이 바로 선생님이었
다.

나는 단순한 호기심으로 나란히 바닷가로 내려가는 두 사람
의 뒷모습을 지켜보고 있었다. 그들은 곧장 파도 속으로 발을 내
디뎠다. 얕은 물가에서 와자지껄 떠들어 대고 있는 많은 사람들
사이를 빠져나가 비교적 널찍한 곳에 이르자 두 사람은 헤엄치
기 시작했다. 그들은 머리가 작게 보일 때까지 먼 바다 쪽을 향
해 갔다가 방향을 틀어 다시 일직선으로 헤엄쳐 해변으로 돌아
왔다. 간이 찻집으로 돌아온 두 사람은 우물물로 씻지도 않고 바
로 몸의 물기를 닦더니 옷을 걸치고 재빨리 어딘가로 가 버렸다.

그들이 나간 후 나는 의자에 걸터앉아 담배를 피우며 멍하니
선생님을 생각했다. 왠지 어디선가 본 적이 있는 얼굴 같았다.
그러나 아무리 해도 언제 어디서 만난 사람인지 생각나지 않았
다.

당시 나는 태평하다 못해 심심해서 죽을 지경이었다. 그래서
나는 선생님과 만났던 시간에 맞춰 다음 날에도 일부러 간이 찻
집까지 가 보았다. 그랬더니 서양인은 오지 않고 선생님 혼자 밀
짚모자를 쓰고 나타났다. 선생님은 안경을 벗어 탁자 위에 놓고
즉시 수건을 머리에 두르더니 성큼성큼 바닷가로 내려갔다. 선
생님이 어제처럼 와자지껄한 사람들 사이를 빠져나가 혼자서 헤
엄치기 시작했을 때, 나는 갑자기 그 뒤를 쫓아가고 싶어졌다.
나는 얕은 물을 머리까지 튀기면서 걸어가다 상당히 깊은 곳에
이른 후부터는 선생님을 목표로 삼아 헤엄쳐 나아갔다. 그랬더

니 선생님은 어제와 다르게 일종의 호선(弧線)을 그리며 묘한 방향에서 해변을 향해 헤엄치기 시작했다. 그래서 나는 결국 목적을 달성하지 못했다. 내가 육지로 올라와 물방울이 떨어지는 손을 털면서 간이 찻집으로 들어서자 선생님은 벌써 옷을 갈아입은 뒤 밖으로 나가고 있었다.

3

나는 다음 날도 같은 시각에 해변으로 나가 선생님의 얼굴을 보았다. 그다음 날도 같은 일을 반복했다. 그러나 말을 걸 기회도, 인사를 나눌 기회도 없었다. 게다가 선생님의 태도는 비사교적인 편이었다. 일정한 시각에 초연히 왔다가 또 초연히 돌아갔다. 주위가 아무리 떠들썩해도 거기에는 거의 주의를 기울이지 않았다. 처음 함께 왔던 서양인은 그 후 전혀 모습이 보이지 않았다. 선생님은 언제나 혼자였다.

어느 날, 선생님이 언제나처럼 재빨리 물에서 나와 늘 같은 장소에 벗어 두었던 유카타를 입으려는데 웬일인지 유카타에 모래가 잔뜩 묻어 있었다. 선생님은 그것을 떨어내기 위해 뒤돌아서서 유카타를 두세 번 털었다. 그때 옷 아래 놓여 있던 안경이 탁자 틈으로 떨어졌다. 선생님은 시로가스리6)로 만든 유카타 위에 오비7)를 매고서야 안경이 없어진 것을 알았는지 갑자기 여기저기 찾기 시작했다. 나는 얼른 의자 아래로 머리를 쑤셔 박고는

---

6) 흰 바탕에 검은색이나 감색이 살짝 스친 듯한 무늬. 또는 그런 무늬의 면직물. 여름옷을 만드는 데 사용한다.

7) 일본 옷에서 남자 혹은 아이의 허리에 두르는 띠.

손을 뻗어 안경을 주웠다. 선생님은 고맙다고 하며 안경을 건네받았다.

다음 날, 나는 선생님의 뒤를 따라 바다로 뛰어들었다. 그러고는 선생님과 같은 방향으로 헤엄쳐 갔다. 약 200미터 정도 먼 바다로 나가자 선생님은 뒤를 돌아보더니 나에게 말을 걸었다. 넓고 푸른 바다에 떠 있는 사람은 그 근방에서 우리 둘밖에 없었다. 강렬한 태양빛이 눈에 보이는 물과 산을 비추고 있었다. 나는 자유와 환희로 가득 찬 근육을 움직여 바닷속에서 미친 듯 춤을 추었다. 선생님은 갑자기 손과 발의 움직임을 멈추고 하늘을 향한 채 물결 위에 누웠다. 나도 그대로 따라했다. 번쩍번쩍 눈을 쏘는 듯한 통렬한 빛이 내 얼굴로 쏟아졌다. "유쾌하군요." 하고 나는 큰 소리로 말했다.

잠시 후, 물에서 일어나듯이 자세를 바꾼 선생님은 "이제 돌아가지 않겠어요?"라며 나를 재촉했다. 비교적 강한 체질인 나는 바닷속에서 더 놀고 싶었지만 선생님의 권유에 즉시 "네, 그래요." 하고 기분 좋게 대답했다. 그렇게 해서 우리 둘은 헤엄쳐 왔던 길을 따라 해변으로 되돌아갔다.

나는 그때부터 선생님과 친해졌다. 그러나 선생님이 어디에 묵고 있는지는 아직 몰랐다.

그로부터 이틀이 지나고, 사흘째 되는 오후였다고 생각된다. 선생님과 간이 찻집에서 만났을 때, 선생님은 갑자기 나를 향해 "자네는 여기에 오래 머물 생각인가?" 하고 물었다. 아무 계획이 없던 나는 대답할 말을 찾지 못했다. 그래서 "글쎄요, 잘 모르겠는데요."라고 대답했다. 그러나 싱글싱글 웃고 있는 선생님의 얼굴을 본 순간 나는 갑자기 겸연쩍어졌다. 그래서 "선생님은요?" 하고 되묻지 않을 수 없었다. 그때 나는 처음으로 선생님이라는 호칭을 썼다.

나는 그날 밤 선생님이 묵고 있는 여관을 방문했다. 여관이라고는 하지만 보통의 여관이 아니라 넓은 절의 경내에 있는 별장 같은 건물이었다. 거기에 살고 있는 사람들이 선생님의 가족이 아니라는 것도 알았다. 내가 선생님, 선생님, 하고 부르자 선생님은 쓴웃음을 지었다. 나는 그 칭호가 연장자를 부를 때의 입버릇이라며 변명을 했다. 나는 얼마 전에 보았던 서양인에 대해 물어보았다. 선생님은 그의 색다른 모습을 비롯하여 지금은 가마쿠라에 없다는 이야기 등, 여러 이야기 끝에 일본인과도 그다지 친하게 지내지 않는데 그런 외국인과 친해진 것이 신기하고 했다. 나는 마지막으로 선생님께, 어디서 선생님을 본 것 같은데 아무리 해도 생각이 나지 않는다고 말했다. 젊었던 나는 그 당시 은근히 상대방도 나와 같은 느낌을 가지고 있기를 바랐다. 그래서 속으로 선생님의 대답을 기대하고 있었다. 그러나 선생님은 잠시 생각한 후에 "글쎄, 자네 얼굴은 본 기억이 없네. 착각한 것 아닌가?"라고 대답했기 때문에 나는 일종의 묘한 실망감을 느꼈다.

4

나는 월말에 도쿄로 돌아왔다. 선생님이 피서지를 떠난 것은 그보다 훨씬 전이었다. 나는 선생님과 헤어질 때 "앞으로 가끔씩 댁에 놀러 가도 될까요?" 하고 물었다. 선생님은 간단히 "좋네, 놀러 오게."라고 말했을 뿐이었다. 그 당시 나는 선생님과 상당히 친해졌다고 생각했기 때문에 선생님으로부터 좀 더 자상한 대답을 기대하고 있었다. 그래서 뭔가 아쉬운 듯한 그 대답에 나는 조금 마음이 상했다.

나는 그런 일로 자주 선생님께 실망했다. 선생님은 그것을 알고 있는 듯도 했고 전혀 모르는 듯도 했다. 나는 작은 실망을 되풀이했지만 그렇다고 해서 선생님을 떠날 생각은 없었다. 오히려 그와 반대로 불안이 엄습해 올 때마다 더욱 전진하고 싶어졌다. 조금 더 앞으로 나아가면 내가 기대한 것이 언젠가 눈앞에 나타날 것이라고 생각했다. 나는 젊었다. 그러나 모든 인간에 대해서 젊은 피가 이렇게 순수하게 끓어오를 것이라고는 생각하지 않았다. 나는 어째서 선생님에 대해서만 이런 마음이 드는지 알지 못했다. 그것을 선생님이 세상을 떠난 지금에 와서야 비로소 알게 되었다. 선생님은 처음부터 나를 싫어한 것이 아니었다. 선생님이 때때로 나에게 보였던 무뚝뚝한 인사나 냉담해 보이는 태도는 나를 멀리하려는 불쾌한 표현이 아니었던 것이다. 가엾은 선생님은 자신에게 다가오려는 사람에게, 자신은 가까이할 만한 가치가 없는 사람이니 그만두라고 경고한 것이었다. 다른 사람의 정에 응하지 않는 선생님은 다른 사람을 경멸하기 전에 자신을 먼저 경멸한 것으로 보인다.

물론 나는 선생님을 찾아갈 생각이었다. 도쿄로 돌아오고 나서도 수업을 시작하려면 아직 2주 정도 남아 있었기 때문에 그 사이에 한 번 다녀와야겠다고 생각했다. 그러나 돌아와서 이삼일 정도 지나자 가마쿠라에서의 느낌이 점점 옅어졌다. 그리고 그 위에 덧입혀진 대도시의 분위기가 기억의 부활을 동반한 강한 자극과 함께 내 마음을 진하게 물들였다. 나는 거리에서 학생들의 얼굴을 볼 때마다 새 학년에 대한 희망과 긴장을 느꼈다. 나는 잠시 선생님을 잊었다.

수업이 시작되고 한 달 정도가 지나자 내 마음은 또 다시 느슨해졌다. 나는 뭔가 부족하다는 듯한 얼굴로 거리를 걷기 시작했다. 뭔가를 간절히 찾는 사람처럼 방 안을 둘러보았다. 내 머릿속에 다시 선생님의 얼굴이 떠올랐다. 나는 또 선생님을 만나고 싶어졌다.

처음 선생님 댁을 방문했을 때 선생님은 집에 없었다. 다시 방문한 것은 그다음 일요일로 기억한다. 화창하게 갠 하늘이 온몸에 스며드는 것처럼 느껴지는 기분 좋은 날씨였다. 그날도 선생님은 집에 없었다. 가마쿠라에 있을 때, 나는 선생님으로부터 거의 언제나 집에 있다는 말을 들었다. 오히려 외출을 싫어한다는 말도 했었다. 두 번 방문하여 두 번 다 만나지 못한 나는 그 말이 떠오르자 이유도 없이 불만스러운 마음이 들었다. 나는 바로 현관을 떠나지 못하고 하녀의 얼굴을 보며 잠시 머뭇거리고 있었다. 처음 방문했을 때 명함을 받아 주인에게 전한 기억이 있는 하녀는 나를 기다리게 한 뒤 다시 안으로 들어갔다. 이윽고 부인인 듯싶은 사람이 대신 나왔다. 아름다운 부인이었다.

부인은 나에게 선생님이 있는 곳을 자세히 가르쳐 주었다. 선생님은 매달 그날이 되면 조시가야(雑司ヶ谷) 묘지[8]의 어느 묘에

---

8) 도쿄에 있는 유명한 공동묘지의 하나.

헌화하러 가는 습관이 있다고 했다.

"지금 막 나갔어요. 나간 지 10분 정도 된 것 같아요."

부인은 딱하다는 듯이 말했다. 나는 머리를 살짝 숙여 인사를 하고 밖으로 나왔다. 번화가 쪽으로 약 100미터 정도 걸으니 나도 산책 겸 조시가야에 가 보고 싶은 마음이 들었다. 선생님을 과연 만날 수 있을까, 하는 호기심도 들었다. 그래서 즉시 조시가야 쪽으로 발길을 돌렸다.

5

나는 묘지 근처에 있는 묘목밭 왼쪽으로 들어가서 양쪽에 단풍나무를 심은 넓은 길을 따라 안쪽으로 걸어갔다. 그러자 그 끝에 보이는 찻집 안에서 선생님으로 보이는 사람이 불쑥 튀어나왔다. 나는 그 사람의 안경테가 햇빛에 반사되는 것이 보일 만큼 가까이 다가갔다. 그리고 불쑥 "선생님." 하고 큰 소리로 불렀다. 선생님은 갑자기 딱 멈추어 서더니 내 얼굴을 보았다.

"어떻게…… 어떻게……."

선생님은 같은 말을 두 번 반복했다. 그 말은 고요한 대낮에 묘한 어조로 울렸다. 나는 순간 대답할 말을 잃었다.

"내 뒤를 따라 왔나? 어째서……."

선생님의 태도는 오히려 침착했다. 목소리는 가라앉아 있었다. 그러나 그 표정에는 뭐라고 할 수 없는 일종의 어두움이 자리하고 있었다.

나는 내가 어떻게 거기에 있게 되었는지를 선생님께 설명했다.

"누구의 묘에 갔는지 아내가 얘기하던가?"

"아니요. 그것에 대해서는 아무 말씀 안 하셨어요."

"그런가. 그래, 그런 걸 말할 리가 없지. 처음 만난 자네에게 말할 필요 없었겠지."

선생님은 겨우 납득한 듯했다. 그러나 나는 그 의미를 전혀 알 수 없었다.

선생님과 나는 길로 나서기 위해 묘지 사이를 빠져나왔다. 이 사벨라 누구누구의 묘라든가, 하느님의 종 로긴의 묘라고 된 묘들 옆에 일체중생실유불생(一切衆生悉有佛生)[9]이라고 적힌 토바(塔婆)[10] 따위도 세워져 있었다. 전권공사(全權公使) 누구누구의 묘도 있었다. 나는 安得烈(안득렬)[11]이라고 새겨진 작은 묘 앞에서 "이것은 뭐라고 읽나요?" 하고 선생님께 물었다. 선생님은 "안드레라고 읽으면 될 것 같은데."라고 대답한 후 쓴웃음을 지었다.

이런 묘표가 나타내는 저마다의 양식에서 나는 골계와 아이러니를 느꼈지만 선생님은 그렇지 않는 듯했다. 선생님은 둥근 묘석이라든지 화강암으로 만든 가늘고 긴 비석 등을 가리키며 계속 이러니저러니 떠들어 대는 내 말을 처음에는 잠자코 듣고 있다가 이윽고 "자네는 죽음이라는 것에 대해 아직 진지하게 생각해 본 적이 없는 것 같군."이라고 말했다. 나는 입을 다물었

---

9) 일체중생은 우주 안에 있는 모든 생명을, 실유불생에서 불생(佛生)은 불성(佛性)이 맞는 말로 부처가 될 수 있는 성질을 의미하므로, 생명이 있는 모든 것들은 다 부처가 될 수 있다는 불교의 근본정신을 뜻한다.

10) 주선 공양을 위해 무덤 뒤에 세워 위를 탑 모양으로 꾸민 좁고 긴 판자.

11) 영어로는 앤드류(Andrew)이다.

다. 선생님도 더 이상 아무 말 하지 않았다.

묘지의 경계 부분에 하늘을 뒤덮을 정도로 커다란 은행나무가 한 그루 서 있었다. 그 아래에 왔을 때 선생님은 높은 나무 끝을 올려다보며 "조금 더 시간이 지나면 아름다울 걸세. 이 나무가 노랗게 물들면 이 근처는 황금색 낙엽으로 뒤덮일 테니." 라고 말했다. 선생님은 한 달에 한 번 그 나무 아래를 반드시 지나는 것이다.

저쪽에서 울퉁불퉁한 지면을 고르며 새로운 묘지를 만들고 있던 남자가 괭이질을 멈추고 우리를 보고 있었다. 우리는 거기에서 왼쪽으로 돌아 곧 도로로 나왔다.

특별한 목적지가 없었던 나는 그저 선생님을 따라 걸었다. 선생님은 평소보다 말수가 적었다. 그런데도 나는 그다지 거북함을 느끼지 않았기 때문에 천천히 함께 걸었다.

"바로 댁으로 가시나요?"

"뭐 특별히 들를 곳도 없으니."

우리 둘은 다시 말없이 남쪽 언덕을 내려갔다.

"그곳에 선생님 가문의 묘가 있나요?"

나는 다시 입을 열었다.

"아닐세."

"누구의 묘가 있나요? 친척 분의 묘인가요?"

"아닐세."

선생님은 이 말 외에는 아무 대답도 하지 않았다. 나도 그 이야기는 그것으로 일단락 지었다. 그런데 약 100미터쯤 걷다가 선생님이 갑자기 입을 열었다.

"거기에는 내 친구의 묘가 있다네."

"친구 분의 묘를 매월 찾아가시는 건가요?"

"그렇다네."

선생님은 그날 이 말을 끝으로 더는 말하지 않았다.

6

그 이후 나는 때때로 선생님을 방문하게 되었다. 갈 때마다 선생님은 집에 있었다. 선생님을 만나는 횟수가 거듭될수록, 나는 더욱 자주 선생님 집을 드나들었다.

그러나 나에 대한 선생님의 태도는 처음 인사를 나눴을 때나 친해진 후에도 그다지 달라지지 않았다. 선생님은 언제나 조용했다. 어떤 때는 너무 조용해서 외로울 지경이었다. 나는 처음부터 선생님께는 다가가기 어려운 묘한 분위기가 있다고 생각했다. 그럼에도 다가가지 않고는 배길 수 없게 만드는 뭔가가 강하게 작용하고 있었다. 선생님에 대해 이렇게 느낀 사람은 많은 사람 중에 나 혼자뿐인지도 몰랐다. 그러나 그런 직감이 나중에 나에게만큼은 사실로 입증됐기 때문에 나를 어리다고 해도, 바보스럽다고 비웃어도, 그것을 예측한 나 자신의 직감을 어쨌거나 믿음직스럽게 여겼다. 인간을 사랑할 수 있는 사람, 사랑하지 않고는 못 배기는 사람, 그럼에도 자신의 품에 들어오려는 사람을 손을 벌려 끌어안을 수 없는 사람—그런 사람이 선생님이었다.

지금까지 말한 대로 선생님은 시종일관 조용했다. 침착했다. 그러나 때로는 묘한 어둠이 그 얼굴을 스쳐 갈 때가 있었다. 창에 검은 새의 그림자가 비치는 것처럼. 비치는 듯하더니 바로 사라지기는 했지만. 내가 처음으로 그 어둠을 선생님의 얼굴에서 본 것은 조시가야의 묘지에서 불쑥 선생님을 불렀을 때였다. 나는 그 묘한 순간에 지금까지 기분 좋게 심장으로 흘러들어 가고 있던 피가 잠시 느려지는 듯했다. 그러나 그것은 단순히 일시적인 결체(結滯)[12]에 지나지 않았다. 나의 마음은 5분도 지나지 않아 평소의 탄력을 회복했다. 그 후, 나는 그 어두운 그림자를 잊어버렸다. 뜻밖에 그것을 다시 떠올린 것은 소춘(小春)[13]이 지난 지 얼마 되지 않은 밤이었다.

선생님과 이야기를 나누던 나는 갑자기 선생님이 일부러 말해 주었던 커다란 은행나무를 눈앞에 떠올렸다. 계산해 보니 선생님이 매월 성묘 가는 날이 그날로부터 사흘 후였다. 그날은 수업이 오전에 끝나는 홀가분한 날이었다. 나는 선생님께 이렇게 말했다.

"선생님, 조시가야의 은행잎은 벌써 떨어졌을까요?"

"아직은 다 떨어지지 않았을 걸세."

선생님은 그렇게 대답하면서 내 얼굴을 지켜보았다. 그러고는 한동안 눈을 떼지 않았다. 나는 말을 이었다.

"이번에 성묘 가실 때 저도 함께 가도 될까요? 선생님과 함께 그 근처를 산책하고 싶어요."

"나는 성묘하러 가는 거지 산책하러 가는 것이 아니네."

"그렇지만 가신 김에 산책을 하는 것도 좋지 않겠어요?"

---

12) 심장 장애에 의한 맥박의 난조.
13) 음력 10월.

선생님은 아무 대답도 하지 않았다. 한참 후 "나는 정말로 성묘하러 가는 것뿐이라네."라며 어디까지나 성묘와 산책을 별개로 생각하는 듯했다. 나와 같이 가고 싶지 않은 구실인지 뭔지는 모르겠으나, 나는 그 당시 선생님이 아이처럼 몹시 유치하고 이상하다는 생각이 들었다. 나는 물러서고 싶지 않았다.

"그럼 성묘라도 좋으니 함께 가게 해 주세요. 저도 성묘를 하겠어요."

실제로 나에게는 성묘와 산책의 구별이 거의 무의미하게 여겨졌다. 그때 선생님의 얼굴이 조금 어두워졌다. 눈에서도 이상한 광채가 났다. 그것은 폐라거나, 혐오라거나, 두려움이라고도 할 수 없는, 어렴풋한 불안 같은 것이었다. 나는 순간 조시가야에서 "선생님."이라고 불렀을 때의 기억이 선명하게 떠올랐다. 그때의 표정과 지금의 표정은 완전히 같은 것이었다.

"나는" 하고 선생님이 입을 열었다. "나는 자네에게 말할 수 없는 어떤 이유로 누군가와 함께 그곳에 성묘하러 가고 싶지 않네. 내 아내조차도 아직 데려가 본 적이 없네."

7

나는 이상하게 생각했다. 하지만 나는 선생님을 연구하기 위해 그 집에 드나든 것이 아니었다. 나는 다만 그대로 수긍하고 넘어갔다. 지금 생각하면 그때 내 태도는 존경할 만했다. 그 덕분에 선생님과 인간적인 따뜻한 교제를 할 수 있었다고 생각한다. 만약 내 호기심이 조금이라도 선생님의 마음 깊은 곳을 집요하게 파고들려고 했다면 두 사람을 연결하는 동감의 실은 가차 없이 그때 뚝 하고 끊어졌을 것이다. 젊었던 나는 전혀 나 자신의 태도를 자각하지 못하고 있었다. 그렇기 때문에 존경할 만한지도 모르겠으나, 만약 반대로 행동했다면 두 사람은 어떻게 되었을까? 생각만 해도 소름이 쫙 끼친다. 그렇지 않아도 선생님은 차가운 눈빛으로 자신이 연구 대상이 되는 것을 항상 두려워하고 있었던 것이다.

나는 한 달에 두 번, 혹은 세 번 씩은 반드시 선생님 댁을 방문했다. 나의 방문이 빈번해지던 어느 날, 선생님은 갑자기 나에게 물었다.

"자네는 어째서 이렇게 자주 나 같은 사람 집에 찾아오는가?"

"그렇게 물으셔도 특별한 이유는 없어요. 그런데 제가 귀찮으신가요?"

"귀찮지는 않네."

과연 나를 귀찮게 여기는 기색은 선생님의 어디에서도 보이지 않았다. 나는 선생님의 교제 범위가 극히 좁은 것을 알고 있었다. 선생님의 동창 중에 그 당시 도쿄에 있는 사람은 두 명인가 세 명뿐이라는 것도 알고 있었다. 선생님과 동향인 학생들이 가끔 자리를 함께하는 경우도 있었지만 그들 중 누구도 선생님께 나 정도의 친밀감을 느끼는 사람은 없는 듯했다.

"나는 외로운 사람이네." 하고 선생님이 말했다. "때문에 자네가 와 주는 것이 기쁘다네. 그래서 이렇게 자주 방문하는 이유를 물었던 것이네."

"그건 또 무슨 뜻이죠?"

내가 이렇게 되물었을 때, 선생님은 아무런 대답도 하지 않았다. 단지 내 얼굴을 보고 "자네는 몇 살인가?" 하고 물었다.

나는 이 대화의 의미를 전혀 알 수 없었지만 그 당시 끝까지 묻지 않고 돌아왔다. 그로부터 나흘도 지나지 않아 나는 또 선생님을 방문했다. 선생님은 객실로 나오자마자 웃기 시작했다.

"또 왔군."

"네, 또 왔습니다."라고 말하며 나도 웃었다.

다른 사람이 이렇게 말했다면 나는 분명 화가 났을 것이다. 그러나 선생님이 그렇게 말했을 때는 그 반대였다. 화가 나기는커녕 오히려 유쾌했다.

"나는 외로운 사람이네."라고 선생님은 그날 밤, 전에 했던 말을 다시 반복했다. "나도 외로운 사람이지만 경우에 따라서는 자네도 외로운 사람 아닌가? 나는 외롭지만 나이를 먹었으니 움직이지 않고 지낼 수 있지만 젊은 자네는 다르지. 움직일 수 있는 만큼 움직이고 싶을 걸세. 움직여서 뭔가에 부딪쳐 보고 싶을 걸세……."

"저는 조금도 외롭지 않습니다."

"젊은 시절만큼 외로운 것도 없네. 그럼 어째서 이렇게 자주 내 집에 오는 건가?"

여기서 또 선생님은 전에 했던 말을 반복했다.

"자네는 나를 만나도 분명 외로운 느낌이 어딘가 있을 걸세. 나는 자네의 외로움을 뿌리째 뽑아 줄 만한 힘이 없다네. 자네는 곧 다른 곳을 향해 팔을 벌려야만 할 걸세. 그러면 앞으로 내 집에는 오지 않게 될 거네."

선생님은 이렇게 말하고는 쓸쓸하게 웃었다.

8

다행히 선생님의 예언은 실현되지 않았다. 경험이 없는 당시의 나는 그 예언 속에 담긴 분명한 의의조차 이해하지 못했다. 나는 전과 다름없이 선생님을 만나러 갔다. 그러는 사이, 어느 틈에 선생님과 같이 밥을 먹게 되었다. 자연스럽게 사모님과도 이야기를 나누게 되었다.

평범한 사람인 나는 여자에 대해 냉담한 편은 아니었다. 그러나 젊었던 나는 그때까지 여자와 교제다운 교제를 해 본 적이 없었다. 그것이 원인인지는 잘 모르겠으나 나의 흥미는 거리에서 만나는 낯선 여자에게 향했다. 선생님의 부인에 대해서는 전에 현관에서 만났을 때 아름답다는 인상을 받았다. 그 후에도 만날 때마다 같은 인상을 받았다. 그러나 그 외에 나는 사모님에 대해 특별히 말할 만한 것이 아무것도 없었다.

그것은 사모님에게 특색이 없었다기보다는 특색을 나타낼 기회가 없었다고 해석하는 편이 맞을지도 모르겠다. 그러나 나는 사모님을 대할 때면 언제나 선생님에게 부속된 일부분인 것처럼 대했다. 사모님도 자기 남편을 만나러 오는 학생을 대하는 마음으로 나를 대한 듯하다. 따라서 중간에 선생님이 빠지면 두 사람 사이에는 아무 공감대가 없었다. 그래서 처음 사모님을 만났을 때 사모님이 그저 아름다웠다는 인상 외에는 아무것도 남아 있지 않다.

어느 날 나는 선생님 댁에서 술을 마셨다. 그때 사모님은 자리를 같이하고는 옆에서 술 시중을 들었다. 선생님은 평소보다 유쾌해 보였다. 사모님에게 "당신도 한 잔 들지."라고 말하며 자신이 비운 술잔을 내밀었다. 사모님은 "저는……." 하며 사양하다가 마지못해 그것을 받았다. 사모님은 아름다운 눈썹을 찡그리며 내 잔의 절반 정도를 따른 술잔을 입술에 댔다. 사모님과 선생님 사이에 다음과 같은 대화가 시작되었다.

"웬일이세요? 저에게 술을 권한 적은 좀처럼 없었잖아요."

"당신이 술을 안 좋아하니까. 그렇지만 가끔은 마셔도 좋을 거야. 기분이 좋아지니까."

"조금도 좋아지지 않는데요. 쓰기만 할 뿐. 하지만 당신은 상당히 유쾌해 보여요. 술을 조금 드시면."

"때에 따라서는 상당히 유쾌해져. 그렇지만 늘 그런 건 아니야."

"오늘 밤은 어때요?"

"오늘은 기분이 좋군."

"앞으로 매일 밤 조금씩 드시면 좋을 것 같네요."

"그럴 순 없지."

"드세요. 그러는 편이 외롭지 않고 좋으니."

선생님 댁에는 부부와 하녀만 살고 있었다. 갈 때마다 대부분 쥐 죽은 듯 조용했다. 큰 웃음소리 따위는 들린 적이 단 한 번도 없었다. 때로는 집 안에 있는 사람은 선생님과 나뿐인 것 같았다.

"아이라도 있으면 좋을 텐데." 하고 사모님은 내 쪽을 보며 말했다. 나는 "그렇네요." 하고 대답했다. 그러나 내 마음속에는 아무런 동정심도 일지 않았다. 아이를 가져 본 적이 없던 당시의 나는 아이를 단지 성가신 존재로만 생각하고 있었다.

"한 명 입양할까?" 하고 선생님이 말했다.

"입양은 좀." 하며 사모님은 또 내 쪽을 향했다.

"아무리 기다려도 아이는 안 생길 것 같은데."라고 선생님이 말했다.

사모님은 아무 말도 하지 않았다. 내가 대신 "왜요?"라고 물었더니 선생님은 "천벌이니까."라고 말하고는 크게 웃었다.

9

내가 아는 한, 선생님과 사모님은 금슬 좋은 한 쌍의 부부였다. 내가 그 가정의 일원으로 함께 산 적이 없기에 깊은 사정은 물론 알지 못했지만, 객실에서 나와 함께 앉아 있을 때 시킬 일이 있으면 가끔은 하녀를 부르지 않고 사모님을 부르곤 했다. (사모님의 이름은 시즈였다.) 선생님은 언제나 "이봐, 시즈." 하고 부르며 방문 쪽으로 고개를 돌렸는데, 이 말이 내게는 다정하게 들렸다. 대답을 하며 들어오는 사모님의 태도도 더할 나위 없이 다소곳했다. 가끔 식사 대접을 받을 때 사모님이 자리를 함께할 경우에는 선생님 내외의 이런 관계가 한층 두드러졌다.

선생님은 때때로 사모님과 함께 음악회나 연극을 보러 갔다. 그리고 부부 동반으로 일주일 이내의 여행을 떠난 적도 내 기억에 의하면 두세 번 정도 있었다. 나는 하코네(箱根)[14]에서 보낸

---

14) 일본 가나가와 현 남서부 아시가라시모 군(足柄下郡)의 읍. 하코네산 일대를 포함한 온천 관광지로, 에도 시대에는 관문이 있었다.

그림엽서를 아직 가지고 있다. 닛코(日光)[15]에 갔을 때는 단풍잎 한 장을 동봉한 편지를 보내오기도 했다.

당시 내 눈에 비친 선생님과 사모님 사이는 대체로 이런 것이었다. 그런데 단 한 번 예외가 있었다. 어느 날 내가 언제나처럼 선생님 댁 현관 앞에서 안내를 부탁하려고 하는데 객실 쪽에서 누군가의 목소리가 들려왔다. 잘 들어 보니 그것은 보통 대화가 아니라 말다툼인 듯했다. 선생님 댁은 현관 옆이 객실이어서 문 앞에 서 있던 나는 그 소리가 언쟁이라는 것을 분명히 알 수 있었다. 그리고 때때로 언성을 높여 말하는 남자가 선생님이라는 것도 알 수 있었다. 상대는 선생님보다 낮은 목소리로 말했기 때문에 누군지는 분명하지 않았지만 아무래도 사모님인 것 같았다. 사모님은 울고 있는 것 같기도 했다. 나는 무슨 일인가 싶어 현관 앞에서 망설이다가 즉시 결심하고 그대로 하숙집으로 돌아왔다.

묘한 불안감이 나를 엄습해 왔다. 책을 읽어도 글이 눈에 들어오지 않았다. 약 한 시간 정도 지나자 선생님이 창문 아래에서 내 이름을 불렀다. 나는 놀라서 창문을 열었다. 선생님은 산책을 하자며 나를 불러냈다. 조금 전에 오비 사이에 넣어 두었던 시계를 꺼내어 보니 이미 여덟 시가 넘어 있었다. 집에 돌아온

---

15) 일본 도치기 현(栃木県) 북서부에 있는 도시. 1617년 도쿠가와 이에야스(德川家康)의 위패를 둔 도쇼궁(東照宮)이 건조된 뒤 문전(門前)도시로 발전하였다. 당시 공예 기술의 집결체로 건조된 도쇼궁은 사치스러운 건물로, 근세 초기의 일본 건축을 대표한다. 그 밖에 후타라산신사(二荒山神社) 린노사(輪王寺) 등의 오래된 건조물과 주젠지호(中禪寺湖), 게곤 폭포 등 경승지가 있어 관광객이 몰린다.

후 옷을 갈아입지 않아 나는 아직 하카마[16]를 입고 있었다. 나는 즉시 밖으로 나갔다.

그날 밤 나는 선생님과 함께 맥주를 마셨다. 선생님은 원래 주량이 약한 사람이었다. 어느 정도까지 마시고 그것으로 취하지 않으면 취할 때까지 마셔 보는 모험을 할 수 없는 사람이었다.

"오늘은 더 이상 못 마시겠네."라고 말하며 선생님은 쓴웃음을 지었다.

"유쾌해지지 않으셨나요?"라며 나는 걱정스럽다는 듯 물었다.

조금 전의 일이 계속 마음에 걸렸다. 생선 가시가 목구멍에 걸린 것처럼 나는 괴로워했다. 속 시원히 말해 볼까, 하고 생각했다가 그만두는 편이 좋겠다고 고쳐 생각하는 그런 동요가 묘하게 나를 안절부절못하게 만들었다.

"자네, 오늘밤은 조금 이상하군." 하고 선생님이 먼저 말을 꺼냈다. "실은 나도 조금 이상하다네. 자네도 눈치챘는가?"

나는 아무 대답도 할 수 없었다.

"실은 조금 전에 아내와 다퉜네. 그래서 쓸데없이 신경이 날카로워졌지."라며 선생님이 말을 이었다.

"어째서……."

내 입에서는 싸움이라는 말이 나오지 않았다.

"아내가 나를 오해하고 있네. 그것이 아무리 오해라고 말해도 납득하지 않는다네. 그래서 그만 화를 냈다네."

---

16) 일본 옷으로 겉에 입는 하의. 허리에서 발목까지 덮으며 넉넉하게 주름이 잡혀 있고 바지처럼 가랑이진 것이 보통이나 치마 모양도 있다.

"어떻게 선생님을 오해하고 계신가요?"

선생님은 내 질문에 대답하려 하지 않았다.

"나도 아내가 생각하고 있는 인간이라면 이렇게 괴로워하지 않을 걸세."

선생님이 얼마나 괴로워하고 있는지, 그것도 나에게는 전혀 상상이 되지 않는 문제였다.

10

집으로 돌아가는 길에 우리 두 사람 사이의 침묵은 약 100미터, 아니 약 200미터를 걷는 동안이나 이어졌다. 그러다 선생님이 갑자기 입을 열었다.

"내가 나빴네. 화를 내고 집을 나왔기 때문에 아내는 몹시 걱정하고 있을 거야. 생각해 보면 여자란 가엾은 존재네. 내 아내만 봐도 나 외에는 전혀 의지할 사람이 없으니까."

선생님의 말은 잠시 여기서 끊겼지만 특별히 내 대답을 기다리지 않은 듯 바로 말을 이었다.

"이렇게 말하면 남편 쪽이 자못 강하다고 하는 것 같아 조금 우습네만. 이보게, 나는 자네 눈에 어떻게 비치나? 강한 사람으로 보이는가, 약한 사람으로 보이는가?"

"중간 정도로 보입니다." 하고 나는 대답했다. 이 대답은 선생님께 조금 의외였던 모양이다. 선생님은 다시 입을 다물고 아무 말 없이 걷기 시작했다.

선생님 댁으로 가기 위해서는 내 하숙집 바로 옆을 지나는 것이 빨랐다. 나는 거기까지 와서 길모퉁이에서 헤어지는 것이 선생님께 미안한 마음이 들어 "내친 김에 선생님 댁까지 같이 갈까요?"라고 말했다. 선생님은 즉시 손으로 나를 저지했다.

"늦었으니 어서 들어가게. 나도 빨리 들어가겠네. 아내를 위해서."

선생님이 마지막에 덧붙인 "아내를 위해서."라는 말로 인해 내 마음은 묘하게 따뜻해졌다. 그 말 덕분에 하숙집으로 돌아온 나는 안심하고 잘 수 있었다. 나는 그 후에도 오랫동안 이 "아내를 위해서."라는 말을 잊지 않았다.

선생님과 사모님 사이에 일어난 파란은 그리 대단한 일이 아니었음을 이것으로도 알 수 있었다. 또한 그런 일이 좀처럼 일어나는 게 아니라는 사실도 문지방이 닳도록 선생님 댁에 드나들던 나는 대강 짐작할 수 있었다. 그뿐만 아니라 선생님은 어느 날 이런 감상적인 말까지 나에게 털어놓았다.

"나는 세상에서 여자라는 존재를 단 한 사람밖에 모르네. 아내 외의 여자는 거의 여자로 보이지 않는다네. 아내도 나를 세상에 단 한 명밖에 없는 남자로 생각하고 있네. 그런 의미에서 우리 부부는 가장 행복한 운명을 가진 한 쌍이어야겠지."

나는 지금 앞뒤 이야기를 잊어버렸기 때문에 선생님이 무슨 이유로 나에게 그런 고백을 했는지 분명하게 말할 수는 없다. 그러나 선생님의 태도가 진지했다는 것과 어조가 가라앉아 있었다는 것은 지금도 기억하고 있다. 그때 내 귀에 묘하게 울린 것은 "우리 부부는 가장 행복한 운명을 가진 한 쌍이어야겠지."라는 마지막 말이었다. 선생님은 어째서 행복한 인간이라고 단정하지 않고 그래야 한다고 했을까. 나는 무엇보다 그것이 이상했다. 특히 그 부분을 강하게 말하던 말투가 이상했다. 실제로 선생님은 행복한가? 아니면 선생님은 행복해야 하지만 그 정도로 행복하지 않다는 말인가? 나는 마음속으로 의심하지 않을 수 없었다. 그러나 그 의심은 곧 사라져 버렸다.

어느 날 나는 마침 선생님이 자리를 비웠을 때 사모님과 단 둘이서 얼굴을 마주 보며 이야기를 나눌 기회가 있었다. 선생님은 그날 요코하마(橫浜)[17]에서 출항하는 기선을 타고 외국에 가는 친구를 신바시(新橋)[18]까지 배웅하러 가고 집에 없었다. 그 당시 요코하마에서 배를 탈 사람은 아침 여덟 시 반 기차로 신바시를 출발했다. 나는 어떤 책에 대해서 선생님의 의견을 들어야 했기 때문에 미리 선생님의 허락을 받아 약속한 아홉 시에 방문했다. 선생님은 전날 일부러 작별 인사를 온 친구에 대한 예의로, 그날 갑자기 신바시에 가게 된 것이었다. 선생님은 곧 돌아올 테니 자신이 집에 없더라도 기다리라는 말을 남기셨다. 때문에 나는 객실로 안내되어 선생님을 기다리는 동안 사모님과 이야기를 나눴다.

11

그때 나는 이미 대학생이었다. 처음 선생님 댁을 방문했을 때에 비하면 훨씬 어른스러워진 것 같았다. 사모님과도 상당히 친

---

17) 일본 가나가와 현에 있는 도시. 1859년의 미일(美日)수호통상조약에 따라 개항장이 되면서 도시화의 기초가 성립되고 1872년 도쿄와의 사이에 철도가 부설되며 일본의 문호(門戸)가 된 일본 최대 항만이었다.
18) 1872년 일본 최초의 철도가 개통됐을 때 생긴 시발역으로 1914년까지 존속했으나 현재는 화물 전용 시오토메(汐留)역으로 개칭되었다. 현재의 신바시역은 1914년까지 가스모리(烏森)역으로 불렸다.

해진 후였다. 나는 사모님에 대해서 어떤 어색함도 느끼지 않았다. 얼굴을 마주 보고 여러 가지 이야기를 나눴다. 그러나 그것은 그저 그런 이야기였기 때문에 지금은 완전히 잊어버렸다. 하지만 그중에 단 한 가지 내 귀에 남아 있는 것이 있다. 그러나 그것을 이야기하기 전에 미리 말해 두어야 할 것이 있다.

선생님이 도쿄제국대학 출신이라는 것을 나는 처음부터 알고 있었다. 그러나 선생님이 아무 일도 하지 않고 놀고 있다는 것은 도쿄에 돌아와서 조금 지난 후에야 비로소 알게 되었다. 나는 그때 어떻게 아무 일도 하지 않고 지낼 수 있을까, 하고 생각했다.

선생님은 세상에 이름이 알려진 사람이 전혀 아니었다. 그래서 선생님과 친밀한 관계를 맺고 있는 나 외에는 선생님의 학문이나 사상에 대해서 경의를 표할 만한 사람이 있을 리가 없었다. 나는 항상 그것은 안타까운 일이라고 말했다. 선생님은 "나 같은 사람이 세상에 나가 말을 하는 것은 미안한 일이네."라고 말할 뿐 상대하지 않았다. 나에게는 그 대답이 지나치게 겸손하여 오히려 세상을 냉담하게 비평하는 것처럼도 들렸다. 실제로 선생님은 가끔 지금은 유명세를 타고 있는 옛 동급생의 이름을 언급하며 상당히 기탄없이 비평한 경우도 있었다. 그래서 나는 노골적으로 그 모순에 대해 이러쿵저러쿵 비평해 보았다. 그것은 반항의 의미보다 세상 사람들이 선생님을 모르는 것에 대한 안타까움에서 나온 것이었다. 그때 선생님은 침울한 어조로 "누가 뭐라 해도 나는 세상을 향해 말할 자격이 없는 남자이니 어쩔 수가 없네."라고 말했다. 선생님의 얼굴에는 어두운 표정이 역력히 드러났다. 나는 그것이 실망인지 불평인지 비애인지 몰랐지만, 어쨌거나 다음 말이 안 나올 정도로 강력한 것이었기 때문에 나는 그 이상 뭔가를 말할 용기가 나지 않았다.

나는 사모님과 이야기를 나누던 중에 화제가 자연스럽게 선생님에서 그쪽으로 옮겨졌다.

"선생님은 어째서 저렇게 집에서 생각하거나 공부만 하실 뿐, 밖에 나가 일하지 않으시나요?"

"그이는 못 해요. 그런 일을 싫어하거든요."

"다시 말하면, 시시한 일이라고 생각하시는 건가요?"

"그렇게 생각하는지 어쩐지는 여자인 나로서는 알 수 없지만, 아마 그런 의미는 아닐 거예요. 역시 뭔가 하고 싶은 거죠. 그런데 할 수 없는 거예요. 그래서 안타까워요."

"그렇지만 선생님은 건강에 특별히 문제가 있어 보이지 않는데요."

"건강해요. 특별히 병이 있는 것은 아니에요."

"그럼 어째서 일을 하실 수 없는 거죠?"

"그걸 모르겠어요. 안다면 내가 이렇게 걱정하지 않겠죠. 이유를 모르니 안타까워 견딜 수 없는 거예요."

사모님의 말투에는 강한 동정심 배어 있었다. 그래도 입가에는 미소를 띠고 있었다. 겉으로 봐서는 오히려 내가 진지했다. 나는 복잡한 표정으로 침묵하고 있었다. 그러자 사모님은 갑자기 생각난 듯 다시 입을 열었다.

"젊었을 때는 저러지 않았어요. 그때는 전혀 달랐어요. 그런데 완전히 변해 버렸어요."

"젊었을 때라면 언제쯤이요?"

내가 물었다.

"학생 시절이요."

"학생 시절부터 선생님을 알고 지내셨어요?"

사모님의 얼굴이 갑자기 살짝 붉어졌다.

12

사모님은 도쿄 사람이었다. 나는 그 사실을 선생님은 물론 사모님으로부터도 들어서 알고 있었다. 사모님은 "실은 순수한 도쿄 사람은 아니에요."라고 말했다. 사모님의 아버지는 돗토리(鳥取)[19]인가 어딘가 출신인데 어머니는 아직 도쿄가 에도(江戸)[20]라고 불렸을 때의 이치가야(市ヶ谷)[21]에서 태어났기 때문에 사모님은 농담조로 그렇게 말했던 것이다. 그런데 선생님은 전혀 방향이 다른 니가타 현(新潟県)[22] 사람이었다. 사모님이 만약 선생님의 학생 시절을 알고 있다면 고향이 같기 때문이 아닌 것은 분명했다. 그러나 얼굴이 살짝 붉어진 사모님은 그 이상 말하고 싶지 않은 듯했으므로 나도 더는 깊이 묻지 않았다.

선생님을 알게 되고부터 선생님이 돌아가실 때까지 나는 꽤 여러 가지 문제로 선생님의 사상과 의견을 접해 보았지만, 결혼 당시의 상황에 대해서는 거의 아무 말도 들을 수 없었다. 나는 때때로 그것을 좋은 쪽으로 해석해 보기도 했다. 나이가 있는 만

---

19) 일본 돗토리 현(鳥取県)의 현청 소재지.

20) 도쿄의 옛 이름. 에도 시대의 막부 소재지.

21) 도쿄 도 신주쿠 구 동부의 지명. 근세에는 무사의 집과 절이 많았다.

22) 일본 혼슈(本州) 중북부에 있는 현.

큼 선생님은 젊은 시절의 연애담을 어린 사람에게 들려주는 것을 일부러 삼가고 있다고 생각했다. 또 다른 때는 그것을 나쁘게 해석하기도 했다. 선생님과 사모님 두 분 모두 나와 비교하면 한 세대 전의 인습 가운데 성인이 되었기 때문에 그런 연애에 관해서는 솔직하게 자신을 개방할 정도의 용기가 없는 것이라고 생각했다. 두 경우 모두 추측에 지나지 않았다. 그리고 어느 쪽의 추측이든 그 뒤에는 두 사람의 결혼에 관한 화려한 로맨스를 가정하고 있었다.

나의 가정은 과연 틀리지 않았다. 그러나 나는 단지 사랑의 일면만을 상상한 것에 지나지 않았다. 선생님의 아름다운 연애 뒤에는 무서운 비극이 있었다. 그리고 그 비극이 얼마나 선생님께 비참한 것이었는지 상대인 사모님은 전혀 모르고 있었다. 선생님은 그것을 사모님에게 숨긴 채 죽었다. 선생님은 사모님의 행복을 파괴하기 전에 우선 자신의 생명을 파괴해 버렸다.

나는 지금 이 비극에 대해서 아무 말도 하지 않겠다. 그 비극을 위해 태어났다고도 할 수 있는 두 분의 연애에 대해서는 조금 전에 말한 대로이다. 두 분 모두 나에게는 거의 아무 말도 해 주지 않았다. 사모님은 언동을 삼가느라 그랬고, 선생님은 그 이상의 깊은 이유 때문이었다.

단 한 가지 내 기억에 남아 있는 일이 있다. 어느 날 벚꽃이 필 무렵 선생님과 함께 우에노(上野)[23]에 갔다. 그리고 거기서 아름다운 한 쌍의 남녀를 보았다. 그들은 다정하게 바짝 달라붙

---

23) 도쿄 도 다이토 구(台東区)의 우에노역을 중심으로 하는 번화가. 우에노 공원은 4월에 피는 벚꽃이 유명하다.

어 꽃나무 아래를 걷고 있었다. 장소가 장소인 만큼 꽃보다는 그쪽에 주의를 기울이는 사람이 많았다.

"신혼 부부 같군."

선생님이 말했다.

"사이 좋아 보이네요."

내가 대답했다.

선생님은 쓴웃음조차 짓지 않았다. 두 남녀가 시야에 들어오지 않는 방향으로 발길을 돌렸다. 그러고 나자 나에게 이렇게 물었다.

"자네는 연애를 해 본 적이 있나?"

나는 없다고 대답했다.

"연애를 해 보고 싶지 않나?"

나는 대답하지 않았다.

"하고 싶지 않은 건 아니겠지?"

"네."

"자네는 조금 전의 남녀를 보고 희롱하듯 말했지? 그 희롱 속에는 자네도 연애를 하고 싶지만 상대를 만나지 못한 불만이 섞여 있었을 것이네."

"그렇게 들렸나요?"

"그렇네. 만족스러운 사랑을 해 본 적이 있는 사람이라면 조금 더 따뜻하게 말했을 걸세. 그렇지만……, 그렇지만 사랑은 죄악이네. 알고 있나?"

나는 갑자기 깜짝 놀라 아무 대답도 하지 못했다.

우리들은 군중 속에 있었다. 사람들은 모두 기쁜 듯한 표정을 짓고 있었다. 거기를 빠져나와 꽃도 사람도 보이지 않는 숲 속에 이를 때까지는 같은 문제를 언급할 기회가 없었다.

"사랑이 죄악인가요?"

그때 내가 갑자기 물었다.

"죄악이네. 분명히."

그렇게 대답할 때 선생님의 말투는 조금 전과 마찬가지로 강했다.

"어째서인가요?"

"그 이유는 이제 곧 알게 될 걸세. 이제 곧이 아니라 이미 알고 있을 터이네. 자네의 마음은 훨씬 이전부터 이미 사랑에 움직이지 않았나?"

나는 일단 내 마음속을 들여다보았다. 그러나 내 마음은 의외로 공허했다. 짚이는 것이 아무것도 없었다.

"제 마음속에는 이렇다 할 목적의 대상물이 아무도 없는데요. 저는 선생님께 숨기는 것이 아무것도 없다고 생각합니다만."

"목적의 대상이 없으니까 움직이는 걸세. 있다면 안정될 것이라 생각하니 움직이고 싶어지는 것이지."

"지금 저는 그 정도로 움직이고 있지는 않아요."

"자네는 뭔가 부족함을 느끼니까 내가 있는 곳으로 움직여서 오는 것이 아닌가?"

"그건, 그럴지도 모르겠어요. 그러나 그건 사랑과는 달라요."

"사랑으로 올라가는 단계네. 이성을 안기 전 단계로 우선 동성인 내가 있는 곳으로 움직여 오는 것이네."

"저는 두 가지가 성질이 전혀 다른 것처럼 생각되는데요."

"아니, 같네. 나는 남자여서 아무리 해도 자네에게 만족을 줄 수 없네. 게다가 어떤 특별한 사정 때문에 더욱 자네에게 만족을 줄 수 없다네. 나는 참으로 안타깝게 생각하고 있네. 자네가 나를 떠나 다른 곳으로 움직여 가는 것은 어쩔 수 없는 일이지. 나는 오히려 그것을 바라고 있네. 그렇지만……."

나는 이상하게 슬퍼졌다.

"제가 선생님을 떠날 것이라고 생각하는 것은 어쩔 수 없지만, 저는 그런 생각을 해 본 적이 한 번도 없어요."

선생님은 내 말을 들으려 하지 않았다.

"하지만 주의하지 않으면 안 되네. 사랑은 죄악이니까. 나에게서 만족을 얻을 수 없는 대신 위험도 없지만……, 자네, 검고 긴 머리카락에 묶였을 때의 심정을 알고 있는가?"

나는 그 심정을 상상할 수는 있었지만 실제로는 알지 못했다. 결국 선생님이 말하는 죄악이라는 의미는 분명치 않아 이해가 잘 되지 않았다. 게다가 나는 기분이 조금 언짢아졌다.

"선생님, 죄악이라는 의미를 더 분명하게 말해 주세요. 그렇지 않을 거라면 이 문제를 여기서 일단 끝내 주세요. 제 자신이 죄악이라는 의미를 분명히 알 때까지요."

"미안하네. 나는 자네에게 진실을 말한다고 생각했네. 그런데 실제로는 자네를 애태우게 했군. 내가 잘못했네."

선생님과 나는 박물관[24] 뒤에서 우구이스다니(鶯渓)[25] 방향으로 천천히 걸어갔다. 울타리 사이로 넓은 정원 한쪽에 우거진 얼룩조릿대가 보였다.

"자네는 내가 어째서 매월 조시가야 묘지에 묻힌 친구의 묘에 가는지 아는가?"

선생님의 이 물음은 너무도 갑작스러웠다. 게다가 선생님은 내가 이 물음에 대답하지 못하리라는 것도 잘 알고 있었다. 나는 한동안 대답하지 않았다. 그러자 선생님은 비로소 깨달았다는 듯이 이렇게 말했다.

"또 잘못했군. 애태우게 하는 것이 미안해서 설명하려고 하면 그 설명이 또 자네를 애태우게 하는군. 어쩔 수 없지. 이 문제는 여기서 끝내기로 하세. 어쨌거나 사랑은 죄악이네. 알겠나? 그러면서도 신성한 것이네."

나는 선생님의 말이 더욱더 이해가 되지 않았다. 그러나 선생님은 그 뒤로 사랑에 대해 언급하지 않았다.

14

젊었던 나는 자칫 외골수가 되기 쉬웠다. 적어도 선생님의 눈에는 그렇게 비쳤던 것 같다. 나에게는 학교 강의보다 선생님과의 담화가 훨씬 유익했다. 교수의 의견보다 선생님의 사상이 마음에 들었다. 종국에는 교단에 서서 나를 지도해 주는 대단한 사람들보다 오직 혼자를 고집하며 많은 말을 하지 않는 선생님이

24) 우에노공원 내에 있는 국립박물관의 전신.
25) 야마노테(山手)선 우구이스다니역에서 우에노박물관 뒤쪽 근방의 지명.

더 훌륭해 보였다.

"그렇게 한쪽에만 열중해서는 곤란하네."

선생님이 말했다.

"냉정하게 생각한 결과입니다."

나는 충분한 자신감을 가지고 그렇게 대답했으나 선생님은 동조하지 않았다.

"자네는 정신없이 열중해 있을 뿐이라네. 열이 식으면 싫증이 날 걸세. 자네가 그렇게까지 나를 생각하는 것이 괴롭네. 무엇보다 앞으로 자네에게 일어날 변화를 생각하면 더욱 괴로워진다네."

"저를 그 정도로 경박하게 생각하셨다는 말씀인가요? 그 정도로 믿지 않는다는 말씀인가요?"

"나는 안타깝게 여기고 있네."

"안타깝지만 믿지 않는다는 말씀인가요?"

선생님은 곤란하다는 듯이 정원을 바라보았다. 정원에는 얼마 전까지 강렬한 붉은 색으로 점점이 수놓였던 동백꽃이 하나도 보이지 않았다. 선생님은 객실에서 이 동백꽃을 바라보는 버릇이 있었다.

"믿지 않는다고? 특별히 자네를 믿지 않는다는 말이 아닐세. 인간 전체를 믿지 않는 거라네."

그때 울타리 너머에서 금붕어 장사의 목소리가 들렸다. 그 외에 들리는 소리라고는 아무것도 없었다. 큰길에서 약 200미터 깊이쯤 들어온 골목길은 의외로 조용했다. 집안은 언제나처럼 조용했다. 나는 옆방에 사모님이 있는 것을 알고 있었다. 아무 말 없이 바느질 같은 것을 하고 있는 사모님의 귀에 내 말소리가 들린다는 것도 알고 있었다. 그러나 나는 완전히 그 사실을 잊고 말았다.

"그렇다면 사모님도 믿지 않는다는 말씀인가요?"

나는 선생님께 물었다.

선생님은 조금 불안한 표정을 지었다. 그리고 직접적인 대답을 피했다.

"나는 나 자신조차 믿고 있지 않다네. 즉, 자신을 믿을 수 없기 때문에 다른 사람도 믿을 수 없는 거라네. 자신을 원망하는 것 외에 달리 방법이 없네."

"그렇게 어렵게 생각하시면 누구나 마찬가지 아닐까요."

"아니 생각한 것이 아니네. 그렇게 행동했네. 행동한 후 놀란 걸세. 그리고 몹시 무서워졌네."

나는 그것에 대해 조금 더 깊은 대화를 나누고 싶었다. 그때 방문 앞에서 사모님이 "여보, 여보." 하고 선생님을 부르는 소리가 두 번이나 들렸다. 선생님은 두 번째 부름에 "무슨 일이야." 하고 대답했다. 사모님은 "잠깐." 하고 선생님을 옆방으로 불렀다. 두 사람 사이에 무슨 이야기가 오갔는지 나는 알 수 없었다. 그것을 상상할 여유도 없을 만큼 선생님은 빨리 객실로 돌아왔다.

"하여간 지나치게 나를 믿어서는 안 되네. 분명 후회할 테니까. 그리고 자신이 기만당한 보복으로 잔혹한 복수를 하게 될 걸세."

"그건 무슨 의미인가요?"

"일찍이 그 사람 앞에 무릎 꿇었다는 기억이 다음에는 그 사람 머리 위에 발을 얹으려고 하는 걸세. 나는 미래의 모욕을 받지 않기 위해 지금의 존경을 거절하고 싶네. 나는 지금보다 한층 외로운 미래의 나를 견디는 대신 외로운 지금의 나를 견디고 싶네. 자유와 독립, 자아로 가득한 현대에 태어난 우리들은 그 대가로 모두 이 외로움을 맛봐야 하네."

나는 이러한 각오를 하고 있는 선생님께 무슨 말을 해야 할지 몰랐다.

15

그 후 나는 사모님의 얼굴을 볼 때마다 신경이 쓰였다. 선생님은 사모님에 대해서도 늘 그런 태도로 대할까. 만약 그렇다면 사모님은 그 태도에 만족하고 있는 것일까.

사모님의 모습만으로는 만족하고 있는지 그렇지 않은지 알 수가 없었다. 나는 그것을 알 수 있을 정도로 가까이 사모님에게 다가갈 기회가 없었고, 사모님은 나를 만날 때마다 아무렇지 않게 대했기 때문이다. 또한 선생님이 있는 자리가 아니면 나와 사모님은 좀처럼 얼굴을 마주할 수 없었다.

여전히 나에게는 의문스러운 점이 있었다. 인간에 대한 선생님의 그런 각오는 어디서 온 것일까. 단지 차가운 눈으로 자신을 돌이켜 살펴보거나 현대를 관찰한 결과인가. 선생님은 앉아서 세상을 관조하는 사람이었다. 선생님의 좋은 머리로 앉아서 생각만 하면 자연스럽게 드는 생각인가. 그것만은 아닌 것 같았다. 선생님의 각오는 살아 있는 듯했다. 불에 타서 차갑게 식어 버린 석조 가옥의 윤곽과는 달랐다. 내 눈에 비친 선생님은 분명 사상가였다. 그러나 그 사상가가 정리한 주의(主義)는 강력한 사실이 뒷받침되어 있는 듯했다. 자신과 관계없는 타인이 경험한 사실이 아니라 자기 자신이 뼈에 사무치게 맛 본 사실, 피가 뜨거워지거나 맥박이 멈출 정도의 사실이 밑바탕에 깔려 있는 듯했다.

그것은 내가 추측한 것이 아니다. 선생님 자신이 이미 그렇다고 고백했다. 다만 그 고백이라는 것이 구름 낀 산봉우리 같아 내 머리 위에 정체를 알 수 없는 두려움을 덧씌웠다. 그리고 어째서 그것이 두려운지는 나도 알지 못했다. 선생님의 고백은 분명하지 않았다. 그럼에도 분명히 내 신경을 자극했다.

나는 선생님의 이러한 인생관의 기점에 어떤 강렬한 연애 사건을 가정해 보았다(물론 선생님과 사모님 사이에 일어난). 선생님이 일찍이 사랑은 죄악이라고 한 말이 다소 실마리가 되었다. 그러나 선생님은 현재 사모님을 사랑하고 있다고 나에게 고백했다. 그렇다면 두 사람의 사랑으로부터 이런 염세에 가까운 각오가 나올 리가 없었다. "일찍이 그 사람 앞에 무릎 꿇었다는 기억이 이번에는 그 사람 머리 위에 발을 얹으려고 하는 걸세."라는 선생님의 말은 현대를 사는 모든 사람에게 적용되는 것이지 선생님과 사모님 사이에는 적용되지 않는 것 같았다.

조시가야에 있는 누군지 모르는 사람의 묘―이것도 때때로 생각이 났다. 나는 그것이 선생님과 깊은 연고가 있는 묘라는 사실을 알고 있었다. 선생님의 생활에 가까이 다가가고 있으면서도 가까워질 수 없었던 나는 선생님의 머릿속에 있는 생명의 파

편인 그 묘를 내 머릿속에도 받아들였다. 그러나 나에게 있어서 그 묘는 완전히 죽은 것이었다. 그래서 두 분 사이에 있는 생명의 문을 열 수 있는 열쇠가 되지 못했다. 오히려 두 분 사이에 버티고 서서 자유로운 왕래를 방해하는 마물 같았다.

그러던 사이에 나는 사모님과 마주 보고 이야기할 기회가 생겼다. 그때는 해가 짧아져 가는 가을날로 누구나 느낄 정도로 쌀쌀한 날씨였다. 선생님 댁 부근에 도둑이 드는 일이 사나흘간 계속되었다. 사건은 모두 초저녁에 발생했다. 대단한 것을 도난당하지는 않았지만 뭔가는 반드시 도난당했다. 사모님은 불안해했다. 그러던 어느 날 밤, 선생님이 집을 비워야만 하는 사정이 생겼다. 지방 병원에서 일하는 선생님의 고향 친구가 상경했기 때문에 선생님은 다른 친구 두세 명과 함께 저녁을 먹기로 했다는 것이다. 선생님은 사정을 말하고 자신이 돌아올 때까지 집을 봐달라고 했다. 나는 즉시 알았다고 했다.

16

내가 선생님 댁에 도착한 것은 불이 하나 둘 켜지기 시작하는 초저녁이었지만 꼼꼼한 선생님은 이미 출발한 뒤였다. "늦으면 미안하다며 지금 막 나가셨어요."라고 말한 사모님은 나를 선생님의 서재로 안내했다.

서재에는 테이블과 의자 외에 아름다운 가죽 표지의 많은 책들이 늘어서 있었는데 유리 전등 빛을 받고 있었다. 사모님은 화로 앞에 깔린 방석에 앉으라고 한 뒤 "잠깐 저기 있는 책이라도 읽고 계세요." 하고 나갔다. 나는 마치 주인이 돌아오기를 기다리는 손님 같은 느낌이 들어 미안했다. 나는 정좌한 채 담배를 피웠다. 사모님이 거실에서 하녀와 뭔가 이야기하는 소리가 들렸다. 서재는 거실 툇마루의 막다른 곳에서 꺾어진 모퉁이에 있어서 위치로 보면 객실에서 한참 떨어진 조용한 곳에 자리하고 있었다. 한동안 들리던 사모님의 말소리가 그치자 집안이 조용해졌다. 나는 도둑을 기다리는 심정으로 꼼짝도 하지 않은 채 신경을 곤두세웠다.

30분 정도 지나자 사모님이 다시 서재 입구에 얼굴을 내밀었다. "어머." 하며 조금 놀란 눈으로 나를 보았다. 그리고 손님으로 온 사람처럼 점잔을 빼고 앉아 있는 나를 이상하다는 듯 쳐다보았다.

"그렇게 있으면 너무 불편하잖아요."

"아니요. 불편하지 않습니다."

"하지만 지루하잖아요."

"전혀요. 도둑이 언제 오나 긴장하고 있어서 지루한 줄도 모르겠습니다."

사모님은 손에 홍차 잔을 든 채 웃으며 거기에 서 있었다.

"여기는 구석진 곳이어서 보초를 서기에는 좋지 않네요." 하고 내가 말했다.

"그럼 실례지만 조금 더 가운데 쪽으로 나와 주시겠어요. 지루할 것 같아 홍차를 끓여 왔는데 괜찮으시면 거실에서 드세요."

나는 사모님의 뒤를 따라 서재를 나왔다. 거실에는 직사각형의 아름다운 나무로 된 화로에 쇠주전자가 끓고 있었다. 나는 거기서 차와 과자를 대접받았다. 사모님은 잠이 안 오면 곤란하다며 차를 마시지 않았다.

"선생님은 때때로 이런 모임에 나가시나요?"

"아니요. 좀처럼 나가지 않아요. 요즘은 점점 사람들을 만나는 것이 싫어지나 봐요."

이렇게 말하는 사모님의 표정에 특별히 곤란하다는 기색은 보이지 않았으므로 나는 그만 대담해졌다.

"그렇다면 사모님만은 예외인가요?"

"아니요, 저도 남편이 싫어하는 사람 중 하나예요."

"거짓말 마세요." 내가 말했다. "사모님 스스로도 거짓말인 줄 알면서 그렇게 말씀하시는 거잖아요."

"왜 그렇게 생각해요?"

"제 생각에는 선생님이 사모님을 좋아하기 때문에 세상이 싫어진 게 아닐까요."

"학생은 학문을 하는 사람이어서 그런지 그럴 듯하게 말도 잘 만들어 내는군요. 세상이 싫어졌기 때문에 나까지 싫어진 거라고 말할 수도 있지 않을까요? 그것과 같은 논리로 따지면 말이죠."

"둘 다 일리는 있지만 이번 경우는 제가 맞아요."

"논쟁은 싫어요. 남자들은 툭하면 논쟁을 벌이죠. 재미있다는 듯이 말이에요. 알맹이도 없는 얘기를 질리지도 않고 잘도 주고받는다니까요."

사모님의 말은 조금 매몰찼다. 그러나 결코 격한 느낌은 아니었다. 자신에게도 생각이 있다는 것을 상대방이 인정하게 한 후, 거기서 일종의 자부심을 느낄 만큼 사모님은 현대적이지 않았다. 사모님은 그것보다 더 밑바닥에 잠겨 있는 마음을 소중히 여기는 것 같았다.

17

나는 아직 할 말이 남아 있었다. 그러나 사모님에게 쓸데없이 논쟁을 일삼는 남자로 취급당해서는 곤란했기 때문에 말을 삼가고 있었다. 사모님은 다 마신 홍차 잔 속을 들여다보며 잠자코 있는 내 모습을 놓치지 않은 듯 "한 잔 더 하시겠어요?"라고 물었다. 나는 즉시 찻잔을 사모님에게 건넸다.

"몇 개? 하나? 둘?"

이상하게 생긴 도구로 각설탕을 집어 올린 사모님은 내 얼굴을 보며 찻잔 속에 넣을 각설탕의 개수를 물었다. 사모님의 태도는 나에게 아양을 떤다고 할 정도는 아니었지만 조금 전의 강한 말을 애써 지우려는 듯 애교로 넘쳤다.

나는 잠자코 차를 마셨다. 다 마시고 나서도 아무 말도 하지 않았다.

"갑자기 말이 없어졌네요."

사모님이 말했다.

"뭔가 말하면 또 논쟁을 벌인다고 꾸중 들을 것 같아서요."

나는 대답했다.

"설마."

사모님이 말했다.

우리 두 사람은 그것을 계기로 다시 대화를 시작했다. 그리고 또다시 두 사람의 공통 관심사인 선생님에 대해 이야기했다.

"사모님, 조금 전에 하던 이야기를 좀 더 해도 될까요? 사모님께는 알맹이 없는 얘기로 들릴지도 모르겠지만 저는 그냥 한 말이 아니에요."

"그럼 말해 보세요."

"지금 사모님이 갑자기 없어지시면 선생님께서 지금처럼 사실 수 있을까요?"

"글쎄, 모르겠네요. 학생, 그런 건 선생님께 물어보는 수밖에 없지 않겠어요? 나에게 할 질문이 아닌 것 같네요."

"사모님, 저는 진심으로 여쭤 보는 거예요. 그러니 피하시면 안 돼요. 솔직하게 대답해 주세요."

"난 솔직해요. 솔직하게 말해서 모르겠다는 거예요."

"그렇다면 사모님은 선생님을 얼마나 사랑하고 계신가요? 이것은 선생님께 여쭤기 보다는 오히려 사모님께 해도 좋을 질문이니 사모님께 여쭤 보겠어요."

"그런 걸 그렇게 정색하고 묻지 않아도 되잖아요."

"진지하게 물을 필요도 없이 당연하다는 말씀인가요?"

"이를테면 그래요."

"그 정도로 선생님께 충실한 사모님이 갑자기 없어지시면 선생님은 어떻게 될까요? 세상 어디에서도 재미를 느끼지 못하는 선생님은 사모님이 갑자기 없어지시면 어떻게 될까요? 선생님의 생각을 묻는 게 아니에요. 사모님 생각에 선생님은 행복해질까요, 불행해질까요?"

"나야 당연히 알고 있죠. (선생님은 어떻게 생각하고 있을지 모르겠지만) 선생님은 나를 떠나면 불행해질 뿐이에요. 혹은 살아가지 못할지도 모르죠. 이렇게 말하면 자만하는 거 아니냐고 할지 모르겠지만, 나는 선생님을 인간으로서 가능한 행복하게 만들고 있다고 믿고 있어요. 나만큼 선생님을 행복하게 해 줄 수 있는 사람은 없다고 생각해요. 그래서 이렇게 차분하게 있을 수 있는 거예요."

"그 마음을 선생님도 알고 계시리라 생각합니다만."

"그건 별개의 문제예요."

"선생님께서 사모님을 싫어한다는 말씀인가요?"

"나를 싫어한다고 생각하지는 않아요. 싫어할 이유가 없죠. 선생님은 세상이 싫은 거예요. 세상이라고 하기보다는 최근에는 인간이 싫어진 것 같아요. 그러니 그 인간 중 한 명인 나도 좋아할 리 없죠."

나는 선생님이 사모님을 싫어한다는 의미가 겨우 이해되었다.

18

나는 사모님의 이해력에 감탄했다. 사모님의 태도가 구식 일본 여자와 다르다는 점도 나에게 일종의 자극을 주었다. 그러면서도 사모님은 당시 유행하기 시작한 신조어 등은 거의 사용하지 않았다.

나는 여자와 깊은 교제를 한 경험이 없고 세상 물정에 어두운 청년이었다. 남자로서 나는 본능적으로 여성을 동경의 대상으로 꿈꾸고 있었다. 그러나 그것은 그리운 봄날의 구름을 쳐다보는 듯한 것으로, 막연히 꿈꾸는 것에 지나지 않았다. 그래서 실제로 여자 앞에 나서면 감정이 갑자기 변하는 경우도 가끔 있었다. 나는 내 앞에 나타난 여자에게 매혹되기보다는 오히려 이상한 반발심을 느꼈다. 그러나 사모님에 대해서는 그런 마음이 전혀 일어나지 않았다. 보통 남녀 사이에 가로놓인 사상(思想)의 차이도 거의 느끼지 못했다. 나는 사모님이 여자라는 것을 잊었다. 나는 사모님을 단지 선생님의 성실한 비평가 및 동조자로 생각했다.

"사모님, 제가 얼마 전에 선생님께서 바깥 활동을 하지 않는 이유를 여쭤 봤을 때 이렇게 말씀하셨죠. 원래는 그렇지 않았다고."

"네, 그랬죠. 정말로 그렇지 않았어요."

"그럼 어땠는데요?"

"학생이 바라는, 또 내가 바라는 믿음직한 사람이었어요."

"그런데 왜 갑자기 변하셨나요?"

"갑자기가 아니에요. 점점 저렇게 된 거예요."

"그러는 동안 사모님은 계속 선생님과 계셨던 거예요?"

"물론이에요. 부부잖아요."

"그렇다면 선생님이 그렇게 변한 원인을 잘 알고 계실 것 같은데요."

"그래서 난처하다는 거예요. 학생에게 그 말을 들으니 정말 괴롭지만 나는 아무리 생각해도 원인을 모르겠어요. 그 사람에게 부디 숨김없이 이야기해 달라고 지금까지 몇 번이나 부탁했는지 몰라요."

"선생님은 뭐라고 하셨는데요?"

"아무 할 말도 없고 걱정할 것도 없다. 성격이 이렇게 되어 버린 것이다라고만 할 뿐 상대해 주질 않아요."

나는 잠자코 있었다. 사모님도 말을 멈추었다. 자기 방에 있는 하녀조차 작은 소리도 내지 않았다. 나는 도둑에 대해서는 완전히 잊고 말았다.

"학생은 나에게 책임이 있다고 생각하는 건가요?"

갑자기 사모님이 물었다.

"아니요."

나는 대답했다.

"부디 숨기지 말고 말해 주세요. 사람들이 나를 그렇게 생각한다면 몸이 잘려 나가는 것보다 괴로우니."

사모님은 또 말했다.

"이래 봬도 나는 선생님을 위해서 할 수 있는 일은 전부 하고 있다고 생각해요."

"선생님도 그렇게 생각하시니 안심하세요. 제가 보증합니다."

사모님은 화로의 재를 긁어 고르게 했다. 그리고 물그릇의 물을 쇠 주전자에 부었다. 끓는 소리를 내던 쇠 주전자는 금세 조용해졌다.

"나는 결국 더 이상 참지 못하고 선생님께 물었어요. 나에게 나쁜 점이 있다면 솔직하게 말해 주세요. 고칠 수 있는 결점이라면 고칠게요라고. 그랬더니 선생님은 당신한테 결점 같은 것은 전혀 없소, 결점은 나에게 있소라고 했어요. 그 말을 듣고 저는 슬퍼서 견딜 수가 없었어요. 눈물이 나고 더욱 나의 결점을 묻고 싫어지는 거예요."

사모님의 눈에 눈물이 한가득 고였다.

19

처음에 나는 이해력 있는 여성으로서 사모님을 대했다. 내가 그런 마음가짐으로 이야기하고 있는 동안 사모님의 태도가 점차 변해 갔다. 사모님은 내 이성에 호소하는 대신 내 심장을 움직이기 시작했다. 자신과 남편 사이에는 어떤 거리낌도 없다, 또 없어야 마땅한데 역시 뭔가 있다, 그럼에도 눈을 크게 뜨고 살피려 하면 역시 아무것도 없다, 사모님이 괴로워하는 부분은 바로 이것이었다.

사모님은 처음에는 세상을 바라보는 선생님의 눈이 염세적이어서 그 결과로 자신도 싫어한다고 단언했다. 그렇게 단언했으면서도 조금도 그렇게 여기지 않은 듯했다. 솔직하게 말하면 오히려 반대로 생각하고 있었다. 선생님은 사모님을 싫어한 결과 마침내 세상까지 싫어하게 된 것이라고 추측하고 있었다. 그러나 아무리 애를 써도 그 추측을 규명하여 사실이라고 밝힐 수는 없었다. 선생님의 태도는 어디까지나 좋은 남편인 듯했다. 친절하고 상냥했다. 의혹 덩어리를 그날그날의 정으로 싸서 가만히 가슴 깊은 곳에 묻어 두었던 사모님은 그날 밤 그 보따리 안에 있는 것을 내 앞에 펼쳐 보였다.

"학생은 어떻게 생각해요?"라고 사모님이 물었다. "나 때문에 저렇게 된 것 같아요? 아니면 학생이 말하는 인생관인지 뭔지 때문에 저렇게 된 것 같아요? 숨기지 말고 말해 주세요."

나는 아무것도 숨길 생각은 없었다. 그러나 내가 알지 못하는 어떤 것이 거기에 존재한다면 내 대답이 뭐든 사모님을 만족시킬 리가 없었다. 그리고 나는 거기에 내가 알지 못하는 뭔가가 있다고 믿고 있었다.

"저로서는 잘 모르겠습니다."

사모님은 그 순간 예상이 빗나갔을 때 보이는 슬픈 표정을 지었다. 나는 즉시 말을 덧붙였다.

"그렇지만 선생님께서 사모님을 싫어하지 않는다는 사실만은 보증해요. 저는 선생님께 직접 들은 대로 사모님께 전할 뿐이에요. 선생님은 거짓말하시는 분이 아니잖아요."

사모님은 아무 대답도 하지 않았다. 한참 후에 이렇게 말했다.

"실은 조금 짚이는 것이 있어요……."

"선생님께서 그렇게 된 원인에 대해서 말인가요?"

"네. 만약 그게 원인이라면 내 책임만은 아닌 것이 되니 그것만으로도 내 마음이 참 편해지겠는데……."

"무슨 일인가요?"

사모님은 말하기를 주저하며 무릎 위에 있는 자신의 손을 바라보았다.

"학생이 판단해 주세요. 말할 테니."

"제가 할 수 있는 판단이라면 할게요."

"다는 말할 수 없어요. 다 말하면 꾸중 들을 거예요. 꾸중 들지 않을 부분만요."

나는 긴장하여 침을 꿀꺽 삼켰다.

"선생님이 아직 대학에 다니던 시절, 몹시 사이가 좋은 친구한 명이 있었어요. 그분이 졸업을 얼마 남겨 놓지 않고 죽었어요. 갑자기 죽은 거예요."

사모님은 내 귀에 속삭이듯이 작은 소리로 "실은 변사한 거예요."라고 말했다. 그것은 "왜요?"라고 되묻지 않을 수 없는 말투였다.

"이것밖에는 말 못해요. 그렇지만 그 일이 있은 뒤부터예요. 선생님의 성격이 점점 변한 것은. 그분이 죽은 이유는 나도 잘몰라요. 선생님도 아마 모를 거예요. 그렇지만 그 후 선생님이 변하기 시작했다고 한 말은 틀린 말이 아니에요."

"그분의 묘인가요. 조시가야에 있는 것은."

"그것도 말하지 않기로 했으니 말씀드릴 수 없어요. 그러나 사람이 친한 친구 한 명을 잃은 것만으로 그렇게 변할 수 있는 건가요? 나는 그것이 알고 싶어 견딜 수가 없어요. 그래서 그 부분에 대해 학생이 판단해 줬으면 하는 거예요."

내 판단은 오히려 부정하는 쪽으로 기울었다.

20

나는 내가 아는 모든 사실을 총동원하여 사모님을 위로하려고 했다. 사모님도 나로 인해 충분히 위로받은 것처럼 보였다. 그래서 우리 두 사람은 같은 문제에 대해 끊임없이 이야기를 나누었다. 그러나 나는 근본적인 것을 파악하고 있지 않았다. 사모님의 불안도 실은 거기에 떠 있는 엷은 구름 같은 의혹에서 오는 것이었다. 사건의 진상에 대해서는 사모님 자신도 많은 것을 알고 있지 않았다. 알고 있는 사실도 전부 나에게 이야기할 수 없었다. 따라서 위로하는 나도 위로받는 사모님도 바다에 함께 떠서 흔들흔들 흔들거리고 있었다. 흔들거리면서 사모님은 끝까지 손을 뻗어 미덥지 못한 나의 판단에 매달리려 했다.

열 시 무렵이 되어 선생님의 구두 소리가 현관에 들렸을 때, 사모님은 갑자기 지금까지의 모든 것을 잊은 듯 앞에 앉아 있는 나는 안중에도 두지 않고 일어섰다. 그리고 현관문을 열고 들어오는 선생님을 맞이했다. 홀로 남겨진 나도 사모님의 뒤를 따라갔다. 하녀는 잠이라도 자는지 끝내 나오지 않았다.

선생님은 오히려 기분이 좋았다. 그러나 사모님의 기분은 더욱 좋았다. 조금 전까지 사모님의 아름다운 눈에 고여 있던 눈물과 검은 눈썹 사이의 팔자 주름을 기억하고 있던 나는 그 변화가 너무나 급작스러워 주의 깊게 바라보았다. 만약 그것이 거짓이 아니라면(실제로 그것을 거짓이라고 생각하지 않았지만), 지금까지의 사모님의 호소는 감상(感傷)을 가지고 놀기 위해, 특히 나를 상대 삼아 한 여성의 쓸데없는 유희로 받아들일 수도 있었다. 그러나 그 당시 나는 사모님을 그렇게까지 비판적으로 볼 생각은 없었다. 나는 사모님이 갑자기 생기를 띤 것을 보고 오히려 안심했다. 이런 거였으면 그렇게 걱정할 필요도 없었겠다고 생각했다.

선생님은 웃으며 "수고 많았네. 도둑은 오지 않았는가?" 하고 나에게 물었다. 그리고 "도둑이 안 와서 김새지는 않았나?"라고 말했다.

내가 돌아가려 할 때 사모님은 "미안해요."라고 가볍게 인사했다. 그 모습은 바쁜데 불러서 미안하다는 것보다는 모처럼 왔는데 도둑이 들지 않아서 미안하다는 농담처럼 들렸다. 사모님은 그렇게 말하면서 조금 전에 내온 서양과자 남은 것을 종이에 싸서 내 손에 들려 주었다. 나는 그것을 소맷자락에 넣고 인적이 드문 늦가을 밤의 쌀쌀한 골목길을 돌아 떠들썩한 번화가 쪽으로 발걸음을 서둘렀다.

나는 그날 밤의 일을 기억 속에서 꺼내 여기에 자세히 적었다. 이것은 적을 필요가 있어서 적은 것이지만, 실은 사모님에게 과자를 받아 돌아갈 당시는 그날 밤의 대화를 그다지 중요하게 생각하지 않았다. 나는 그다음 날 점심을 먹으러 학교에서 돌아와 전날 책상 위에 놓아둔 과자 봉지를 보자마자 그 안에서 초콜릿을 바른 다갈색 카스텔라를 꺼내 한입 가득 넣었다. 그리고 그것을 먹을 때 이 과자를 준 두 남녀는 분명 행복한 한 쌍으로 세상에 존재한다는 것을 자각하며 맛을 즐겼다.

가을이 깊어지고 겨울이 올 때까지 특별한 일은 없었다. 나는 선생님 댁에 드나드는 김에 옷을 빨아 풀을 먹이는 일이나 수선 등을 사모님께 부탁했다. 그때까지 주반(襦袢)[26]이라고는 입은 적이 없던 내가 셔츠 위에 검은 깃이 달린 옷을 덧입게 된 것은 이때부터였다. 아이가 없는 사모님은 그런 자질구레한 일을 돌봐 주는 것이 무료함을 달래 주어 도리어 몸에 약이 된다는 식으로 말했다.

"이건 손으로 짠 거네요. 이렇게 좋은 천으로 만든 옷은 지금까지 꿰매 본 적이 없어요. 그 대신 바느질하기가 쉽지 않아요.

---

26) 일본 의복의 속옷. 맨몸에 직접 입는 짧은 홑옷.

전혀 바늘이 들어가질 않는다니까요. 그 탓에 바늘을 두 개나 부러뜨렸어요."

이런 푸념을 할 때조차도 사모님은 딱히 귀찮아하는 것 같지 않았다.

21

겨울이 왔을 때, 나는 고향에 돌아가지 않으면 안 되는 일이 생겼다. 어머니가 보낸 편지에는 아버지의 병세가 좋지 않다는 것과 지금 당장 어떻게 되는 것은 아니지만 연세가 연세이니만큼 가능하다면 짬을 내어 돌아와 달라는 말이 부탁하듯 덧붙여져 있었다.

아버지는 전부터 신장병을 앓고 있었다. 중년을 넘긴 사람들에게 자주 보이는 것처럼, 아버지의 병은 만성적인 것이었다. 그 대신 조심만 한다면 병세가 급변하는 일도 없을 것이라고 본인도, 가족들도 믿어 의심치 않았다. 실제로 아버지는 요양을 잘한 덕분에 지금까지 그럭저럭 견뎌 왔다고 손님이 올 때마다 말하곤 했다. 그런 아버지가 어머니의 편지에 의하면, 마당에 나가 뭔가를 하다가 그만 현기증이 나서 쓰러졌다는 것이다. 집에 있던 사람들은 가벼운 뇌출혈이라고 착각하고 즉시 응급조처를 했는데, 나중에 의사로부터 뇌출혈이 아니라 지병 때문일 것이라는 소견을 듣고 비로소 졸도와 신장병을 관련하여 생각하게 되었다는 것이다.

겨울 방학까지는 아직 더 있어야 했다. 나는 학기가 끝날 때까지 기다렸다가 가도 상관없으리라 생각하고 하루 이틀 더 학교에 나갔다. 그러나 그 하루 이틀 동안에 아버지가 누워 있는 모습이라든지 걱정하고 있는 어머니의 모습 등이 이따금 눈앞에 떠올랐다. 그때마다 마음이 편치 않았던 나는 마침내 고향으로 돌아갈 결심을 했다. 고향에서 차비를 보내는 수고와 시간을 덜기 위해 나는 작별 인사도 할 겸 선생님 댁에 가서 필요한 만큼의 돈을 잠시 빌리기로 했다.

선생님은 약간 감기 기운이 있어서 거실로 나오는 것이 힘들다며 나를 서재로 불렀다. 서재의 유리문을 통해 겨울치고는 부드러운 햇살이 들어와 탁자 위를 비추고 있었다. 선생님은 이날 볕이 잘 드는 방 한가운데 커다란 화로를 놓고 삼발이 위에 올린 금속제 대야에서 피어오르는 김으로 숨을 고르고 있었다.

"큰 병보다 가벼운 감기 따위가 오히려 더 싫네."라고 말한 선생님은 쓴웃음을 지으며 내 얼굴을 보았다.

선생님은 병이라고 할 만한 병에 걸려 본 적이 없는 사람이었다. 선생님의 말을 들은 나는 웃고 싶었다.

"저는 감기 정도라면 참을 수 있지만 그보다 중한 병은 싫습니다. 선생님도 마찬가지 아닌가요? 시험 삼아 걸려 보시면 잘 아실 거예요."

"그럴까. 나는 병에 걸린다면 차라리 죽을병에 걸리고 싶네."

나는 선생님의 말에 그다지 신경 쓰지 않았다. 즉시 어머니가 보내온 편지에 대한 이야기를 하고 돈을 좀 빌려 달라고 했다.

"그거 힘들겠군. 그 정도라면 가지고 있으니 빌려주겠네."

선생님은 사모님을 불러 필요한 금액을 가져오라고 했다. 안

쪽의 찻장[27]인가 서랍인가에서 돈을 꺼내 온 사모님은 내 앞에 있는 하얀 종이 위에 공손히 포개 놓으며 "걱정이 많으시겠어요."라고 말했다.

"여러 번 쓰러지셨나?"

선생님이 물었다.

"편지에는 거기에 대한 말은 없었습니다만……, 여러 번 쓰러지는 건가요."

"그렇네."

사모님의 어머니도 내 아버지와 같은 병으로 돌아가셨다는 것을 처음 알게 되었다.

"어차피 낫기는 힘들겠지요?"

내가 물었다.

"그렇다네. 내가 대신할 수 있다면 그렇게 하고 싶네만……, 구토 증상은 없으신가?"

"글쎄요. 그런 것에 대해서는 쓰여 있지 않았으니 아마 없을 거예요."

"구토 증상이 없으면 아직 괜찮은 거예요."라고 사모님이 말했다.

나는 그날 밤 기차로 도쿄를 떠났다.

22

아버지의 병은 생각보다 심각하지 않았다. 그런데도 내가 도착했을 때 아버지는 이부자리 위에 책상다리를 하고 앉아 "모두

---

27) 찬장식 일본 가구의 한 종류.

걱정을 하니 참으며 이렇게 꼼짝 않고 있단다. 이제 일어나도 되는데 말이야."라고 말했다. 그러나 그다음 날부터는 어머니가 말리는 것도 듣지 않고 결국 이부자리를 걷게 했다. 어머니는 마지못해 굵은 견사를 써서 평직으로 짠 이불을 개면서 "아버지는 네가 돌아와서 갑자기 마음이 든든해지신 거란다." 하고 말했다. 나는 아버지가 허세를 부리고 있다고는 별반 생각되지 않았다.

형은 직장 때문에 고향에서 멀리 떨어진 규슈(九州)[28]에 있었다. 그래서 형은 아주 큰일이 아닌 이상 쉽게 부모님의 얼굴을 보러 오기가 힘들었다. 여동생은 다른 지방으로 시집을 갔다. 동생 역시 급할 때 간단히 불러들일 수 있는 사람이 아니었다. 삼남매 중에 가장 손쉽게 부를 수 있는 사람은 역시 학생인 나뿐이었다. 내가 어머니 말씀대로 학교 수업도 내팽개치고 방학도 하기 전에 돌아왔다는 사실에 아버지는 몹시 흡족해했다.

"이까짓 병 때문에 학교를 쉬게 해서 미안하구나. 네 엄마가 너무 과장해서 편지를 쓴 모양이다."

아버지는 말은 그렇게 했다. 말만 그렇게 한 것이 아니라 지금까지 깔고 있던 이부자리를 걷게 하고 평소처럼 건강한 모습을 보였다.

"너무 가볍게 여기시다가 병이 도지기라도 하면 어떻게 해요."

이런 나의 충고를 아버지는 유쾌한 듯 대수롭지 않게 받아들였다.

"괜찮아. 이렇게 평소처럼 조심만 하면 돼지."

---

28) 일본 서남부의 섬. 후쿠오카(福岡), 사가(佐賀), 나가사키(長崎), 오오이타(大分), 구마모토(熊本), 미야자키(宮崎), 가고시마(鹿児島), 오키나와(沖縄)의 8현으로 이루어짐.

실제로 아버지는 괜찮아 보였다. 집 안을 자유롭게 돌아다녀도 숨이 차지 않았고 현기증도 느끼지 않은 듯했다. 다만 얼굴색만은 보통 사람들보다 확연히 좋지 않았으나 그것은 어제 오늘일이 아니었으므로 우리들은 특별히 그 점에 대해 신경 쓰지 않았다.

나는 선생님께 돈을 빌려 주신 것에 대한 감사의 편지를 썼다. 정월에 상경하여 갚겠으니 그때까지 기다려 달라고 부탁했다. 그리고 아버지의 병은 생각보다 심각하지 않다는 것, 이 상태라면 당분간 안심할 수 있다는 것, 현기증도 구토 증상도 없다는 것 등을 적었다. 마지막으로 선생님의 감기에 대해서도 한마디 문안을 덧붙였다. 사실 나는 선생님의 감기를 대수롭지 않게 여기고 있었다.

나는 그 편지를 보낼 때 결코 선생님의 답장을 기대하지 않았다. 그 편지를 보낸 뒤에 아버지와 어머니에게 선생님에 대한 이야기를 하며 선생님의 서재를 생각했다.

"이번에 도쿄에 갈 때는 표고버섯이라도 가져다 드리렴."

"네. 근데 선생님께서 말린 표고버섯을 드실지 모르겠어요."

"맛있지는 않지만 특별히 싫어하는 사람도 없을걸."

나는 표고버섯과 선생님을 결부시켜 생각하는 것이 이상했다.

선생님의 답장을 받았을 때 나는 조금 놀랐다. 특히 편지에 특별한 용건이 없는 것을 알고 더욱 놀랐다. 선생님은 단지 친절한 마음에 답장을 보낸 거라고 생각했다. 그렇게 생각하니 그 간단한 편지 한 통이 나에게 커다란 기쁨을 주었다. 게다가 그것은 내가 선생님께 받은 첫 편지였다.

첫 편지라고 하면 나와 선생님 사이에 서신 왕래가 자주 있었던 것처럼 생각하겠지만 실은 전혀 그렇지 않았다는 것을 말해 두고 싶다. 나는 선생님 생전에 단 두 통의 편지밖에 받지 않았다. 그 한 통이 지금 말한 간단한 편지이고, 나중 한 통은 선생님이 세상을 떠나기 전에 내 앞으로 쓴 상당히 긴 편지다.

아버지는 병의 성질상 운동을 삼가야 했기 때문에 병석에서 일어난 후에도 거의 바깥에는 나가지 않았다. 한번은 날씨가 좋은 날 오후에 마당으로 나간 적이 있는데, 그때는 만일의 경우를 대비하여 내가 달라붙듯이 곁에 있었다. 걱정스러워 내 어깨에 팔을 올리라고 해도 아버지는 웃으시며 응하지 않았다.

23

나는 무료한 아버지의 상대가 돼서 자주 장기를 두었다. 두 사람 모두 게으른 성격이어서 고타츠[29]에 들어앉은 채 장기판을 고타츠 위에 놓고 장기 알을 움직일 때만 이불 속에서 손을 빼곤 했다. 때때로 잡은 장기 알을 잃어버려도 다음 판을 둘 때까지 두 사람 다 눈치채지 못하기도 했다. 그것을 어머니가 재 속에서 발견하여 부젓가락으로 집어 올리는 우스운 일이 벌어지기도 했다.

"바둑은 판이 너무 높은데다가 다리가 달려 있어서 고타츠 위에서는 둘 수 없는데 장기판은 좋구나. 이렇게 편하게 둘 수 있

---

29) 일본의 실내 난방 장치. 나무틀에 화로를 넣고 그 위에 이불, 포대기 등을 씌운 것. 이 속에 손, 무릎, 발을 넣고 몸을 녹인다.

으니 게으른 사람들에게는 딱이야. 한판 더 두자."

아버지는 이겼을 때는 반드시 한판 더 두자고 했다. 그런데 이번에는 졌는데도 한판 더 두자고 했다. 요컨대 아버지는 이겨도 져도 따뜻한 고타츠에 들어앉아 장기를 두고 싶었던 것이다. 처음에는 특이하기도 해서 이 은둔 생활 같은 오락이 상당히 나의 흥미를 끌었지만 조금 시일이 지나자 젊은 나의 기력은 그 정도의 자극으로 만족할 수 없게 되었다. 나는 때때로 장이나 차를 쥔 손을 머리 위로 뻗어 늘어지게 하품을 했다.

나는 도쿄를 생각했다. 그리고 넘치는 심장의 핏속에서 쿵쾅쿵쾅 계속해서 뛰는 고동 소리를 들었다. 신기하게도 그 고동 소리가 어떤 미묘한 의식 상태에서 선생님의 힘으로 강해지는 듯했다.

나는 마음속으로 아버지와 선생님을 비교해 보았다. 두 사람 모두 세상 사람들이 보면 살아 있는지 죽었는지도 모를 정도로 점잖은 남자들이었다. 점수를 매긴다면 두 사람 모두 빵점이었다. 그런데도 장기를 두고 싶어 하는 아버지는 단순한 오락 상대로서도 나에게 만족스럽지 않았다. 일찍이 유흥을 위해 교제를 한 적이 없는 선생님은 오락을 위한 교제에서 오는 친밀함 이상으로, 언제부터인가 내 사고에 영향을 주고 있었다. 단지 사고라고 하면 지나치게 차가우니, 나는 마음이라고 다시 말하고 싶다. 내 육체 속에 선생님의 힘이 박혀 있고, 내 핏속에 선생님의 생명이 흐르고 있다고 해도 그 당시의 나에게는 조금도 과장이 아닌 것처럼 생각되었다. 나는 아버지가 나의 진짜 아버지이고, 선생님은 말할 필요도 없이 생판 남이라는 명백한 사실을 새삼

스레 떠올려 보고 처음으로 커다란 진리라도 발견한 것처럼 놀랐다.

내가 할 일이 없어 따분해하고 있을 무렵, 아버지와 어머니의 눈에도 이제까지 특별해 보였던 내가 점점 시들하게 느껴지는 듯했다. 이것은 여름 방학 따위로 고향에 돌아온 사람이라면 누구나 한결같이 경험하는 것이라고 생각하는데, 일주일 정도는 융숭한 대접을 받지만 그 기간이 지나면 가족들의 관심이 식어 결국에는 있어도 그만 없어도 그만인 존재로 취급받게 되는 것이다. 나도 그 기간을 지났다. 게다가 나는 고향에 돌아갈 때마다 아버지도 어머니도 이해하지 못할 생각을 도쿄에서 가지고 갔다. 옛날 말로 하자면 유교를 신봉하는 집에 기독교 냄새가 나는 것을 가지고 들어가듯이 내가 가지고 들어간 생각은 어머니와도 아버지와도 조화를 이루지 못했다. 물론 나는 그것을 숨기고 있었다. 그러나 원래 몸에 스며 있는 것이기 때문에 드러내지 않으려 해도 어느 틈에 아버지와 어머니는 눈치채고 계셨다. 나는 결국 그곳이 재미없어졌다. 빨리 도쿄로 가고 싶었다.

아버지의 병은 다행히 현상 유지 상태였고 더 나빠질 기미도 보이지 않았다. 만약을 위해 일부러 멀리서 용하다는 의사를 불러 꼼꼼하게 진찰을 했지만 역시 내가 아는 것 이외의 이상은 발견되지 않았다. 나는 겨울 방학이 끝나기 조금 전에 고향을 떠나기로 했다. 떠나겠다고 하자 인정이란 묘한 것이어서 아버지와 어머니 두 분 모두 반대했다.

"벌써 돌아가려고. 아직 이르지 않니." 하고 어머니가 말했다.

"아직 4, 5일 더 있어도 되잖니." 하고 아버지가 말했다.

나는 내가 정한 출발 날짜를 변경하지 않았다.

24

도쿄로 돌아와 보니 마츠카자리[30]는 어느새 치워져 있었다. 거리는 찬바람만 불 뿐 어디를 둘러보아도 이렇다 할 정월 풍경은 없었다.

나는 즉시 선생님 댁에 돈을 갚으러 갔다. 예의 표고버섯도 가지고 갔다. 그냥 내밀기가 조금 뻘쭘해서 어머니가 드리라고 했다는 말을 일부러 덧붙이며 사모님 앞에 놓았다. 표고버섯은 새 과자 상자에 넣어져 있었다. 정중하게 감사의 인사를 한 사모님이 옆방으로 가져다 놓기 위해 상자를 들었다가 가벼워서 놀랐는지 "이건 무슨 과자예요?" 하고 물었다. 사모님은 친해지자 이런 데서 어린아이와 같은 모습을 보였다.

두 분 모두 아버지의 병에 대해서 걱정스럽게 여러 가지 질문을 반복하던 중에 선생님은 이런 말을 했다.

"과연 용태를 들으니 지금은 어떻게 되지 않을 것 같네만 병이 병이니만큼 꽤 신경 써야 할 걸세."

선생님은 신장병에 대해서 내가 모르는 것을 많이 알고 있었다.

"병에 걸려 있으면서도 알지 못하고 아무렇지 않게 지내는 것이 그 병의 특징이네. 내가 아는 어느 사관(士官)은 결국 그 병으로 갔는데, 정말 거짓말 같은 죽음을 맞이했다네. 옆에서 자고 있던 아내가 간병할 틈이고 뭐고 전혀 없을 정도였지. 한밤중에

---

30) 정초에 대문에 장식하는 소나무. 또는 그 장식.

조금 괴롭다고 아내를 깨웠는데, 다음 날 아침에 일어나 보니 죽어 있었다고 하더군. 게다가 아내는 남편이 자고 있는 줄 알았다더군."

지금까지 낙천적으로 생각하고 있던 나는 갑자기 불안해졌다.

"우리 아버지도 그렇게 될까요? 그렇게 되지 않을 거라는 보장도 없겠네요."

"의사는 뭐라고 하던가?"

"의사는 도저히 나을 수 없다고 했어요. 그러나 당분간은 걱정할 것 없다고도 했어요."

"그럼 괜찮을 거네. 의사가 그렇게 말했으니. 내가 방금 말한 경우는 병에 걸렸는지도 몰랐던 사람인 데다가 상당히 거친 군인이었네."

나는 다소 안심했다. 나의 변화를 가만히 지켜보던 선생님은 이렇게 덧붙였다.

"그렇지만 인간은 건강하든 병에 걸렸든 모두 약한 존재네. 언제 무슨 일로 어떤 죽음을 맞이할지 모르니까 말일세."

"선생님께서도 그런 것을 생각하시나요?"

"아무리 건강한 나지만 전혀 생각하지 않는 것은 아니라네."

선생님의 입 주위에 미소가 보였다.

"별안간 죽는 사람도 있지 않나. 자연스럽게 말이야. 그리고 눈 깜짝할 사이에 죽는 사람도 있고. 부자연스러운 폭력으로."

"부자연스러운 폭력이란 무엇인가요?"

"글쎄, 그것은 나도 모르겠네만, 자살하는 사람은 모두 부자연스러운 폭력을 사용하지."

"그렇다면 살해당하는 것도 역시 부자연스러운 폭력 탓이네요."

"살해당하는 것에 대해서는 전혀 생각하지 않았네. 그렇지만 듣고 보니 그런 것 같군."

그날은 그 대화를 끝으로 하숙집으로 돌아왔다. 돌아와서도 아버지의 병에 대해서는 그다지 신경 쓰이지 않았다. 선생님이 말한 자연스러운 죽음이라든가 부자연스러운 폭력으로 죽는다는 말도 그 자리에서만 조금 인상적이었을 뿐, 나중에는 어떤 인상도 남지 않았다. 나는 지금까지 몇 번이나 쓰려고 했다가 손을 대지 못했던 졸업 논문을 드디어 본격적으로 써야만 한다는 데 생각이 미쳤다.

25

그해 6월에 졸업할 예정인 나는 반드시 규정대로 논문을 4월 안에 써야만 했다. 2, 3, 4, 하고 손을 꼽아 남은 일수를 계산해 봤을 때, 나는 조금 내 배짱을 의심했다. 다른 학생들은 훨씬 전부터 논문 자료를 수집하거나 노트를 정리하며 다른 사람 눈에도 바쁘게 보이는데 나만은 아무것도 손을 대지 않고 있었다. 다만 나는 해가 바뀌면 꼭 써야겠다는 결심만 하고 있었다. 나는 그 결심을 실행에 옮기고자 했다. 그러나 즉시 큰 벽에 부딪혔다. 지금까지 커다란 주제를 머릿속에 그리며 골격만은 거의 완성했다고 생각했던 나는 머리를 감싸고 고민하기 시작했다. 그러고는 논문의 주제를 좁히기로 했다. 그리고 몇 번이고 검토하여 완성한 사상을 계통적으로 정리하는 수고를 덜기 위해 단지 책 속에 있는 자료를 늘어놓고 거기에 해당하는 결론을 조금 덧붙이기로 했다.

내가 선택한 문제는 선생님의 전공과 관련이 있는 것이었다. 전에 내가 그 선택에 대해서 선생님의 의견을 물었을 때 선생님은 좋을 것 같다고 말했다. 당황한 나는 즉시 선생님 댁을 방문하여 내가 읽어야만 하는 참고서에 대해 물었다. 선생님은 자신이 알고 있는 모든 것을 기분 좋게 나에게 알려 준 데다가 필요한 책을 두세 권 빌려주겠다고 했다. 그러나 내 논문에 대해서는 조금도 지도하려 하지 않았다.

"최근에는 그다지 책을 읽지 않아 새로운 것을 모른다네. 학교 선생님께 물어 보는 편이 좋을 거야."

선생님은 한때 엄청나게 책을 많이 읽었지만 최근에는 무슨 이유에서인지 전처럼 이 방면에 흥미가 일지 않은 듯하다는 말을 사모님에게 들었던 게 갑자기 생각났다. 나는 논문 이야기는 미루어 두고 다른 질문을 했다.

"선생님은 어째서 예전만큼 책에 흥미를 갖지 않으세요?"

"특별한 이유가 있는 것은 아니네만……, 아무리 책을 읽어도 그다지 훌륭해지지 않다고 생각했기 때문이네. 그리고……."

"그리고 또 있나요?"

"또 있다고 할 정도의 이유는 아니지만, 전에는 다른 사람 앞에 나서거나 질문을 받았을 때 모르면 수치스럽게 생각했네만, 최근에는 모른다는 것이 그다지 부끄럽게 여겨지지 않아 결국 무리해서 책을 읽고자 하는 의욕이 나질 않는다네. 쉽게 말하면 나이를 먹었다는 뜻이지."

선생님의 말투는 오히려 침착했다. 세상에 등을 돌린 사람의 쓸쓸함이 전혀 묻어 있지 않은 만큼 나에게도 별다른 소득이 없었다. 나는 선생님이 늙었다고도 생각하지 않은 대신 대단하다고도 느끼지 못한 채 돌아왔다.

그 후 나는 거의 논문에 사로잡힌 정신병자처럼 눈이 새빨개진 채 고심했다. 나는 일 년 전에 졸업한 친구들에게 여러 가지를 물어보았다. 그중 한 명은 논문 마감일에 차를 타고 사무실로 달려가 간신히 시간에 늦지 않았다고 했다. 다른 한 명은 마감 시간인 다섯 시보다 15분 정도 늦게 가져간 탓에 하마터면 거절당할 뻔한 것을 주임 교수의 호의로 겨우 제출할 수 있었다고 했다. 나는 불안을 느낌과 동시에 어쩔 수 없다고 각오했다. 매일 책상 앞에서 기진맥진해질 때까지 논문에 매달렸다. 그렇지 않을 때에는 어둑한 서고에 들어가 높은 책장 여기저기를 둘러보았다. 내 눈은 수집가가 골동품을 찾을 때처럼 책등의 금박 문자를 찾아다녔다.

매화가 피자 차가운 바람은 점점 남쪽으로 방향을 바꿨다. 한참이 지나자 벚꽃 소식이 간간이 들리기 시작했다. 그런데도 나는 한눈팔지 않고 앞만 바라보며 논문을 쓰는 데 박차를 가했다. 나는 결국 4월 하순, 예정대로 논문을 다 쓸 때까지 선생님 댁에 출입하지 못했다.

26

내가 자유의 몸이 된 것은 겹벚꽃이 진 가지에 어느덧 푸른

새순이 돋기 시작한 초여름이었다. 나는 새장을 벗어난 작은 새처럼 넓은 천지를 한눈에 조망하면서 자유롭게 날갯짓을 했다. 나는 즉시 선생님 댁에 갔다. 탱자나무 울타리의 거무스름한 나뭇가지 위에 싹이 튼 것과 석류나무의 시든 가지에서 윤이 나는 다갈색 잎이 부드럽게 햇빛을 반사하고 있는 것이 길을 걷는 내 시선을 끌었다. 나는 태어나서 처음으로 그런 것을 보는 듯한 신선함에 사로잡혔다.

선생님은 기쁜 기색의 내 얼굴을 보고 "벌써 논문은 다 썼나? 대단하군."이라고 말했다. 나는 "덕분에 겨우 끝났어요. 이젠 할 일이 아무것도 없어요."라고 대답했다.

실제로 그 당시의 나는 해야만 하는 모든 일을 이미 끝내고 앞으로는 실컷 놀아도 상관없을 것 같은 가벼운 마음이었다. 나는 완성한 논문에 대해 충분한 자신감과 만족감이 있었다. 나는 선생님 앞에서 그 내용에 대해 끊임없이 떠들어 댔다. 선생님은 언제나처럼 "그렇군."이라든가 "그래?"라고 대꾸했지만 그 이상의 비평은 조금도 덧붙이지 않았다. 나는 뭔가 아쉽다는 생각보다는 다소 맥이 빠지는 느낌이었다. 그래도 그날 나는 무심한 선생님의 태도에 역습을 시도할 정도로 힘이 넘쳤다. 나는 푸르게 소생하려고 하는 거대한 자연 속으로 선생님을 불러내고자 했다.

"선생님 어디로 산책 가지 않으시겠어요? 밖으로 나가면 정말 기분이 좋아질 거예요."

"어디로."

나는 어디든 상관없었다. 단지 선생님과 함께 교외로 나가고 싶었다.

한 시간 후 선생님과 나는 목적한 대로 시내를 벗어나 시골인지 도시인지 구별이 되지 않는 조용한 곳을 정처 없이 걸었다. 나는 붉은순나무의 어리고 부드러운 잎사귀를 따서 풀피리를 불었다. 가고시마 출신의 친구를 흉내 내다가 자연스럽게 배우게 되었는데, 나는 풀피리를 꽤 잘 불었다. 내가 신이 나서 그것을 계속 불어 대자 선생님은 모르는 척 다른 곳을 보고 걸었다.

이윽고 어린잎에 둘러싸인 것처럼 빽빽하게 들어선 몇 개의 건물을 거느린 조금 높은 집이 있고 그 아래로 좁은 길이 있었다. 문기둥에 붙은 문패에는 무슨 무슨 원이라고 쓰여 있는 걸로 보아 개인 주택이 아니라는 것을 바로 알 수 있었다. 선생님은 완만한 오르막길에 있는 입구를 바라보며 "들어가 볼까?" 하고 말했다. 나는 즉시 "정원수를 파는 집이네요."라고 대답했다.

정원수 사이를 돌아 안으로 올라가니 왼편에 집이 있었다. 열린 문 안쪽은 텅 비어 사람의 그림자도 보이지 않았다. 다만 집 앞에 있는 어항 안에는 금붕어가 헤엄치고 있었다.

"조용하군. 아무 말 없이 들어가도 상관없을까?"

"상관없겠죠."

우리 둘은 더욱 안쪽으로 들어갔다. 거기에도 사람 그림자는 보이지 않았다. 진달래가 불에 타듯 흐드러지게 피어 있었다. 선생님은 그중에서 키가 큰 주황빛 꽃을 가리키며 "이게 왜진달래라네."라고 말했다.

작약도 열 평 남짓한 공간에 심겨 있었지만 아직 꽃이 피기에는 이른 계절이어서 꽃이 핀 것은 한 그루도 없었다. 작약밭 옆에 있는 낡은 평상 같은 것 위에 선생님은 큰대자로 누웠다. 나는 한쪽 끝에 앉아 담배를 피웠다. 선생님은 푸르고 투명한 하늘을 보고 있었다. 나는 나를 감싼 어린잎 빛깔에 마음을 빼앗겼다. 그 어린잎들을 자세히 바라보니 전부 달랐다. 같은 단풍나무라도 같은 색깔의 잎이 달려 있는 가지는 하나도 없었다. 가느다란 삼나무 묘목 꼭대기에 걸어 놓은 선생님의 모자가 바람에 날려 떨어졌다.

27

나는 즉시 그 모자를 집어 들었다. 곳곳에 묻은 붉은 흙을 손톱으로 튀기며 선생님을 불렀다.

"선생님 모자가 떨어졌어요."

"고맙네."

몸을 반쯤 일으켜 그것을 받아 든 선생님은 일어나려는 것인지 누우려는 것인지 알 수 없는 엉거주춤한 자세로 엉뚱한 질문을 했다.

"갑작스러운 질문이네만, 자네 집에는 재산이 있는 편인가?"

"있다고 할 정도는 아니에요."

"그렇다면 어느 정도 있나? 실례되는 질문이네만."

"글쎄요. 산과 전답이 조금 있을 뿐, 현금은 전혀 없을 거예요."

선생님이 우리 집의 경제 사정에 대해서 질문다운 질문을 한 것은 그때가 처음이었다. 나는 아직 선생님의 경제 사정에 대해 물어본 적이 없었다. 선생님을 알게 된 지 얼마 안 됐을 때, 나는 선생님이 어떻게 일을 하지 않고도 생활을 할 수 있는지 궁금했다. 그 후로도 이 궁금증은 내 마음속을 떠나지 않았다. 그러나 나는 그런 노골적인 질문을 하는 것은 무례하다고 생각해 언제나 삼가고 있었다. 어린잎을 바라보며 눈의 피로를 풀고 있던 나는 마음속에 그 궁금증이 다시 일었다.

"선생님은 어떠세요. 어느 정도의 재산을 가지고 계신가요?"

"내가 재산가로 보이나?"

선생님은 평소 옷차림이 검소했다. 게다가 집안에는 일을 돕는 사람도 적었고 살고 있는 집도 결코 넓지 않았다. 그렇지만 물질적으로 풍족한 생활을 하고 있다는 것은 집안 사정을 잘 알지 못하는 나도 분명히 알 수 있었다. 요컨대 선생님의 생활은 사치스럽다고까지는 할 수 없어도 궁색하게 절약해야 할 정도는 아니었다.

"그런 것 같은데요."라고 내가 대답했다.

"그야 어느 정도의 돈은 있네. 그렇지만 결코 재산가는 아니라네. 재산가라면 더 큰 집을 지었겠지."

이때 선생님은 일어나서 평상 위에 책상다리를 하고 앉아 있었는데, 이렇게 말하고 나서 대나무 지팡이 끝으로 지면에 원을 그리기 시작했다. 다 그리고 나자 이번에는 지팡이를 찌르듯이 똑바로 세웠다.

"이래 봬도 원래는 재산가였는데."

선생님은 반쯤 혼잣말을 하는 듯했다. 그래서 바로 대답할 말을 찾지 못한 나는 결국 아무 말도 하지 못했다.

선생님은 "이래 봬도 원래는 재산가였다네."라고 정정하여 말한 후 내 얼굴을 보고 웃었다. 그런데도 나는 아무 대답도 못했다. 아니, 대답할 말을 찾지 못했다. 그러자 선생님이 화제를 다른 곳으로 돌렸다.

"자네 아버지의 병환은 그 후 좀 어떠신가?"

나는 아버지의 병세에 대해 정월 이후로는 전혀 모르고 있었다. 매월 고향에서 보내 주는 우편환(換)과 함께 오는 간단한 편지는 언제나처럼 아버지가 쓴 것이었으나 병세에 대한 언급은 거의 없었다. 그 필체도 흐트러짐 없이 정확했다. 그런 병을 앓고 있는 환자에게서 보이는 떨림이 전혀 나타나 있지 않았다.

"거기에 대해서는 아무 말씀도 없으시지만, 뭐 괜찮을 거예요."

"괜찮으시다면 다행이지만, 병이 병이니만큼."

"역시 어려울까요? 그렇지만 당분간은 괜찮으실 것 같아요. 특별한 언급이 없는 걸 보면."

"그런가."

나는 선생님이 우리 집 재산에 대해 묻거나, 아버지의 병에 대해 묻거나 하는 것을 보통의 대화―머릿속에 생각나는 대로 말하는 보통의 대화라고 여겼다. 그러나 선생님의 말속에는 나와 선생님을 연결시키는 커다란 의미가 있었다. 선생님의 과거를 모르는 나는 물론 그걸 알 턱이 없었다.

28

"자네 집에 재산이 있다면 지금 잘 분배해 두지 않으면 안 될 거야. 쓸데없는 참견이지만. 자네 아버지가 살아 계실 동안 받을 수 있는 것은 받아 두는 것이 어떻겠나? 부모님이 돌아가신 후 가장 골치 아픈 것이 재산 문제니 말이네."

"네."

나는 선생님의 말에 크게 신경 쓰지 않았다. 우리 가족 중에 그런 걱정을 하고 있는 사람은 나를 비롯해서 아버지도, 어머니도, 누구 한 사람도 없다고 믿고 있었다. 게다가 선생님의 질문이 평소 선생님과는 다르게 너무도 실제적이어서 나는 조금 놀랐다. 그러나 거기에 대해서는 연장자에 대한 평소의 존경심이 나를 아무 대꾸도 하지 못하게 했다.

"자네 아버지가 돌아가실 것이라고 지금부터 단정 짓고 말한 것이 자네 마음을 상하게 했다면 용서하게. 그렇지만 인간은 죽게 마련이지. 아무리 건강한 사람도 언제 죽을지는 아무도 모르니 말이네."

선생님의 말투는 이상하게 씁쓸했다.

"그런 일에 대해서는 전혀 염려하지 않아요."

나는 변명했다.

"자네 형제는 몇 몇인가?"라고 선생님이 물었다.

그리고 우리 가족의 인원수를 묻기도 하고 친척이 있는지 없는지, 숙부나 숙모가 있는지 등을 묻기도 했다. 그리고 마지막으로 이렇게 물었다.

"모두 좋은 분들인가?"

"특별히 나쁜 사람들은 아니에요. 대부분 시골 사람들인걸요."

"시골 사람들이 어째서 나쁘지 않다는 건가?"

나는 이 추궁에 당혹스러웠다. 그러나 선생님은 나에게 대답을 생각할 여유를 주지 않았다.

"시골 사람들이 도회 사람들보다 오히려 나쁜 경우도 많네. 그리고 자네는 지금 자네의 친척 중에 특별히 나쁜 사람은 없다고 했네만. 나쁜 사람이라고 정해진 사람이 이 세상에 있다고 생각하나? 그런 틀로 찍어 낸 악인은 이 세상에 있을 리가 없네. 평소에는 모두 선한 사람들이라네. 적어도 모두 보통 사람들이지. 그랬던 사람들이 어떤 계기로 갑자기 악인이 되니 무서운 거라네. 그러니 방심해선 안 되네."

선생님의 이야기는 여기서 끝날 것 같지가 않았다. 나는 여기서 뭔가를 말하려 했다. 그때 뒤쪽에서 개가 갑자기 짖기 시작했다. 선생님도 나도 놀라서 뒤를 돌아보았다.

평상 옆 뒤쪽에 심겨 있는 삼나무 묘목 옆에 얼룩조릿대가 세 평 정도의 땅을 뒤덮듯이 무성하게 돋아 있었다. 개는 얼룩조릿대 위로 얼굴과 등을 내밀고 맹렬하게 짖고 있었다. 그때 열 살 정도 되어 보이는 아이가 달려와서 개를 몹시 야단쳤다. 아이는 배지가 달린 검은 모자를 쓴 채 선생님 앞으로 돌아 나와 인사를 하고 물었다.

"아저씨, 들어오실 때 집에 아무도 없었나요?"

"아무도 없었는데."

"누나랑 엄마가 부엌에 있었는데요."

"그래? 그랬구나."

"네, 아저씨. 들어올 때 양해를 구하고 들어왔으면 좋았을 텐데요."

선생님은 쓴웃음을 지었다. 품에서 물림쇠가 달린 돈지갑을 꺼내 5전짜리 동전을 아이의 손에 쥐어 주었다.

"어머니께 전해 주렴. 여기서 잠깐 쉬게 해 달라고 말이야."

아이는 영리해 보이는 눈에 웃음을 가득 담고 고개를 끄덕여 보였다.

"지금 저는 척후병이에요."

아이는 이렇게 말하고 진달래 사이를 통과해 아래쪽으로 달려 내려갔다. 개도 꼬리를 높이 말고 아이 뒤를 따라 달렸다. 잠시 후, 비슷한 또래의 아이 두세 명도 척후병이 내려간 쪽으로 달려갔다.

29

선생님과의 대화는 개와 아이들 때문에 끊겨 나는 결국 그 요점을 알 수가 없었다. 그 당시 나는 선생님이 말한 재산 상속에 대한 염려가 전혀 없었다. 나의 성격과 처지로 볼 때 그 당시 나는 그런 이해 문제로 고민할 여유가 없었던 것이다. 생각해 보면 그것은 내가 아직 사회에 나가 보지 못한 탓이기도 했고 또 실제로 그런 상황에 처해 본 적이 없기 때문이기도 했지만, 어쨌거나 젊었던 나에게 왠지 돈 문제는 멀게만 느껴졌다.

선생님의 말 중에서 단 한 가지 마지막까지 듣고 싶었던 것은, 인간은 어떤 계기로 누구라도 악인이 된다는 말의 의미였다. 단순한 말로써 그 의미를 모르는 바는 아니었으나, 나는 그것에 대해 더 알고 싶었다.

개와 아이들이 가 버린 후, 어린잎으로 가득한 넓은 정원은 원래대로 다시 조용해졌다. 그리고 우리들은 침묵에 갇힌 사람들처럼 잠시 꼼짝도 않고 있었다. 밝았던 하늘이 차츰 빛을 잃어 갔다. 눈앞에 있는 나무는 대부분 단풍나무였는데, 그 가지에 싱싱하게 돋아난 연둣빛 어린잎이 점점 어두워지는 것 같았다. 먼 도로에서 짐수레가 덜컹덜컹 지나가는 소리가 들렸다. 나는 마을 사람이 정원수나 뭔가를 싣고 신사에서 열리는 축제에라도 가는 것으로 생각했다. 선생님은 그 소리를 듣고 갑자기 명상에서 깨어난 사람처럼 벌떡 일어났다.

"이제 슬슬 돌아갈까. 상당히 해가 길어지긴 했지만 이렇게 한가하게 있다 보면 어느 틈에 해가 진다니까."

선생님의 등에는 방금 전에 평상에 큰대자로 누워 있을 때 붙은 흔적들이 가득했다. 나는 두 손으로 그것을 털어 냈다.

"고맙네. 나무의 진이 묻어 있지는 않은가?"

"깨끗하게 떨어졌어요."

"이 하오리31)는 장만한 지 얼마 되지 않았네. 더럽히면 아내가 한 소리 할 거야. 고맙네."

우리는 또 완만한 비탈길 도중에 있는 집 앞에 다다랐다. 들어갈 때는 사람의 그림자도 보이지 않던 툇마루에 주인 여자가 열대여섯쯤 되어 보이는 딸과 함께 실패에 실을 감고 있었다. 우리는 커다란 어항 옆에 서서 "잘 쉬었다 갑니다."라고 인사했다. 주인 여자는 "아니에요. 아무 대접도 못 해드렸네요."라고 대답한 후 조금 전에 아이에게 준 동전에 대해 감사 인사를 했다.

문을 나와 이삼백 미터쯤 걸었을 때 나는 결국 선생님을 향해 입을 열었다.

---

31) 일본 옷 위에 입는 짧은 겉옷.

"조금 전에 선생님께서 인간은 누구라도 어떤 계기로 인해 악인이 된다고 하셨는데, 그건 무슨 의미인가요?"

"깊은 의미가 있는 것은 아니네. 즉, 사실인 거지. 이론이 아니라."

"사실은 사실인데, 제가 묻고 싶은 것은 어떤 계기라는 말의 의미예요. 대체 어떤 경우를 의미하는 건가요?"

선생님은 웃기 시작했다. 마치 한참 지난 이야기를 지금에 와서 열심히 설명할 의욕이 나지 않는다는 듯이.

"돈이네. 돈을 보면 아무리 점잖은 사람도 즉시 악인이 된다네."

나는 선생님의 대답이 지나치게 평범하여 시시하게 느껴졌다. 선생님이 대답할 의욕이 나지 않는 것처럼, 나도 선생님의 대답에 맥이 빠졌다. 나는 쌀쌀맞게 빨리 걸었다. 자연히 선생님은 뒤쳐졌다. 선생님은 뒤에서 "이보게." 하고 불렀다.

"그것 보게."

"뭐가요?"

"자네의 기분도 내 대답 하나에 바로 변하지 않는가."

선생님을 기다리려고 돌아선 내 얼굴을 보며 선생님은 이렇게 말했다.

30

그때 나는 속으로 선생님이 얄밉다고 생각했다. 어깨를 나란히 하고 걸으면서도 나는 묻고 싶은 것을 일부러 묻지 않았다. 그러나 선생님은 그걸 눈치챘는지 못 챘는지, 나의 태도에 대해 전혀 신경 쓰는 것 같지 않았다. 언제나처럼 말이 없이 침착하게 걸을 뿐이었다. 나는 조금 부아가 치밀었다. 무슨 말을 해서라도 선생님을 골탕 먹이고 싶었다.

"선생님."

"무슨 일인가?"

"선생님은 아까 조금 흥분하셨지요. 그 정원수 파는 집 정원에서 쉬고 있을 때 말이에요. 저는 선생님이 흥분한 모습을 거의 본 적이 없는데 오늘은 전에 없던 모습을 본 것 같아요."

선생님은 바로 대답을 하지 않았다. 나는 내가 예상한 반응이라고 생각했다. 또 한편으로는 예상이 빗나갔다고도 느꼈다. 어떻게도 할 수 없다고 생각한 나는 아무 말도 하지 않기로 했다. 그때 선생님이 갑자기 길가 쪽으로 갔다. 그러고는 깔끔하게 깎아 놓은 산울타리 아래에서 옷자락을 걷어 올리고 소변을 보았다. 나는 선생님이 소변을 보는 동안 멍하니 거기에 서 있었다.

"실례했네."

선생님은 이렇게 말하고 다시 걷기 시작했다. 마침내 나는 선생님을 골탕 먹이겠다는 생각을 단념했다. 우리들은 점점 왁자지껄한 번화가로 나왔다. 좌우에 늘어선 집 때문에 지금까지 간간이 보이던 밭의 넓고 경사진 면이나 평지가 전혀 눈에 들어오지 않았다. 그래도 여기저기 집의 구석진 곳에 완두콩 넝쿨이 대나무를 타고 올라간 모습이나 철망으로 만든 닭장에서 닭을 키우는 모습이 한가롭고 고요해 보였다. 시내에서 돌아오는 짐 나르는 말이 쉴 새 없이 스쳐 지나갔다. 이런 모습에 시종 정신을 빼앗기는 사이 나는 조금 전까지 가슴속에 있던 문제를 어느 틈에 잊고 말았다. 선생님이 갑자기 그 문제에 대한 얘기를 꺼낼 때까지, 나는 사실 그것을 잊고 있었다.

"내가 조금 전에 그렇게 흥분한 것처럼 보였나?"

"그렇게까지는 아니지만, 조금⋯⋯."

"아니 그렇게 보였어도 상관없네. 실제로 흥분했었으니까. 재산에 대해 말할 때면 꼭 흥분하게 되네. 자네에게는 어떻게 보일지 모르겠네만, 이래 봬도 나는 상당히 집요한 남자라네. 다른 사람에게 받은 굴욕이나 손해는 10년이 지나도, 20년이 지나도 결코 잊지 않는다네."

선생님의 말투는 여전히 흥분한 상태였다. 그러나 내가 놀란 것은 그것 때문이 아니었다. 오히려 선생님의 말이 내 귀에 호소하는 의미 그 자체 때문이었다. 선생님의 입에서 그런 고백을 듣는 것은 아무리 나라도 참으로 뜻밖이었다. 나는 선생님에게 그런 집착이 있을 줄은 상상조차 해 본 적이 없었다. 나는 선생님을 더 유약한 사람이라고 믿고 있었다. 그리고 그 유약하지만 고상한 성품이 내가 호감을 가진 부분이었다. 일시적인 기분으로 선생님께 조금 대들어 보려고 했던 나는 그 말에 위축되었다. 선생님은 이렇게 말했다.

"나는 사람에게 속았네. 그것도 피가 섞인 친척에게 속았지. 나는 결코 그것을 잊지 않고 있네. 내 아버지 앞에서는 선한 사람들이었던 그들이 아버지가 돌아가시자마자 용서하기 어려운 부도덕한 사람들로 변했네. 나는 그들로부터 받은 굴욕과 손해를 어린 시절부터 지금까지 짊어지고 있네. 아마도 죽을 때까지 그럴 것이네. 나는 죽을 때까지 그것을 잊지 못할 테니까 말일세. 그러나 나는 복수는 아직 못했네. 생각해 보면, 나는 개인에 대한 복수 이상의 일을 현재 하고 있네. 나는 그들을 증오할 뿐 아니라, 그들이 대표하고 있는 인간이라는 존재를 전반적으로 증오하는 법을 배웠다네. 나는 그것으로 충분하다고 생각하네."

나는 위로의 말조차 할 수 없었다.

31

그날의 대화도 결국, 더 이상 진전 없이 그것으로 끝나고 말았다. 나는 선생님의 태도에 위축되어 더 이상 말하고자 하는 마음이 들지 않았던 것이다.

우리 둘은 시내 변두리에서 전차에 탔지만 차 안에서는 거의 아무 말도 하지 않았다. 전차에서 내리면 곧 헤어져야 했다. 헤어질 때 선생님은 다시 변해 있었다. 평소보다는 밝은 모습으로 "앞으로 6월까지가 가장 마음 편한 때군. 어쩌면 일생에서 가장 마음 편할지도 모르지. 열심히 즐기도록 하게."라고 말했다. 나는 웃으며 모자를 벗었다. 그때 나는 선생님의 얼굴을 바라보며 선생님은 과연 마음속 어디에서 인간을 증오하고 있는 것일까, 하고 의심했다. 그 눈, 그 입, 어디에서도 염세적인 그림자는 보이지 않았다.

나는 사상적인 면으로 선생님께 커다란 도움을 받았다. 그러나 같은 문제에 대해서 도움을 받으려고 해도 받을 수 없는 경우가 왕왕 있었다는 것을 밝힌다. 선생님과의 대화는 가끔 무슨 말을 하려고 했는지 그 의미를 알지 못한 채 끝나기도 했다. 그날 교외에서 선생님과 내가 한 대화도 이런 경우의 일례로 내 마음속에 남았다.

제멋대로인 나는 결국 어느 날, 그런 마음을 선생님께 털어놓았다. 선생님은 웃었다. 나는 이렇게 말했다.

"머리가 나빠서 하시는 이야기를 분명히 파악하지 못하는 것은 어쩔 수 없지만, 잘 알고 계시면서 분명히 말씀해 주시지 않으면 곤란해요."

"나는 아무것도 숨기는 것이 없다네."

"숨기고 계시잖아요."

"자네는 나의 사상이나 의견 같은 것을 나의 과거와 뒤섞어 생각하고 있는 건 아닌가. 나는 변변찮은 사상가지만 내 머리로 정리한 생각을 일부러 사람에게 숨기려고 하지는 않네. 숨길 필요가 없으니 말이네. 그렇지만 나의 과거를 모조리 자네에게 말해야 한다면 그건 또 다른 문제네."

"저는 다른 문제라고 생각하지 않아요. 선생님의 과거가 만들어낸 사상이어서 저는 중시하는 거예요. 두 가지를 분리한다면 저에게는 거의 가치가 없어요. 저는 영혼이 없는 인형만으로 만족할 수 없어요."

선생님은 어이가 없다는 듯이 내 얼굴을 바라보았다. 궐련을 들고 있던 선생님의 손이 조금 떨렸다.

"자네는 대담하군."

"단지 진심일 뿐이에요. 진심으로 선생님의 인생에서 교훈을 얻고 싶은 거예요."

"내 과거를 파헤쳐서라도 말인가."

파헤쳐서라는 말이 갑자기 무서운 울림이 되어 나의 귀를 때렸다. 나는 그때 내 앞에 앉아 있는 사람은 한 명의 죄인일 뿐, 평소에 존경하는 선생님이 아닌 것 같았다. 선생님의 얼굴은 창백했다.

"자네는 정말로 진심인가?"라고 선생님은 확인하듯 물었다. "나는 과거의 일로 인해 사람을 의심한다네. 그래서 실은 자네도 의심하고 있다고 할 수 있네. 하지만 자네만큼은 의심하고 싶지 않네. 의심하기에 자네는 너무 단순하네. 나는 죽기 전에 단 한 명이라도 좋으니 믿을 만한 사람을 만나고 싶네. 자네는 그 단 한 명이 될 수 있겠나? 돼 줄 수 있는가? 자네는 진정으로 진심인가?"

"만약 제 생명이 진심이라면, 제가 지금 한 말도 진심입니다." 내 목소리는 떨렸다.

"좋네." 하고 선생님은 말했다. "말하겠네. 나의 과거를 남김없이 자네에게 말해 주겠네. 그 대신……. 아니, 그건 상관없네. 하지만 내 과거가 자네에게 있어서 그 정도로 유익하지 않을지도 모르네. 듣지 않는 편이 나을지도 모르지. 그리고 지금은 말할 수 없으니 그리 알게. 적당한 때가 오면 말하겠네."

나는 하숙집으로 돌아와서도 일종의 압박감을 느꼈다.

32

내 논문은 내 스스로 평가한 것만큼 교수의 눈에 훌륭해 보이지 않은 모양이었다. 그럼에도 나는 예정대로 통과했다. 졸업식 날, 나는 곰팡내 나는 오래된 동복을 고리짝에서 꺼내 입었다. 식장에 들어서니 이 사람 저 사람 할 것 없이 모두 덥다는 표정을 짓고 있었다. 나는 바람이 통하지 않는 두꺼운 모직 옷에 밀봉되어 어찌할 바를 몰랐다. 잠시 서 있는 동안에 손에 들고 있던 손수건이 땀에 흠뻑 젖었다.

식이 끝나자 즉시 집으로 돌아와 옷을 벗어 던지고 알몸이 되었다. 하숙집 이층의 창을 열고, 망원경처럼 돌돌 만 졸업장 구멍으로 보이는 만큼의 세상을 바라보았다. 그러고는 졸업장을 책상 위에 휙 내던졌다. 그런 다음 방 한가운데 큰대자로 누웠다. 나는 누워서 과거를 돌이켜 보았다. 또 미래도 상상해 보았다. 그러자 그 사이에 떡 버티고 서 있는 이 졸업장이란 존재가 의미가 있는 것도 같고 없는 것도 같은, 이상한 종이처럼 여겨졌다.

나는 그날 밤, 선생님 댁 저녁 식사에 초대받아 갔다. 만약 내가 졸업을 하게 되면 그날 저녁 식사는 다른 데서 먹지 않고 선생님 댁에서 먹겠다고 전부터 약속해 놓은 터였다.

식탁은 약속대로 거실 툇마루 가까이에 차려져 있었다. 빳빳하게 풀을 먹인 무늬 있는 식탁보에 전등 불빛이 반사되어 아름답고 깨끗해 보였다. 선생님 댁에서 식사를 할 때면 언제나 서양 요리점에서 본 것 같은 하얀 리넨 위에 젓가락과 밥그릇이 놓여 있었다. 그리고 그것은 언제나 갓 빨아 말린 새하얀 것이었다.

"칼라나 커프스와 마찬가지네. 더러운 것을 쓸 바에는 차라리 처음부터 색이 있는 것을 쓰는 것이 좋네. 흰 것은 쓴다면 새하얘야지."

그러고 보니 선생님은 결벽주의자였다. 서재만 해도 무척 깔끔하게 정리되어 있었다. 성격이 무심한 나에게도 선생님의 이런 부분이 때때로 눈에 띄었다.

"선생님은 결벽주의자시네요."라고 전에 사모님께 말했을 때 "그래도 옷에 대해서는 그다지 신경 쓰지 않아요."라고 대답한 적이 있었다. 그 말을 옆에서 듣고 있던 선생님은 "정확하게 말하면 나는 정신적인 결벽주의자라네. 그래서 늘 괴롭지. 생각해 보면 참으로 어리석은 성격이야."라고 말하며 웃었다. 정신적인 결벽주의자라는 의미가 흔히 말하는 신경질적이라는 의미인지 윤리적으로 결백하다는 의미인지 나로서는 알 수 없었다. 사모 님도 이해하지 못한 것 같았다.

그날 밤 나는 예의 새하얀 식탁보를 사이에 두고 선생님과 마 주 앉았다. 사모님은 선생님과 나를 좌우에 두고 혼자 정원이 바 라다 보이는 자리에 앉았다.

"축하하네."라고 말하며 선생님은 나를 위해 축배를 들었다. 나는 그 축배에 대해서 그다지 기쁘다는 생각이 들지 않았다. 물 론 내 마음이 이 말에 반응할 정도로 기쁘지 않았던 것도 한 원 인이었다. 그러나 선생님의 말투도 결코 나로 하여금 기쁨을 자 아내는 들뜬 목소리가 아니었다. 선생님은 웃으며 잔을 들었다. 나는 그 웃음 속에서 조금도 짓궂은 것을 발견하지 못했다. 동 시에 진정으로 축하한다는 느낌도 받을 수 없었다. 선생님의 웃 음은 "세상 사람들은 이런 경우 '축하한다.'라고 말하고 싶어 하 지."라고 말하는 듯했다.

사모님은 나에게 "훌륭해요. 분명 아버님과 어머님이 기뻐하 실 거예요."라고 말했다. 나는 갑자기 병환 중인 아버지를 떠올 렸다. 빨리 이 졸업장을 가지고 가서 보여 드려야겠다고 생각했다.

"선생님의 졸업장은 어떻게 하셨어요?" 하고 내가 물었다.

"어떻게 했더라.—아직 어딘가에 있나?" 하고 선생님이 사모님에게 물었다.

"네, 어딘가 넣어 두었을 거예요."

졸업장이 어디 있는지 두 분 모두 잘 몰랐다.

33

식사할 때 사모님은 옆에 앉아 있는 하녀를 물리고 자신이 식사 시중을 들었다. 이것이 티 나지 않게 손님을 대접하는 선생님 댁의 관례인 것 같았다. 처음 한두 번은 불편했지만 횟수가 거듭됨에 따라 사모님께 그릇을 내미는 것이 아무렇지도 않게 되었다.

"차? 밥? 상당히 잘 먹네요."

사모님도 과감하게 허물없이 말하기도 했다. 그러나 그날은 계절이 계절인 만큼 그렇게 놀림받을 정도로 식욕이 돌지 않았다.

"그만 먹게요? 최근에 너무 적게 먹는 것 같네요."

"그런 거 아니에요. 더워서 입맛이 없어서 그래요."

사모님은 하녀를 불러 식탁을 치우게 한 후 아이스크림과 과일을 내오게 했다.

"이건 집에서 만든 거예요."

특별한 일이 없는 사모님은 수제 아이스크림을 손님에게 대접할 정도의 여유가 있었다. 나는 그것을 두 그릇이나 먹었다.

"자네도 드디어 졸업을 했네만, 앞으로 뭘 할 생각인가?" 하고 선생님이 물었다. 선생님은 반쯤 툇마루 쪽으로 자리를 옮기고 문지방 옆에 앉아 방문에 등을 기댔다.

나는 다만 졸업했다는 자각이 있었을 뿐, 앞으로 무엇을 해야겠다는 생각은 없었다. 어떻게 대답해야 할지 망설이고 있는 나를 보고 사모님은 "교사?" 하고 물었다. 거기에도 대답하지 못하고 있자 이번에는 "그럼 공무원?" 하고 또 물었다. 선생님과 나는 웃음을 터뜨렸다.

"솔직히 말씀드리면 아직 무엇을 하겠다는 생각조차 없어요. 실은 직업이라는 것에 대해서 전혀 생각해 본 적이 없어요. 무엇보다 뭐가 좋고 뭐가 나쁜지는 직접 경험해 보지 않으면 모르니 선택하기 어렵다고 생각해요."

"그도 그렇군요. 하지만 학생은 집에 재산이 있으니까 그런 속 편한 소리를 할 수 있는 거예요. 형편이 어려운 사람을 보세요. 학생처럼 그렇게 속 편하게 있지 못할걸요."

내 친구 중에는 졸업하기 전부터 중학교 교사 자리를 찾는 이도 있었다. 나는 마음속으로 사모님이 말한 사실을 인정했다. 그렇지만 이렇게 대답했다.

"선생님의 영향을 좀 받은 모양이에요."

"좋은 영향을 받은 것 같진 않군요."

선생님은 쓴웃음을 지었다.

"내 영향을 받아도 상관없지만, 그것보다는 얼마 전에 말한 대로 아버지가 살아계실 동안 받아야 할 재산을 받아 두게. 그렇지 않으면 결코 안심할 수 없네."

나는 선생님과 진달래가 흐드러지게 피어 있던 지난 5월 초, 교외의 정원수 파는 집의 넓은 뜰 안쪽에서 했던 이야기를 떠올렸다. 돌아오는 길에 선생님이 흥분한 어조로 했던 강렬한 말이 다시 한 번 내 귓가에 울렸다. 그것은 강렬할 뿐만 아니라 심지어 엄청난 말이었다. 그렇지만 사정을 모르는 나에게는 전혀 이해가 되지 않는 말이기도 했다.

"사모님, 댁에는 재산이 많이 있나요?"

"어째서 그런 걸 묻는 거죠?"

"선생님께 여쭤 봐도 가르쳐 주지 않으셔서요."

사모님은 웃으며 선생님의 얼굴을 보았다.

"가르쳐 줄 정도로 재산이 많지 않으니까 그런 거겠지요."

"그렇지만 재산이 어느 정도 있어야 선생님처럼 일하지 않고 지낼 수 있는지 고향 집에 돌아가 아버지와 담판을 지을 때 참고하게 가르쳐 주세요."

선생님은 정원 쪽을 향하여 앉아 시치미를 떼고 담배를 피우고 있었다. 그래서 나는 사모님에게 말할 수밖에 없었다.

"많은 편은 아니지만 이렇게 그럭저럭 지낼 수 있을 정도예요. 그건 어떻든 상관없지만 학생은 앞으로 뭔가 하지 않으면 안 돼요. 선생님처럼 빈둥거리기만 해서는……."

"빈둥거리고만 있지 않는다고."

선생님은 얼굴만 살짝 돌리고는 사모님의 말을 부정했다.

34

나는 그날 밤 열 시가 넘어 선생님의 집에서 나왔다. 2, 3일

안에 고향으로 돌아갈 예정이었기 때문에 자리에서 일어나기 전에 나는 작별 인사를 했다.

"또 당분간 뵙지 못할 거예요."

"9월에는 오시지요?"

나는 이미 졸업을 했기 때문에 꼭 9월에 올 필요도 없었다. 그러나 가장 무더운 8월에 도쿄까지 와서 지낼 생각도 없었다. 나에게는 일을 찾기 위한 귀중한 시간이라는 것이 없었다.

"아마도 9월쯤이 되겠네요."

"그럼 안녕히 가세요. 우리도 이번 여름에는 아마 어딘가 갈 것 같아요. 상당히 더울 것 같으니까요. 가게 되면 또 그림엽서라도 보낼게요."

"만약 가신다면 어디로 가실 생각이세요?"

선생님은 이런 문답을 싱글싱글 웃으며 듣고 있었다.

"아직 간다 만다 정한 건 아니에요."

자리에서 일어서려고 할 때, 선생님은 갑자기 나를 붙잡고 "그런데 아버님의 병환은 좀 어떠신가?"라고 물었다. 나는 아버지의 건강에 대해서 거의 아는 바가 없었다. 아무 말이 없는 이상 나빠지지는 않았을 것이라고 생각하고 있었다.

"그렇게 만만하게 생각할 병이 아니네. 요독증이 발생하면 더 이상 손쓸 수가 없네."

나는 요독증이라는 말도 그 의미도 몰랐다. 지난겨울 방학 때 고향에서 의사를 만났을 때도 그런 단어를 전혀 듣지 못했다.

"정말 정성껏 보살펴 드리세요."

사모님도 말했다.

"독이 뇌로 퍼지면 그걸로 끝이에요. 학생, 웃을 일이 아니에요."

아무 경험이 없던 나는 속으로는 불안해하면서도 겉으로는 싱글싱글 웃고 있었다.

"어차피 낫기 어려운 병이라는데, 제가 아무리 걱정한들 뾰족한 수가 있겠어요."

"그렇게 체념하면 그걸로 그만이지만요."

사모님은 예전에 같은 병으로 돌아가신 자신의 어머니를 생각했는지 침울한 목소리로 그렇게 말한 후 고개를 숙였다. 나도 아버지의 운명이 정말로 불쌍해졌다.

그때 갑자기 선생님이 아내 쪽을 돌아보았다.

"시즈, 당신이 나보다 먼저 갈까?"

"왜요?"

"특별한 이유는 없어. 그냥 물어본 거야. 아니면 내가 당신보다 먼저 갈까. 일반적으로는 남편이 먼저 가고 아내가 남는 경우가 많은 것 같으니까."

"그렇게 정해진 건 아니에요. 그렇지만 남자 쪽이 아무래도 나이가 많으니까요."

"그러니까 먼저 죽는다는 말인가? 그렇다면 내가 당신보다 먼저 저세상으로 가야만 하는군."

"당신은 예외예요."

"그럴까."

"왜냐하면 건강하니까요. 거의 아픈 적이 없잖아요. 아무리 생각해도 내가 먼저 저세상으로 가겠는걸요."

"그럴까."

"네, 분명 그럴 거예요."

선생님은 내 얼굴을 보았다. 나는 웃었다.

"그런데 만약 내가 먼저 가면 당신은 어떻게 할 거야?"

"어떻게 하기는요……."

사모님은 여기서 머뭇거렸다. 선생님의 죽음에 대한 상상으로 사모님은 슬퍼진 모양이었다. 그러나 다시 얼굴을 들었을 때는 이미 기분이 바뀌어 있었다.

"어떻게 하기는요. 어쩔 수 없지요. 노소부정(老少不定)[32]이라는 말도 있잖아요."

사모님은 새삼스럽게 내 쪽을 보고 농담처럼 이렇게 말했다.

35

나는 일어서려다가 다시 자리에 앉아 이야기가 매듭지어질 때까지 두 사람의 상대가 되었다.

"자네는 어떻게 생각하나?"

선생님이 물었다.

선생님이 먼저 죽을지 사모님이 먼저 죽을지 애초부터 내가 판단할 수 있는 문제가 아니었다. 나는 그저 웃기만 했다.

"저도 수명은 모르죠."

"이것만은 정말 수명이에요. 태어날 때 이미 정해진 수명을 가지고 태어나니 어쩔 수 없어요. 선생님의 아버지와 어머니도

---

32) 노인도 소년도 언제 죽을지 모른다는 뜻. 죽음에는 노소(老少)가 따로 없음을 이르는 말.

돌아가신 시기가 거의 같아요."

"돌아가신 날짜가 말인가요?"

"날짜까지 같은 건 아니지만 거의 같은 시기에 돌아가셨어요. 연달아 돌아가셨으니까요."

이것은 나에게 새로운 사실이었다. 나는 이상하게 생각되었다.

"어째서 그렇게 한 번에 돌아가셨나요?"

사모님은 내 물음에 대답하려고 했다. 그런데 선생님은 그것을 저지했다.

"그런 이야기는 그만하지. 재미없으니."

선생님은 손에 쥐고 있던 부채를 일부러 소리 나게 부쳤다. 그리고 다시 사모님을 돌아보았다.

"시즈, 내가 죽으면 이 집은 당신에게 줄게."

사모님은 웃음을 터뜨렸다.

"주시는 김에 땅도 주세요."

"땅은 다른 사람 거니까 어쩔 수가 없어. 그 대신 내가 가지고 있는 것은 모두 당신에게 줄게."

"고마워요. 하지만 외국 서적 따위 받아서 어디에 쓰죠?"

"헌책방에 팔면 되지."

"팔면 얼마나 받을까요?"

선생님은 얼마라고 대답하지 않았다. 그러나 선생님은 자신의 죽음이라는 훗날의 문제에서 벗어나지 않았다. 그리고 그 죽음은 반드시 사모님보다 먼저 일어날 것이라고 가정되어 있었다. 사모님도 처음에는 일부러 아무렇지 않게 대답하고 있는 듯이 보였는데, 그것이 어느 틈에 감상적인 소녀 같은 마음을 짓눌렀다.

"내가 죽으면, 내가 죽으면이라고 대체 몇 번이나 말씀하시는 거예요. 제발 내가 죽으면이라는 말 좀 그만하세요. 불길해요. 당신이 죽으면 뭐든 당신이 원하는 대로 해 줄게요. 그럼 됐지요?"

선생님은 정원 쪽을 보고 웃었다. 그리고 더 이상 사모님이 싫어하는 말을 하지 않았다. 나도 너무 오래 있었기 때문에 즉시 자리에서 일어났다. 선생님과 사모님은 현관까지 배웅하러 나왔다.

"환자분을 잘 보살펴 드리세요." 하고 사모님이 말했다.

"그럼, 9월에 만나세." 하고 선생님이 말했다.

나는 인사를 하고 현관 밖으로 나왔다. 현관과 문 사이에 잎이 무성한 물푸레나무 한 그루가 나의 가는 길을 가로막듯 어둠 속에서 가지를 뻗고 있었다. 나는 두세 걸음 걸으며 거무스름한 잎으로 뒤덮인 가지 끝을 바라보고 가을에 필 꽃과 그 향기를 상상했다. 나는 이전부터 선생님의 집과 이 물푸레나무를 따로 떨어뜨릴 수 없는 것처럼 마음속에 함께 기억하고 있었다. 내가 우연히 그 나무 앞에 서서 다시 이 집을 방문할 올가을을 생각하고 있을 때, 지금까지 격자 사이로 비치고 있던 현관의 전등이 갑자기 꺼졌다. 선생님 부부가 안으로 들어간 모양이었다. 나는 홀로 어두운 바깥으로 나왔다.

나는 곧장 하숙집으로 돌아가지 않았다. 고향으로 돌아가기 전에 사야 할 것이 있었고 맛있는 것을 잔뜩 집어넣은 위를 쉬게 할 필요도 있었기 때문에 번화가 쪽으로 발걸음을 옮겼다. 거리는 아직 초저녁이었다. 볼일도 없어 보이는 남녀가 떼 지어 움직이는 속에서 나는 오늘 나와 함께 졸업한 친구를 만났다. 그는 나를 억지로 어느 술집으로 끌고 갔다. 나는 거기서 맥주 거품 같은 그의 호소를 들었다. 내가 하숙으로 돌아온 것은 열두 시가 넘어서였다.

36

나는 그다음 날도 더위를 무릅쓰고 부탁받은 물건을 사기 위해 돌아다녔다. 편지로 부탁을 받았을 때는 별것 아니라고 생각했는데 막상 사러 돌아다니다 보니 상당히 귀찮게 느껴졌다. 나는 전차 안에서 땀을 닦으며 다른 사람의 시간과 수고에 대해 미안하게 여기는 관념이 전혀 없는 촌사람들이 얄밉다는 생각이 들었다.

나는 이 여름을 하는 일 없이 지낼 생각은 없었다. 고향으로 돌아가 할 일을 미리 계획해 두었기 때문에 그것을 이행하기 위해 필요한 책도 구해야만 했다. 나는 한나절을 마루젠(丸善)[33] 이층에서 보낼 생각이었다. 나는 나와 관계가 깊은 분야의 책 선반 앞에 서서 처음부터 끝까지 한 권 한 권 점검해 갔다.

사야 할 물건 중에서 가장 나를 곤란하게 한 것은 여성용 속옷에 다는 장식용 깃이었다. 점원에게 말하니 얼마든지 꺼내 주었지만 막상 사려니 어느 것을 사야 할지 몰랐다. 게다가 가격이

---

33) 1869년 2월 11일에 창업한 일본의 대형 서점으로, 일본의 근대적 회사로 알려져 있다.

천차만별이었다. 쌀 것 같아서 가격을 물으면 엄청 비싸거나, 비싸겠지 싶어 가격도 물어 보지 못한 것은 오히려 쌌다. 아무리 비교해 봐도 어디서 가격 차이가 나는 것인지 전혀 알 수 없는 것도 있었다. 참으로 난처하기 그지없었다. 그리고 마음속으로 사모님에게 물어보지 않은 것을 후회했다.

나는 가방을 샀다. 물론 국산의 질 낮은 제품에 지나지 않았지만 그래도 장식이 번쩍번쩍해서 촌사람들을 깜짝 놀라게 하기에는 충분했다. 이 가방은 어머니의 부탁으로 산 것이었다. 졸업하면 새로운 가방을 사서 그 안에 일체의 선물을 넣어서 돌아오라고 일부러 편지까지 적어 보낸 것이다. 그 문구를 읽었을 때 나는 웃음을 터뜨렸다. 어머니의 생각을 모르는 바가 아니었으나, 그 말 자체가 우습기 짝이 없었기 때문이다.

선생님 부부에게 작별 인사를 할 때 말한 대로, 그로부터 사흘 후에 기차로 도쿄를 떠나 고향으로 돌아갔다. 지난겨울부터 아버지의 병환에 대해 선생님에게 여러 가지 주의를 들어온 나는 가장 걱정을 해야만 하는 위치에 있으면서도 왠지 그다지 걱정이 되지 않았다. 나는 오히려 아버지가 돌아가신 후 혼자 남을 어머니가 가여웠다. 그렇게 생각할 정도이니 내 마음속 어딘가에 아버지는 이미 돌아가실 분으로 각오하고 있었던 것이 틀림없다. 규슈에 있는 형에게 보낸 편지에도 아버지는 도저히 예전처럼 건강해질 수 있을 것 같지 않다고 썼던 것이다. 회사의 상황도 있겠지만 가급적이면 시간을 내서 여름쯤에 한 번 얼굴이라도 보러 오는 것이 어떻겠냐고도 썼다. 노인 둘만 시골에 있는 것은 분명 불안할 것이다, 자식으로서 죄송해서 견딜 수가 없다, 그런 감상적인 문구도 덧붙였다. 나는 솔직하게 마음에 떠오르는 대로 썼다. 그러나 쓰고 난 뒤의 기분은 쓸 때와 달라져 있었다.

나는 그런 모순을 기차 안에서 생각했다. 생각하고 있는 사이에 나 자신이 변덕이 심한 경박한 인간처럼 여겨졌다. 불쾌한 기분이 들었다. 나는 또 선생님 부부를 떠올렸다. 특히 2, 3일 전 저녁 식사에 초대받았을 때의 대화를 떠올렸다.

"누가 먼저 죽을까?"

나는 그 밤에 선생님과 사모님 사이에 일었던 의문을 혼자 중얼거려 보았다. 그리고 그 의문에 대해서는 누구도 자신 있게 대답할 수 없을 것이라고 생각했다. 그러나 누가 먼저 죽는다는 것을 분명히 알고 있다면 선생님은 어떻게 할까. 사모님은 어떻게 할까. 선생님도 사모님도 지금 살던 대로 살 수밖에 없을 것이라고 생각했다(죽음에 가까이 가고 있는 아버지가 고향에 있지만 내가 어떻게 손 쓸 방도가 없는 것처럼). 나는 인간이 허무한 존재라는 것을 깨달았다. 인간이 아무리 해도 바꿀 수 없는 운명이 허무한 것을 깨달았다.

-중-
부모님과 나

1

집으로 돌아와 보니 의외로 아버지의 건강은 전에 만났을 때와 크게 달라져 있지 않았다.

"어서 와라. 그래, 졸업을 하다니 대단하구나. 잠깐 기다리렴. 세수를 하고 올 테니."

아버지는 마당에 나와 뭔가 하고 있던 중이었다. 낡은 밀짚모자 뒤에 해를 가리기 위해 매단, 조금 더러워진 손수건을 펄럭이며 우물이 있는 뒤꼍으로 돌아갔다.

학교를 졸업하는 것을 당연하게 여기고 있던 나는 그것을 기대 이상으로 기뻐하는 아버지께 죄송함을 느꼈다.

"졸업하다니 대단하구나."

아버지는 이 말을 몇 번이나 반복했다. 나는 마음속으로 아버지의 기뻐하는 표정과 졸업식이 있었던 밤, 선생님 댁에서 식사를 할 때 "축하하네."라고 말하던 선생님의 표정을 비교했다. 나는 입으로는 축하의 말을 하면서 마음속으로는 별거 아니라고 여기는 선생님이 대단하지 않은 것을 대단한 것인 양 기뻐하는 아버지보다 오히려 고상해 보였다. 결국에는 아버지의 무지에서 나오는 촌스러움이 불쾌하게 여겨졌다.

"대학을 졸업한 게 뭐 그리 대단한가요. 대학 졸업생이 매년 수백 명이나 되는데요."

결국 나는 이런 말대답을 했다. 그러자 아버지가 이상한 표정을 지었다.

"졸업한 것만으로 대단하다고 하는 게 아니야. 그야 졸업한 것도 분명 대단한 일이지만, 내 말은 조금 더 의미가 있단다. 그것을 네가 알아주기만 한다면……."

나는 아버지의 말을 끝까지 듣고 싶었다. 아버지는 말하고 싶지 않은 듯했으나 결국 이렇게 말했다.

"말하자면, 내가 대단하다는 뜻이 된단다. 너도 알고 있듯이 나는 병을 앓고 있잖니. 작년 겨울 너와 만났을 때, 경우에 따라서는 앞으로 3, 4개월밖에는 살 수 없을 거라고 생각하고 있었다. 그런데 어떻게 된 일인지 지금까지 이렇게 살아 있구나. 거동하는 데 불편함 없이 말이다. 그런데 네가 졸업을 한 거야. 그러니 얼마나 기쁘겠니. 정성 들여 공부시킨 아들이 내가 저세상으로 간 후 졸업하는 것보다 건강할 때 졸업하는 편이 기쁘지. 커다란 꿈을 품고 있는 너로서는 겨우 대학 졸업 정도로 대단하다, 대단하다, 하는 말을 듣는 것이 그닥 달갑지 않겠지. 그렇지만 내 입장이 돼서 생각해 보렴. 조금 다르게 느껴질 테니. 즉, 졸업은 너보다는 나에게 대단한 것이란다. 알겠니."

나는 한 마디도 하지 못했다. 사과도 할 수 없을 만큼 죄송해서 고개만 숙이고 있었다. 아버지는 아무렇지 않은 척하면서도 자신의 죽음을 각오하고 있었던 것이다. 게다가 내가 졸업하기 전에 죽게 되리라고 여기고 있었던 모양이다. 그 졸업이 아버지께 얼마나 큰 기쁨인지도 헤아리지 못하고 있던 나는 참으로 어리석은 사람이었다. 나는 가방 안에서 졸업장을 꺼내 그것을 조심스레 아버지와 어머니에게 보여 드렸다. 졸업장은 뭔가에 눌려서 구겨져 있었다. 아버지는 그것을 정성스럽게 폈다.

"이런 건 둘둘 말아서 손에 들고 오는 거야."

"안에 심이라도 넣었으면 좋았을 것을."

어머니도 옆에서 거들었다.

아버지는 잠시 그것을 바라본 후 일어나 도코노마[1]로 가서 누구의 눈에든 쉽게 띌 수 있도록 정면에 졸업장을 세워 놓았다. 평소의 나라면 바로 한 소리 했을 테지만 그때의 나는 평소와는 전혀 달랐다. 아버지나 어머니의 말씀을 조금도 거역하고 싶지 않았다. 나는 아무 말 없이 아버지가 하시는 대로 내버려 두었다. 일단 구겨진 도리노코 종이[2]로 만든 졸업장은 좀처럼 아버지가 원하는 대로 서 있질 않았다. 적당한 위치에 세우자마자 즉시 구겨진 상태로 돌아가 쓰러지려 했다.

---

1) 일본 건축에서 객실인 다다미방의 정면에 바닥을 한 층 높여 만들어 놓은 곳. 벽에는 족자를 걸고 바닥에는 도자기나 꽃병 등으로 장식한다.
2) 안피나무 껍질과 닥나무 껍질을 섞어서 만든 질 좋은 일본 종이.

2

나는 어머니를 따로 불러 아버지의 병세에 대해 물었다.

"아버지께서 저렇게 마당에 나가 뭔가를 하시는데 저러셔도 되나요?"

"이제 아무렇지도 않은 모양이야. 아마도 좋아지신 것 같아."

어머니는 의외로 아무렇지 않은 것 같았다. 도시에서 떨어진 숲이나 밭 가운데 사는 보통 여자가 그러하듯이, 어머니는 이런 일에 전혀 지식이 없었다. 그런 어머니가 요전에 아버지가 졸도 했을 때는 그렇게 놀라고 걱정했다는 것이 나로서는 이상하게 느껴졌다.

"그렇지만 의사는 그때, 다시 회복하기는 어렵다고 선고했잖아요?"

"그래서 인간의 몸만큼 신기한 것은 없다고 생각한단다. 의사가 그렇게 병세가 위중하다고 했는데도 지금까지 아무렇지 않으니까 말이다. 나도 처음에는 걱정이 되어서 가급적이면 움직이지 못하도록 하려고 했어. 근데 너도 알다시피 가만히 계시질 못하잖니. 병을 고치려고 노력은 하지만 워낙 완고해서 말이야. 자신이 옳다고 생각하면 좀처럼 내가 하는 말 따위는 들으려 하시질 않는단다."

나는 전에 집에 왔을 때 억지로 이불을 걷게 하고 수염을 깎던 아버지의 모습과 태도를 떠올렸다. "이제 괜찮다. 네 엄마가 너무 야단스럽게 군 모양이야."라고 했던 아버지의 말을 생각해 보면 꼭 어머니만 탓할 것은 아니라는 생각이 들었다. 나는 '그렇지만 옆에서도 조금은 신경 써야만 해요.'라고 말하려다가 결국 아무 말도 하지 않았다. 다만 아버지의 병에 대해서 내가 알고 있는 것을 가르치듯 알려 드렸다. 그러나 그 대부분은 선생님과 사모님으로부터 들은 것에 지나지 않았다. 어머니는 담담하게 듣다가 "저런 같은 병을 앓으셨구나. 딱하기도 해라. 몇 살 때 돌아가셨다니, 그분은." 하고 물었다.

나는 어쩔 수 없이 어머니는 내버려 두고 직접 아버지에게 말했다. 아버지는 나의 주의를 어머니보다는 진지하게 들었다. "그래. 네가 말한 대로야. 하지만 내 몸은 내 것이니 내 몸에 좋은 것은 다년간의 경험으로 내가 가장 잘 알고 있단다."라고 아버지는 말했다. 그 말을 들은 어머니는 쓴웃음을 지으며 "저것 봐라."라고 말했다.

"그렇지만 저래 봬도 아버지는 스스로 각오를 하고 계세요. 이번에 제가 졸업하고 돌아온 것을 대단히 기뻐하신 것도 그 때문이에요. 살아 있을 동안 제가 졸업하지 못할 줄 알았는데 아직 건강할 때 졸업장을 가지고 와서 그게 기쁘셨대요."

"그야 입으로는 그렇게 말씀하시지만, 속으로는 아직 괜찮다고 생각하고 계신 거야."

"그럴까요."

"아직 10년, 20년은 더 살 거라고 생각하고 계셔. 가끔 내게 마음 약한 소리를 하기는 한다만—'이래서는 오래 못살 것 같아. 내가 죽으면 당신은 어떻게 할 거야. 혼자서 이 집에서 살 생각이야?'라고 말이다."

나는 갑자기 아버지가 돌아가시고 어머니만 쓸쓸히 혼자 남겨진 낡고 넓은 시골집을 상상해 보았다. 아버지가 떠난 후, 이 집이 그대로 유지될까? 형은 어떻게 할까? 어머니는 뭐라고 하실까? 이런 생각을 하고 있는 나는 이곳을 떠나 도쿄에서 마음 편히 살 수 있을까. 나는 어머니 앞에서 선생님의 주의—아버지께서 살아 계실 때 상속받을 수 있는 것은 받아 두라던 주의를 문득 떠올렸다.

"자기 입으로 죽는다, 죽는다, 하는 사람 중에 죽은 사람이 없으니 안심이야. 아버지도 죽는다, 죽는다, 하면서도 앞으로 몇 년 더 사실지 모르겠다. 그보다 아무 말 안 하고 있는 건강한 사람이 더 위험한 법이지."

나는 논리에서 나온 건지 통계에서 나온 건지 알 수 없는 이 진부한 어머니의 말을 아무 말 없이 듣고 있었다.

3

아버지와 어머니는 나를 위해서 팥을 둔 찰밥을 지어 손님을 불러 잔치를 열자는 의논을 하고 있었다. 나는 고향 집에 돌아온 당일부터 이런 일이 있을 것이라고 마음속으로 은근히 걱정하고 있었다. 나는 즉시 거절했다.

"너무 야단스럽게 그러지 마세요."

나는 시골 손님들이 싫었다. 먹고 마시는 것을 최종 목적 삼아 찾아오는 그들은 뭔가 건수가 생기면 좋다는 식인 사람들만 모여 있었다. 나는 어려서부터 그들과 자리를 함께하는 것이 괴로웠다. 더군다나 나 때문에 그들이 온다면 나의 괴로움은 한층 더할 것이 분명했다. 그러나 아버지와 어머니 앞에서 그런 야비한 사람들을 불러 모아 소란을 피우지 말라는 말은 차마 할 수 없었다. 그래서 다만, 너무 야단스럽다고만 주장했다.

"야단스럽다, 야단스럽다, 하는데 전혀 야단스럽지 않다. 평생에 단 한 번 있는 일이잖니? 손님을 불러 잔치를 여는 것이 당연하지. 그렇게 너무 사양하지 마라."

어머니는 내가 대학을 졸업한 것을 마치 장가라도 가는 것처럼 중요하게 여기고 있는 것 같았다.

"부르지 않아도 되지만, 그러면 또 뒤에서 말들이 많으니까."

아버지가 말했다. 아버지는 그들의 험담이 신경 쓰였던 것이다. 실제로 그들은 이런 경우, 자신들의 예상대로 되지 않으면 바로 뭔가 수군거리는 사람들이었다.

"도쿄와 달리 시골은 말들이 많단다."

아버지는 이렇게도 말했다.

"아버지 체면도 있잖니." 하고 어머니도 옆에서 거들었다.

더는 고집을 부릴 수도 없었다. 나는 어떻게 하든 부모님이 편할 대로 하는 것이 좋겠다고 생각했다.

"그러니까 저를 위해서라면 그러지 마시라고 말씀드린 거예요. 뒤에서 무슨 소리를 듣는 것이 싫어서 그런 거라면, 그건 또 다르죠. 두 분께 불편한 일을 제가 억지로 고집할 수는 없으니까요."

"그런 구실을 내세우면 곤란한데."

아버지는 언짢은 얼굴을 했다.

"너를 위해서 하는 것이 아니라고 아버지께서는 말씀하셨다만, 너도 할 도리가 있다는 걸 알잖니."

어머니는 이런 상황이 되면 여자여서 그런지 횡설수설 종잡을 수 없는 말을 했다. 그 대신 아버지와 내가 힘을 합쳐도 당해

낼 수 없었다.

"공부를 시키면 인간은 하여간 따지기를 좋아하게 된다니까."

아버지는 단지 이 말밖에 안 했다. 그러나 나는 이 간단한 한 마디 속에서 아버지가 평소에 내게 가진 불만의 전체를 보았다. 나는 그때 내 말투가 감정적인 것을 깨닫지 못하고 아버지의 불평만을 불만스럽게 여겼다.

그날 밤 아버지는 또 기분을 바꿔서 손님을 부른다면 언제가 좋겠냐고 내 사정을 물어보았다. 사정이 좋다거나 나쁠 것도 없이 다만 낡은 집에서 빈둥거리고 있는 나에게 그렇게 묻는 것은 아버지가 숙이고 들어온다는 의미였다. 나는 온화한 아버지 앞에서 내 주장을 굽혔다. 나는 아버지와 이야기 끝에 손님들을 초대할 날을 정했다.

그날이 오기 전에 아주 큰 사건이 일어났다. 메이지 천황이 병들었다는 소식이었다. 신문을 통해 즉시 일본 곳곳에 알려진 이 사건은 시골집에서 약간의 우여곡절 끝에 겨우 정하게 된 졸업 축하 잔치를 단번에 날려 버렸다.

"아무래도 잔치는 삼가는 것이 좋을 것 같구나."

안경을 쓰고 신문을 보고 있던 아버지가 이렇게 말했다. 아버지는 아무 말이 없었지만 자신의 병에 대해서도 생각하고 있는 것 같았다. 나는 불과 얼마 전 졸업식에 언제나처럼 행차했던 폐하를 생각했다.

4

적은 식구에 비해 지나치게 넓고 낡은 시골집은 무척 조용했다. 나는 고리짝에서 책을 꺼내 읽기 시작했다. 그러나 왠지 마음이 안정되지 않았다. 어지럽게 돌아가는 도쿄의 하숙집 이층에서 전차가 달리는 소리를 들으면서 한 장 한 장 책장을 넘기며 공부하는 편이 훨씬 의욕이 나고 기분이 좋았다.

나는 자주 책상에 기대 졸곤 했다. 가끔은 베개까지 꺼내서 본격적으로 낮잠을 자기도 했다. 잠에서 깨면 매미 소리를 들었다. 꿈속에서도 계속된 듯한 그 소리가 갑자기 시끄럽게 귓전을 때렸다. 가만히 그 소리를 듣고 있으면 때때로 슬퍼지기도 했다.

나는 붓을 들어 이 친구 저 친구에게 짧은 엽서나 긴 편지를 썼다. 어떤 친구는 도쿄에 남아 있었다. 또 어떤 친구는 고향에 돌아가 있었다. 답장을 주는 친구도 있었고 그렇지 않은 친구도 있었다. 나는 처음부터 선생님을 잊지 않았다. 원고지 3장 정도에 작은 글씨로 고향에 돌아온 이후의 근황을 적은 편지를 보내기도 했다. 나는 그것을 봉하며 과연 선생님은 도쿄에 있을까 하는 의구심이 들었다. 선생님이 사모님과 함께 집을 비울 경우에는 머리를 짧게 자른 50세 정도의 여자가 어디선가 와서 집을 봐주었다. 내가 전에 선생님에게 그 사람은 누군지 물었더니 선생님은 누구로 보이냐고 되물었다. 나는 그 사람을 선생님의 친척이라고 잘못 생각하고 있었다. 그러자 선생님은 "나에게는 친척이 없다네."라고 대답했다. 선생님 고향에 있는 혈연관계의 사람들과 선생님은 전혀 연락을 하지 않고 지냈다. 내가 궁금해하던 그 집 봐주는 여자는 선생님과는 상관없는 사모님 쪽 친척이었다. 나는 선생님께 편지를 보낼 때 문득 폭이 좁은 오비를 편안하게 뒤로 묶은 그 여자의 모습을 떠올렸다. 만약 선생님 부부가 어딘가로 피서 간 사이에 이 편지가 도착한다면, 그 짧은 머리 아주머니가 이것을 즉시 선생님이 있는 곳으로 보내줄 만큼 재치 있고 친절할 것인가—하고 생각했다. 그런데도 편지 안에 이렇다 할 정도로 필요한 내용이 쓰여 있지 않다는 것을 나는 잘 알고 있었다. 나는 단지 외로웠던 것이다. 그리고 선생님에게 답장이 오기를 기대하고 있었다. 그러나 답장은 결국 오지 않았다.

아버지는 이전 겨울에 왔을 때만큼 장기를 두고 싶어 하지 않았다. 장기판은 먼지가 쌓인 채 도코노마의 구석에 치워져 있었다. 특히 천황 폐하가 병들었다는 소식 이후, 아버지는 골똘히 생각에 잠겨 있는 듯 보였다. 매일 신문이 오기를 기다렸다가 자신이 가장 먼저 읽었다. 그러고는 그 신문을 일부러 내가 있는 곳으로 가져왔다.

"이것 봐라. 오늘도 천자님에 대한 이야기가 자세히 나와 있구나."

아버지는 폐하를 항상 천자님이라고 불렀다.

"황송한 이야기지만 천자님의 병환이 나와 비슷한 것인 듯싶구나."

이런 아버지의 얼굴에는 걱정하는 빛이 역력했다. 이런 말을 듣는 나는 또 아버지가 언제 쓰러질지 모른다는 걱정이 번쩍 들었다.

"그렇지만 괜찮겠지. 나처럼 하잘것없는 인간도 아직 이렇게 살아 있는데."

아버지는 아직 괜찮다고 스스로 보증하면서도 곧 당장 다가올 위험을 예감하고 있는 듯했다.

"아버지는 실은 병을 무서워하고 계세요. 어머니가 말씀하신 대로 10년이고 20년이고 살 수 있으리라는 생각은 없으신 것 같아요."

어머니는 내 말을 듣고 당혹한 표정을 지었다.

"또 장기라도 두자고 권해 보렴."

나는 도코노마에서 장기판을 꺼내 먼지를 닦았다.

5

아버지는 서서히 쇠약해져 갔다. 나를 놀라게 했던 손수건이 달린 낡은 밀짚모자는 자연스럽게 잘 쓰지 않게 되었다. 나는 검게 그을린 선반 위에 올려진 그 모자를 바라볼 때마다 아버지가 참 안됐다는 생각이 들었다. 아버지가 이전처럼 가볍게 움직일 때는 조금 자제하면 좋겠다고 걱정했었다. 아버지가 움직이지 않고 자리에 들어앉아 있게 되자 역시 이전이 좋았구나 하는 생각이 들었다. 나는 아버지의 건강에 대해서 자주 어머니와 이야기를 나누었다.

"전적으로 기분 탓이라니까."라고 어머니가 말했다. 어머니는 폐하의 병과 아버지의 병을 결부시켜 생각하고 있었다. 나는 꼭 그렇게 생각하지 않았다.

"기분이 아니라, 정말로 몸이 안 좋은 게 아닐까요. 아무래도 기분보다는 건강이 악화되어 가는 것 같아요."

나는 이렇게 말하고 마음속으로 또 멀리서 용하다는 의사라도 불러서 한 번 진찰을 받아 보는 것은 어떨까, 하고 생각했다.

"올 여름은 너도 재미없겠구나. 어렵게 졸업했는데 축하 잔치도 못 해 주고, 아버지 몸 상태도 좋지 않고, 게다가 천자님은 병환 중이시고. 차라리 고향에 내려오자마자 잔치를 했으면 좋았을 걸 그랬구나."

내가 고향에 내려온 것은 7월 5, 6일로 아버지와 어머니가 내 졸업을 축하하기 위해서 손님을 부르자고 한 것은 그로부터 1주일 뒤였다. 그리고 마침내 정한 날은 그로부터 또 1주일 정도 뒤였다. 시간에 속박받지 않는 느긋한 시골로 돌아온 나는 덕분에 원치 않은 축하 잔치의 고통에서 벗어날 수 있었지만 나를 이해하지 못하는 어머니는 그것을 조금도 눈치채지 못한 듯했다.

천황 폐하의 붕어 소식이 전해졌을 때 아버지는 그 신문을 손에 들고 "아아, 아아." 하고 소리쳤다.

"아아, 아아, 천자님도 결국 돌아가셨구나. 나도……."

아버지는 말을 잇지 못했다.

나는 얇은 검정색 천을 사기 위해 시내로 나갔다. 그것으로 깃봉을 감싸고 깃대 끝에 폭 9센티미터 정도의 천을 달아 대문 옆에 바깥쪽으로 비스듬하게 걸었다. 바람이 한 점도 불지 않아 깃발도 검은 천도 축 처졌다. 우리 집 낡은 대문의 지붕은 짚으로 이은 것이었다. 비를 맞고 바람에 날리기도 한 그 짚은 오래 전에 변색되어 옅은 회색을 띠고 있는데다가 곳곳이 울퉁불퉁하기까지 했다. 나는 혼자 문밖으로 나가 검은 천과 하얀 모슬린 천 그리고 천 안에 물들인 붉은 원을 바라보았다. 그것이 지저분한 지붕의 짚과 조화를 이루고 있는 모습도 바라보았다. 나는 전에 선생님이 "자네 집의 외관은 어떤가? 내 고향과는 분위기가 사뭇 다르겠지?"라고 물었던 것을 떠올렸다. 나는 내가 태어난 이 오래된 집을 선생님에게 보여 주고 싶었다. 또 한편으로는 선생님에게 보여 주는 것이 부끄럽기도 했다.

나는 또다시 집 안으로 들어갔다. 내 책상이 있는 곳에 가서 신문을 읽으며 먼 도쿄의 모습을 상상했다. 내 상상은 일본에서 가장 큰 도시가 어두움 가운데 어떻게 움직이고 있는지에 초점이 맞춰졌다. 나는 그 어둠 속에서도 움직여야만 하는 도시가 불안함으로 술렁거리는 가운데 한 점 등불 같은 선생님 집을 보았다. 나는 그때 그 등불이 소리 없는 소용돌이 가운데 자연스럽게 휩쓸리고 있다고는 미처 생각하지 못했다. 얼마 지나면 그 등불도 갑자기 꺼져 버릴 운명에 처해 있다는 것을 전혀 알아차리지 못했다.

나는 이 사건에 대해서 선생님에게 편지를 쓸 생각으로 붓을 들었다. 그리고 열 줄 정도 쓰다가 그만두었다. 쓴 것은 갈기갈기 찢어서 쓰레기통에 던져 넣었다. (선생님에게 그런 일을 써서 뭘 어쩌자는 것인가 하는 생각이 들었고, 전에도 그랬듯이 답장을 줄 것 같지 않았기 때문에) 나는 외로웠다. 그래서 편지를 썼던 것이다. 그리고 답장이 왔으면 좋겠다고 생각했다.

6

8월 중반 무렵이 되어 나는 한 친구로부터 편지를 받았다. 거기에는 지방에 중학교 교사 자리가 있는데 가지 않겠냐고 쓰여 있었다. 그 친구는 경제 사정상 스스로 그런 자리를 찾아다니고 있었다. 그 자리도 처음에는 자신에게 들어왔는데 더 좋은 지방에서 오라는 제의를 받았기 때문에 남은 자리를 나에게 넘길 생각으로 일부러 알려 준 것이었다. 나는 즉시 답장을 써서 거절했다. 지인 중에 열심히 교사 자리를 찾고 있는 사람이 있으니 그 사람에게 양보하는 것이 좋겠다고 썼다.

나는 답장을 보낸 후 아버지와 어머니에게 그 이야기를 했다. 두 분 모두 내가 거절한 것에 이의는 없는 듯했다.

"그런 곳까지 가지 않아도 또 좋은 자리가 생길 거야."

그 말 속에서 나는 두 사람이 나에 대해 지나친 기대를 가지고 있다는 것을 알았다. 세상 물정에 어두운 아버지와 어머니는 이제 막 졸업한 나에게 어울리지 않는 지위와 수입을 기대하고 있는 듯했다.

"좋은 자리라고요. 그런 좋은 자리는 요즘 좀처럼 없어요. 무엇보다 형과 저는 전공도 다르고 세대도 달라요. 저희 둘을 똑같이 생각하시면 좀 곤란해요."

"그렇지만 졸업한 이상 적어도 독립은 해야지. 그렇지 않으면 우리도 곤란해. 사람들이 댁의 차남은 대학을 졸업하고 뭐하냐고 물을 때 대답할 말이 없으면 내 체면이 뭐가 되겠니."

아버지는 얼굴을 찌푸렸다. 아버지의 사고방식은 오랫동안 살아온 익숙한 고향에서 벗어나질 못했다. 고향의 이런저런 사람들에게 대학을 졸업하면 월급을 얼마정도 받는다느니, 한 100엔[3] 정도 될 거라느니 등의 이야기를 들은 아버지는 이런 사람

---

3) 1912년 쌀 한 말의 소매가격은 1등급이 25전 2리, 1907년 중학교 교사가 된 모리타 소헤이(森田草平)의 월급은 20엔, 1909년 아사히신문사에 입사한 이시카와 타구보쿠(石川啄木)의 월급은 25엔이었다.

들에 대해서 체면을 구기지 않도록 이제 막 졸업한 내가 번듯한 곳에 취직하기를 원하고 있었던 것이다. 넓은 도시를 근거지로 생각하고 있던 내가 아버지나 어머니 눈에는 마치 다리를 하늘 쪽으로 향하고 걷는 괴상한 인간으로 비쳤을 것이다. 실제로 나도 그런 인간인 것 같은 기분이 가끔 들었다. 내 생각을 분명히 밝히기에는 나와 생각이 너무도 달랐기 때문에 아버지와 어머니 앞에서 잠자코 있었다.

"이런 때야말로 네가 늘 선생님, 선생님, 하고 부르는 분에게라도 부탁해 보는 게 어떻겠니?"

어머니는 선생님을 이렇게밖에 해석하지 못했다. 그 선생님은 고향으로 돌아가거든 아버지 살아생전에 빨리 재산을 상속받으라고 권한 사람이었다. 졸업했다고 해서 취직자리를 소개해 줄 사람은 아니었다.

"그 선생님은 무슨 일을 하시니?" 하고 아버지가 물었다.

"아무 일도 안 해요." 하고 내가 대답했다.

나는 예전에 선생님이 아무 일도 안 한다는 사실을 아버지와 어머니에게 말한 적이 있었다. 그리고 아버지는 그것을 기억하고 있을 터였다.

"아무 일도 하지 않는다니, 그건 무슨 이유에서냐? 네가 그렇게 존경할 정도의 사람이라면 뭔가 하고 있을 것 같은데 말이다."

아버지는 그렇게 말하며 나를 비꼬았다. 아버지의 생각으로는 능력이 되는 사람들은 세상에 나가 모두 상당한 지위에서 일하고 있다. 분명 건달이니까 놀고 있는 것이다라고 결론지은 것 같았다.

"나 같은 인간도 비록 월급을 받지는 않지만, 이래 봬도 놀고만 있진 않아."

아버지는 이렇게도 말했다. 나는 그래도 여전히 잠자코 있었다.

"네가 말한 대로 훌륭한 분이라면 분명 취직자리를 찾아 주실 거야. 부탁해 본 적 있니?" 하고 어머니가 말했다.

"아니요." 하고 내가 대답했다.

"저런. 어째서 부탁하지 않니. 편지라도 좋으니 한번 부탁해 보렴."

"네."

나는 건성으로 대답하고 자리를 떴다.

7

아버지는 분명히 자신의 병을 두려워하고 있었다. 그러나 의사가 올 때마다 성가신 질문으로 상대를 곤란하게 하는 성격도 아니었다. 의사도 환자가 걱정할까 봐 아무 말도 하지 않았다.

아버지는 사후의 일을 생각하고 있는 듯했다. 적어도 자신이 세상을 떠난 후의 우리 집안을 상상하는 듯했다.

"자식을 공부시키는 것도 꼭 좋은 것만은 아니야. 어렵게 공부시켜 놓으면 그 자식은 결코 고향 집으로 돌아오지 않으니 말이야. 이거야 원, 부모 자식을 떼어 놓기 위해 공부시킨 것 같다니까."

공부를 한 결과 형은 지금 멀리 떨어진 지방에 있다. 교육을 받은 결과 나는 또 도쿄에서 살 각오를 굳혔다. 이런 자식들을 기른 아버지의 푸념은 물론 불합리한 건 아니었다. 오랫동안 살아온 낡은 시골집에 덜렁 홀로 남겨질 어머니를 상상하는 아버지는 분명 쓸쓸했을 것이다.

아버지는 이 집을 떠나서 사는 것은 상상도 할 수 없다고 믿고 있었다. 어머니 역시도 살아 있는 동안은 이곳을 떠날 수 없다고 믿고 있었다. 자신이 떠난 뒤 고독한 어머니를 홀로 텅 빈 집에 남겨 두는 것도 몹시 불안했을 것이다. 그럼에도 도쿄에서 좋은 곳에 취직하라고 강요하는 아버지의 말에는 모순이 있었다. 나는 그 모순이 우습다고 생각하면서도 그 덕분에 도쿄로 나갈 수 있다는 것을 기뻐했다.

나는 아버지와 어머니 앞에서 일자리를 구하기 위해 몹시 노력하고 있는 것처럼 보여야만 했다. 나는 선생님에게 이런 집안의 사정을 자세히 적은 편지를 보냈다. 만약 내가 할 수 있는 일이 있다면 뭐든 할 테니 일자리를 주선해 달라고 부탁했다. 나는 선생님이 나의 부탁을 신경 쓰지 않으리라는 걸 알면서도 이런 편지를 썼다. 또, 신경 쓴다고 해도 발이 넓지 않은 선생님으로서는 어떻게 해 볼 도리가 없을 것이라고 생각하면서 편지를 썼다. 그러나 나는 선생님으로부터 이 편지에 대한 답이 분명 올 것이라고 생각하고 있었다.

나는 그것을 봉하여 보내기 전에 어머니에게 말했다.

"선생님께 편지를 썼어요. 어머니께서 말씀하신 대로요. 좀 읽어 보세요."

어머니는 내 예상대로 그것을 읽지 않았다.

"그래, 그럼 어서 보내라. 그런 건 다른 사람이 뭐라고 하지 않아도 스스로 알아서 하는 거야."

어머니는 나를 아직 아이처럼 생각하고 있었다. 실은 나도 아이가 된 기분이었다.

"그렇지만 편지만으로는 부족해요. 어차피 9월쯤에는 직접 도쿄에 가 봐야 되요."

"그야 그렇지만, 혹시 좋은 취직자리가 있을지도 모르잖니. 그러니까 빨리 부탁해 두는 것이 좋을 거야."

"네. 어쨌거나 분명 답장이 올 테니 그때 다시 얘기해요."

나는 이런 일에 있어서 꼼꼼한 선생님이 답장을 보낼 것이라고 믿고 있었다. 나는 선생님의 답장을 손꼽아 기다렸다. 그러나 내 예상은 끝내 빗나가고 말았다. 일주일이 지나도 선생님으로부터 아무런 소식이 없었다.

"아마도 어딘가로 피서를 가신 모양이에요."

나는 어머니에게 변명 비슷한 말을 해야만 했다. 그리고 그말은 어머니에 대한 변명뿐만이 아니라 내 마음에 대한 변명이기도 했다. 나는 억지로라도 뭔가 사정이 있을 거라고 가정하여 선생님을 변호해야만 마음이 편할 것 같았다.

나는 가끔 아버지의 병을 잊었다. 차라리 빨리 도쿄로 가 버릴까, 하고 생각하기도 했다. 게다가 아버지 스스로도 자신의 병을 잊고 있기도 했다. 미래를 걱정하면서도 미래에 대한 대책은 전혀 세우지 않았다. 결국 나는 선생님이 충고한 재산 분배에 대해서 아버지에게 말을 꺼낼 기회도 얻지 못한 채 시간을 보내고 있었다.

8

9월 초순이 되어 나는 다시 도쿄에 가기로 했다. 나는 아버지에게 당분간은 지금처럼 생활비를 보내 달라고 부탁했다.

"여기에 있어 봐야 아버지께서 원하시는 일자리는 얻을 수 없으니까요."

나는 아버지가 바라는 일자리를 얻기 위해 도쿄로 간다는 식으로 말했다.

"물론 일자리를 찾을 때까지만요."라고도 덧붙였다.

나는 마음속으로 그런 일자리는 결코 나에게 돌아오지 않을 것이라고 생각하고 있었다. 그러나 세상 물정에 어두운 아버지는 그 반대의 경우를 믿고 있었다.

"그야 잠시 동안이니 어떻게 해서든지 보내 주마. 그 대신 길어지면 안 된다. 괜찮은 일자리를 얻는 대로 독립해야 한다. 원래는 학교를 졸업한 이상, 졸업한 다음 날부터 다른 사람의 신세를 져서는 안 되는 거야. 요즘 젊은 사람들은 돈을 쓸 줄만 알았지 돈을 벌 생각은 조금도 안 한다니까."

아버지는 이외에도 여러 가지 잔소리를 했다. 그중에는 "옛날에는 자식이 부모를 부양했는데 지금은 부모가 자식을 먹여 살려야 한다니까."라는 말도 있었다. 그런 말들을 나는 잠자코 듣고 있었다.

잔소리가 한 차례 끝났을 때 나는 조용히 자리를 뜨려고 했다. 그러자 아버지는 언제 갈 거냐고 물었다. 나는 빠르면 빠를수록 좋다고 했다.

"어머니와 얘기해서 날짜를 정하렴."

"그럴게요."

그때 나는 아버지 앞에서 고분고분하게 굴었다. 나는 가급적 아버지의 심기를 건드리지 않고 고향을 떠나려 했다. 아버지는 다시 나를 만류했다.

"네가 도쿄에 가면 집은 다시 텅 비어 쓸쓸해질 거야. 나와 네 엄마뿐이니 말이다. 내 몸이 건강하면 몰라도, 몸이 이래서야 언제 어떻게 될지 모르잖니."

나는 가능한 아버지를 위로하고 내 책상이 있는 곳으로 돌아왔다. 나는 어수선하게 어지럽혀진 책들 사이에 앉아 불안해하던 아버지의 태도와 말을 몇 번이고 생각했다. 나는 그때 또 매미 소리를 들었다. 그 소리는 저번에 들었던 것과는 다른 쓰르라미 소리였다. 나는 여름에 고향으로 돌아와 시끄럽게 울어 대는 매미 소리를 들으며 가만히 앉아 있을 때면 이상하게 슬퍼지곤 했다. 언제나 이 벌레의 격렬한 울음소리와 함께 내 마음속에 애수가 스미는 것 같았다. 그럴 때면 나는 언제나 움직이지 않고 나 스스로를 응시했다.

나의 애수는 이 여름, 귀성한 이후 그 양상이 서서히 변해 갔다. 매미 소리가 쓰르라미 소리로 바뀌는 것처럼 나를 둘러싼 사람들의 운명이 커다란 윤회의 수레바퀴 속에서 천천히 움직이고 있는 것 같았다. 나는 쓸쓸해 보이는 듯한 아버지의 태도와 말을 계속 생각하면서 편지를 보내도 답장을 주지 않는 선생님을 떠올렸다. 선생님과 아버지는 전혀 반대의 인상을 준다는 점에서 비교할 때나 연상할 때 내 머릿속에 항상 함께 떠올랐다.

나는 아버지의 거의 모든 것을 알고 있었다. 만약 아버지를 떠난다고 해도 부모 자식 간의 미련이 있을 뿐이었다. 선생님에 대해서는 아직 많은 것을 알지 못했다. 말해 주겠다고 약속한 선생님의 과거도 아직 듣지 못했다. 요컨대 선생님은 베일에 가려져 있었다. 나는 베일 너머의 선생님을 알아야만 마음이 홀가분해질 것 같았다. 선생님과의 관계를 끊는 것은 나에게 커다란 고통이었다. 나는 어머니와 상의하여 도쿄로 떠날 날짜를 정했다.

9

내가 도쿄로 떠날 날이 가까웠을 때, (아마도 이틀 전 저녁이었다고 생각한다.) 아버지가 다시 쓰러졌다. 나는 그때 책과 옷가지를 넣은 고리짝을 묶고 있었다. 아버지는 목욕을 하고 있었다. 아버지의 등을 밀어 주러 갔던 어머니는 큰 소리로 나를 불렀다. 나는 벌거벗은 채 어머니에게 뒤로 안겨 있는 아버지를 보았다. 그런데도 방으로 옮겼을 때, 아버지는 이제 괜찮다고 말했다. 만약을 위해 머리맡에 앉아 젖은 수건으로 아버지의 이마를 식히고 있던 나는 아홉 시가 되어서야 겨우 변변찮은 야식으로 허기를 채웠다.

다음 날이 되자 아버지는 생각했던 것보다 기운을 차린 것 같았다. 말리는 것도 듣지 않고 걸어서 변소에 가기도 했다.

"이제 괜찮다."

아버지는 작년 말에 쓰러졌을 때 나에게 했던 말을 다시 반복했다. 그때는 아버지가 말한 대로 그럭저럭 괜찮았다. 나는 이번에도 그럴지 모른다고 생각했다. 그러나 의사는 단지 조심하는 것이 중요하다고만 할 뿐 재차 물어봐도 분명한 것은 말해 주지 않았다. 마음이 불안해진 나는 출발해야 할 날이 왔지만 도쿄로 떠날 마음이 들지 않았다.

"조금 더 상황을 지켜본 후 떠날까요?" 하고 나는 어머니에게 물었다.

"그래 주겠니."라고 어머니가 부탁했다.

어머니는 아버지가 마당에 나가거나 뒤꼍을 돌아다닐 기운이 있을 때는 태연하게 있다가 이런 일이 일어나자 필요 이상으로 걱정하며 안절부절못했다.

"너 오늘 도쿄로 돌아갈 예정 아니었니?" 하고 아버지가 물었다.

"네, 출발 날짜를 조금 연기했어요." 하고 내가 대답했다.

"나 때문이니?" 하고 아버지가 되물었다.

나는 조금 망설였다. 그렇다고 대답하면 아버지의 병이 중하다는 뜻이 되었다. 나는 아버지의 신경을 과민하게 만들고 싶지 않았다. 그러나 아버지는 나의 마음을 꿰뚫어 보고 있는 것 같았다.

"미안하구나." 아버지는 이렇게 말하고 마당 쪽으로 시선을 돌렸다.

나는 내 방으로 돌아와 거기에 팽개쳐진 고리짝을 바라보았다. 고리짝은 언제 들고 나가도 될 수 있도록 단단히 묶여 있었다. 나는 멍하니 그 앞에 서서 다시 줄을 풀까도 생각했다.

나는 앉은 채 엉덩이를 든 것 마냥 안정되지 않는 기분으로 다시 사나흘을 보냈다. 그런데 아버지가 또 정신을 잃고 쓰러졌다. 의사는 절대 안정을 명했다.

"어떻게 된 걸까?"

어머니는 아버지가 들리지 않도록 작은 소리로 내게 말했다. 어머니의 얼굴은 몹시 불안해 보였다. 나는 형과 여동생에게 전보 칠 준비를 했다. 하지만 자고 있는 아버지에게는 어떤 번민도 없어 보였다. 말하고 있는 모습을 보면 감기에 걸렸을 때와 별반 차이가 없었다. 게다가 식욕은 평소보다 좋았다. 옆에서 주의를 주어도 좀처럼 들으려 하지 않았다.

"어차피 죽을 거니까, 맛있는 거라도 먹고 죽어야지."

나는 맛있는 거라는 아빠의 말이 우습기도 하고 슬프기도 했다. 아버지는 맛있는 것을 먹을 수 있는 도시에 살고 있지 않던 것이다. 밤에 떡을 구워 달라고 해서는 우물우물 씹었다.

"어째서 저렇게 배곯아 하실까. 내면에 강한 부분이 있을지도 몰라."

어머니는 실망해야 할 상황에 오히려 기대를 걸었다. 그리고 병이 났을 때밖에는 사용하지 않는 배곯다라는 옛날 풍의 말을 뭐든 먹고 싶어 한다는 의미로 사용했다.

백부가 병문안을 왔을 때, 아버지는 끝까지 붙잡고 돌아가지 못하게 했다. 외로우니 좀 더 있어 달라는 것이 주된 이유였지만, 어머니와 내가 먹고 싶은 만큼 음식을 주지 않는다는 불평을 호소하는 것도 그 목적의 하나인 듯했다.

10

아버지의 병은 같은 증상으로 일주일 이상 계속되었다. 나는 그동안 긴 편지를 규슈에 있는 형에게 보냈다. 여동생에게는 어머니한테 쓰라고 했다. 나는 속으로, 아마도 이것이 아버지의 건강에 관해 두 사람에게 보내는 마지막 소식일 것이라고 생각했다. 그래서 두 사람에게 여차하면 전보를 칠 테니 달려오라고 덧붙였다.

형은 일이 바빴다. 여동생은 임신 중이었다. 그렇기 때문에 아버지의 상황이 긴박해지기 전까지는 불러들일 수가 없었다. 그렇다고 해서 모처럼 시간을 내서 달려왔는데 임종을 지키지 못했다는 말을 듣는 것도 괴로울 것 같았다. 나는 전보 칠 시기에 대해서 남모르는 책임감을 느꼈다.

"분명한 것은 저도 모르겠어요. 다만 위험한 상황이 언제 닥칠지 모른다는 것만 알고 계세요."

정거장이 있는 시내에서 온 의사는 나에게 이렇게 말했다. 나는 어머니와 상담 후, 그 의사가 소개해 준 시내 병원의 간호사를 한 명 고용하기로 했다. 아버지는 머리맡에 와서 인사를 하는 흰 옷 입은 여자를 보고 묘한 표정을 지었다.

아버지는 자신이 죽을병에 걸렸다는 것을 진작부터 알고 있었다. 그런데도 눈앞에 임박한 죽음에 대해서는 눈치채지 못했다.

"이제 곧 나으면 다시 한 번 도쿄에 놀러 가야지. 사람은 언제 죽을지 모르니까 말이야. 뭐든 하고 싶은 일은 살아 있는 동안에 해 둬야 해."

어머니는 할 수 없이 "그때는 나도 데리고 가요."라며 장단을 맞췄다.

어쩔 때는 몹시 쓸쓸해했다.

"내가 죽으면 부디 어머니를 잘 돌봐 드리거라."

나는 '내가 죽으면'이라는 이 말을 전에도 들은 적이 있다. 도쿄를 떠날 때쯤, 선생님이 사모님에게 몇 번이고 그 말을 반복한 것은 내 졸업식이 있던 밤이었다. 나는 웃음 띤 선생님의 얼굴과 불길하다며 귀를 막던 사모님의 모습이 떠올랐다. 그때의 '내가 죽으면'은 단순한 가정이었다. 지금 내가 듣는 것은 언제 일어날지 모르는 사실이었다. 나는 선생님을 대할 때의 사모님처럼 굴수는 없었다. 그러나 무슨 말이든 해서 아버지를 위로해야만 했다.

"그렇게 약한 말씀하시면 안 돼요. 이제 곧 나으면 도쿄에 가시기로 하셨잖아요. 어머니와 함께요. 이번에 가시면 분명 놀라실 거예요. 많이 변했거든요. 전철 노선도 많이 생겼어요. 전철이 다니면 자연히 마을 모습도 바뀌고요. 게다가 시(市)와 구(區)도 개정됐어요. 도쿄가 가만히 있을 때는 24시간 중 1분도 없다고 해도 좋을 정도예요."

나는 어쩔 수가 없어서 하지 않아도 될 말까지 떠들어 댔다. 아버지는 만족스럽게 내 말을 듣고 있었다.

집에 환자가 있으니 자연스럽게 많은 사람들이 집을 드나들었다. 근처에 사는 친척들은 이틀에 한 명 꼴로 번갈아 가며 병문안을 왔다. 그중에는 비교적 멀리 떨어져 살아 평소에 소원하게 지냈던 사람들도 있었다. "어떨까 걱정했는데, 이 상태라면 괜찮다. 말도 자유롭게 하시고 무엇보다 얼굴이 조금도 야위지 않았어." 이런 말을 하고 돌아가는 사람도 있었다. 내가 돌아왔을 당시는 쥐 죽은 듯 조용했던 집이 이번 일로 점점 북적대기 시작했다.

그러는 가운데 진행되지 않고 있던 아버지의 병이 점점 악화되어 갔다. 나는 어머니와 백부와 상의하여 결국 형과 여동생에게 전보를 쳤다. 형으로부터 바로 오겠다는 답장이 왔다. 매제에게서도 출발하겠다는 연락이 왔다. 여동생은 얼마 전 임신했을 때 유산했기 때문에 이번만큼은 그런 일이 일어나지 않도록 조심시키겠다고 매제는 전부터 말해 왔었다. 때문에 여동생 대신 매제가 올지도 몰랐다.

11

이런 불안정한 상황 가운데 나는 아직 조용히 앉아 있을 여유를 가지고 있었다. 가끔은 책을 펴고 열 쪽이나 연속해서 읽을 시간조차 있었다. 단단히 묶인 나의 고리짝은 어느 틈에 풀어 헤쳐졌다. 나는 필요한 여러 가지 물건을 그 안에서 꺼냈다. 도쿄를 떠날 때 마음속으로 정한 이 여름 동안의 계획을 돌이켜 보았다. 내가 한 일은 계획의 3분의 1에도 미치지 못했다. 나는 지금까지 이런 불쾌감을 여러 번 경험해 왔다. 그러나 이 여름만큼 생각대로 되지 않았던 적도 없었다. 이것이 사람 사는 세상에 늘 상 있는 일이라고 생각하면서도 싫은 기분을 떨쳐 낼 수 없었다.

이런 기분에 휩싸여 있으면서도 한편으로는 아버지의 병을 생각했다. 아버지가 돌아가신 뒤를 상상하기도 했다. 그와 동시에 한편으로는 선생님을 떠올렸다. 나는 이 불쾌한 마음 양 끝에 지위, 교육 그리고 성격이 전혀 다른 두 사람의 모습을 떠올렸다.

아버지의 머리맡을 떠나 어지럽게 널려 있는 책들 사이에서 혼자 팔짱을 끼고 있는데 어머니가 얼굴을 내밀었다.

"낮잠이라도 좀 자는 게 어떻겠니. 많이 피곤할 텐데."

어머니는 나의 기분을 이해하지 못했다. 나도 어머니에게 그런 것을 기대할 정도로 어리지 않았다. 나는 간단하게 감사 인사를 했다. 어머니는 아직 방 입구에 서 있었다.

"아버지는요?" 하고 내가 물었다.

"지금 주무시고 계시다."라고 어머니가 대답했다.

어머니는 갑자기 들어오더니 내 옆에 앉았다.

"선생님한테서는 아직 아무런 연락이 없니?"라고 물었다.

어머니는 그때의 내 말을 믿고 있었다. 그때 나는 선생님으로부터 반드시 답장이 올 것이라고 어머니에게 보증했었다. 그러나 아버지나 어머니가 바라는 답장이 올 것이라고는 나 역시 전혀 기대하지 않았다. 나는 꿍꿍이가 있어서 어머니를 속인 것과 같은 꼴이 되었다.

"한 번 더 편지를 보내 보렴." 하고 어머니가 말했다.

도움이 되지 않는 편지를 몇 통 쓰더라도, 그것이 어머니에게 위안이 된다면 수고를 아끼지 않고 썼을 것이다. 그렇지만 이런 용건으로 선생님을 번거롭게 하는 것이 싫었다. 나는 아버지에게 꾸중을 듣거나 어머니의 기분을 상하게 하는 것보다도 선생님에게 멸시당하는 것을 더욱 두려워하고 있었다. 내 부탁에 대해서 지금까지 답장이 오지 않는 것도 혹시 그런 이유가 아닐까, 하는 의심이 들었다.

"편지를 써도 되지만 이런 일은 편지로는 결말이 나지 않아요. 아무래도 제가 도쿄에 가서 직접 부탁드려야 할 것 같아요."

"그렇지만 아버지가 저러셔서, 언제 도쿄로 갈 수 있을지 모르잖니?"

"그러니까 가지 않을 거예요. 아버지가 나으실지 그렇지 않을지 분명해질 때까지 여기에 있을 생각이에요."

"그야 당연하지. 지금이라도 어떻게 될지 모르는 큰 병을 앓고 있는 병자를 내버려 두고 어떻게 도쿄에 갈 수 있겠니?"

처음 나는 마음속으로 아무것도 모르는 어머니를 딱하게 여겼다. 그러나 어머니가 어째서 이런 문제를 이렇게 상황이 안 좋을 때 꺼내는지 이해할 수 없었다. 내가 아버지의 병에도 불구하고 조용히 앉아 책을 읽거나 하는 여유가 있는 것처럼, 어머니도 눈앞에 있는 환자를 잊고 밖의 일을 생각할 정도로 여유가 있는 것이 아닐까, 하고 의심했다. 그때 "실은 말이다." 하고 어머니가 말을 꺼냈다.

"실은 아버지가 살아 계실 동안 네가 취직하면 분명 안심하실 테지만 상황이 이래서야 어려울 것 같구나. 그렇다고는 해도 저렇게 말씀을 잘하시고 정신도 말짱하시니, 저러고 계실 동안 아버지가 기뻐하도록 효도 좀 하렴."

가엾은 나는 효도도 할 수 있는 처지가 아니었다. 결국 나는 한 줄의 편지도 선생님께 보내지 않았다.

12

형이 왔을 때 아버지는 누워서 신문을 읽고 있었다. 아버지는 평생 만사를 제쳐 두고서라도 신문만은 꼭 읽는 습관이 있었는데 앓아눕고 나서는 심심해서인지 더욱 읽고 싶어 했다. 어머니도 나도 구태여 반대하지 않고 가급적 아버지가 원하는 대로 하게 두었다.

"이 정도로 건강하시니 다행이네요. 상당히 안 좋으실 거라고 생각하며 왔는데 꽤 좋아 보이시는데요."

형은 이런 말을 하면서 아버지와 이야기를 나누었다. 지나치게 명랑한 형의 말투가 나에게는 오히려 어색하게 들렸다. 그러나 아버지 방을 나와서 나를 마주 했을 때는 침울해져 있었다.

"저렇게 신문을 읽으시면 안 되는 거 아니야?"

"나도 그렇게 생각하지만 읽고자 하시니 어쩔 수 없잖아."

형은 나의 변명을 묵묵히 듣고 있다가 이윽고 "이해를 하시는 걸까." 하고 말했다. 형은 아버지의 이해력이 병 때문에 평소보다 상당히 떨어졌다고 느낀 모양이었다.

"정신은 멀쩡하셔. 조금 전에 20분 정도 머리맡에 앉아 여러 가지 이야기를 해 봤는데 이상한 점은 조금도 없었어. 이 상태라면 경우에 따라서는 꽤 오래 견디실지도 몰라."

형과 거의 비슷하게 도착한 매제의 의견은 우리보다 상당히 낙관적이었다. 아버지는 그에게 여동생에 대해서 이것저것 물었다.

"몸이 몸이니까 함부로 기차에 타거나 해서 흔들리지 않는 편이 좋아. 무리해서 문병하러 오거나 하면 오히려 내가 걱정이 될 테니까."라고 말했다. "이제 곧 나으면 아기 얼굴이라도 보러 오래간만에 찾아갈 테니 상관없네."라고도 말했다.

노기 대장[4]이 죽었을 때도 아버지는 가장 먼저 신문을 통해 그 사실을 알았다.

"큰일 났다. 큰일 났어."

아버지가 말했다.

아무것도 모르는 우리들은 갑작스러운 그 말에 깜짝 놀랐다.

"그땐 드디어 머리가 이상해지셨구나 싶어 철렁했다니까."

나중에 형이 나에게 말했다.

"저도 실은 놀랐어요."

매제도 동감하는 말을 했다.

그 무렵 신문은 시골 사람들에게는 매일 기다려지는 기사들 뿐이었다. 나는 아버지 머리맡에 앉아 꼼꼼하게 그것을 읽었다. 읽을 시간이 없을 때는 살짝 내 방에 가지고 와서 빠짐없이 훑어보았다. 나는 군복을 입은 노기 대장과 궁녀 같은 복장을 한 그 부인의 모습이 눈에 선해 오랫동안 잊을 수가 없었다.

비통한 바람이 시골 구석구석까지 불어와 졸린 나무와 풀을 한창 뒤흔들 때, 갑자기 선생님으로부터 한 통의 전보를 받았다. 양복을 입은 사람만 봐도 개가 짖어 대는 촌구석에서는 한 통의 전보조차 대사건이었다. 그것을 받은 어머니는 깜짝 놀란 모습으로 일부러 나를 사람이 없는 곳으로 불러냈다.

"뭐냐?"라고 하며 옆에 서서 내가 봉투 뜯기를 기다렸다.

---

4) 노기 마레스케(1849~1912). 육군 대장. 어린 시절 아버지에게 엄격한 무사 교육을 받고 세이난 전쟁(西南戰爭), 청일 전쟁에 출정. 러일 전쟁에서는 제3 군 사령관으로 여순 공격. 여순을 공격할 때 두 아들을 잃고, 많은 장병을 전 사하게 한 것에 깊은 책임을 느껴 죽고자 하였으나 메이지 천황이 허락하지 않았다. 1912년 9월 13일 메이지 천황의 장례식 당일 부인과 함께 자결했다.

전보에는 잠깐 만나고 싶으니 올 수 있냐는 의미의 내용이 간단히 적혀 있었다. 나는 고개를 갸웃했다.

"분명 부탁해 놓은 일자리 이야기일 거야."

어머니는 그렇게 넘겨짚었다.

나도 그럴지 모른다고 생각했다. 그러나 그렇다고 하기에는 조금 이상하다는 생각도 들었다. 어쨌거나 형과 매제를 불러들인 내가 병환 중인 아버지를 놔두고 도쿄로 갈 수는 없었다. 나는 어머니와 의논하여 갈 수 없다는 전보를 치기로 했다. 가급적 간략하게 아버지가 점점 위독해지고 있다는 말도 덧붙였으나 그것으로도 마음이 편치 않아 자세한 사정을 적을 편지를 그날 중으로 써서 보냈다. 부탁한 일자리 때문이라고 믿고 있던 어머니는 "정말 상황이 좋지 않을 때는 어쩔 수가 없구나."라고 말하며 아쉬운 표정을 지었다.

<h2 style="text-align:center">13</h2>

내가 적은 편지는 상당히 길었다. 어머니도 그렇고 나 역시도 이번에야말로 선생님에게 무슨 말이 있을 거라고 생각하고 있었다. 내가 편지를 보낸 지 이틀째 되는 날 또 전보가 왔다. 거기에는 오지 않아도 괜찮다는 말밖에는 없었다. 나는 그것을 어머니에게 보여 주었다.

"아마도 편지로 말씀하실 생각인가 보구나."

어머니는 끝까지 선생님이 나를 위해 일자리를 주선해 줄 것이라고 해석하고 있는 듯했다. 나도 그럴지도 모른다고 생각했지만 평소의 선생님을 생각해 봤을 때 아무래도 이상하게 여겨졌다. '선생님이 일자리를 구해 준다.' 이것은 있을 수 없는 일처럼 느껴졌다.

"어쨌거나 제 편지는 아직 선생님께 도착하지 않았을 테니 이 전보는 그 전에 보낸 게 분명해요."

나는 어머니에게 이런 뻔한 소리를 했다. 어머니는 또 그럴듯하다는 듯이 "그렇구나." 하고 대답했다. 내가 보낸 편지를 읽기 전에 선생님이 이 전보를 쳤다는 것이 선생님을 이해하는데 아무런 도움도 되지 않는다는 걸 알고 있으면서도.

그날은 주치의가 시내에서 원장을 데려오기로 되어 있어서 어머니와 나는 그 대화를 마지막으로 이 일에 대해서 이야기할 기회가 없었다. 두 의사는 모두가 지켜보는 가운데 환자에게 관장 따위의 조취를 하고 돌아갔다.

아버지는 의사로부터 절대 안정을 명령받은 이래, 용변을 보는 일도 다른 사람의 손을 빌리고 있었다. 결벽한 성질인 아버지는 처음 얼마 동안은 그것을 몹시 싫어했지만 몸이 말을 듣지 않았기 때문에 어쩔 수 없이 누운 채 일을 보았다. 그러다 병 때문에 머리도 점점 둔해지는지, 날이 갈수록 누운 채 용변 보는 것을 개의치 않게 되었다. 가끔은 요와 이불을 더럽혀 주위 사람이 인상을 찌푸려도 당사자는 오히려 태연했다. 병의 특성상 소변의 양이 적어졌다. 의사는 그것을 걱정했다. 식욕도 서서히 줄어들었다. 가끔 뭔가 먹고 싶어 했지만 입에서만 원할 뿐, 목으로는 극히 소량밖에 넘기지 못했다. 좋아하는 신문도 들 힘이 없어졌다. 머리맡에 있는 돋보기도 늘 검은 안경집에 들어 있는 채였다. 어린 시절부터 아버지와 사이가 좋았던 사쿠라는, 지금은 약 4킬로미터 정도 떨어진 곳에 살고 있는 사람이 문병을 왔을 때 아버지는 "아아, 사쿠 자넨가."라며 흐리멍덩한 눈을 사쿠 씨 쪽으로 돌렸다.

"사쿠, 어서 오게. 자네는 건강하니 부럽군. 나는 이제 틀렸네."

"그런 말 말게. 자네는 자식이 둘이나 대학을 졸업했으니 조금 아픈들 어떤가. 나를 보게. 마누라는 먼저 가고 자식도 없고. 다만 이렇게 살고 있을 뿐이네. 건강하다고는 하지만 아무런 낙이 없네."

관장을 한 것은 사쿠 씨가 다녀가고 이삼일 후의 일이었다. 아버지는 의사 덕분에 상당히 편해졌다고 기뻐했다. 자신의 수명에 대해서 조금 배짱이 생겼는지 기분이 좋아진 것 같았다. 옆에 있던 어머니는 거기에 영향을 받았는지 아니면 환자를 격려하기 위해서인지, 선생님에게 전보가 온 일을 마치 아버지가 원하는 대로 내 일자리가 도쿄에 정해진 것처럼 이야기했다. 옆에 있던 나는 민망했지만 어머니의 말을 가로막을 수도 없었기 때문에 잠자코 듣고 있었다. 환자는 기쁜 표정을 지었다.

"그것 잘됐네요."라고 매제도 말했다.

"무슨 일인지는 아직 모르니?" 하고 형은 물었다.

나는 그제서야 그 말을 부정할 용기가 없어서 나 자신도 알지 못하는 애매한 대답을 하고는 자리에서 일어났다.

14

아버지의 병은 마지막 순간의 문턱까지 치닫다가 거기서 잠시 주춤하는 듯 보였다. 집안사람들은 운명의 선고가 이제나 내려질까 저제나 내려질까 노심초사하며 매일 밤 잠자리에 들었다.

아버지는 옆에 있는 사람을 괴롭게 할 정도의 고통은 느끼지 않는 듯했다. 그런 점에 있어서 간병은 수월했다. 만일을 위해 한 사람씩 교대로 깨어 있었지만 나머지 사람들은 적당한 시간이 되면 각자의 방으로 돌아가 잠자리에 들어도 상관없었다. 어쩌다가 잠들지 못했을 때 환자의 신음 소리를 들은 것 같아 나는 한밤중에 잠자리에서 빠져나와 확인을 위해 아버지의 머리맡까지 가 본 적도 있었다. 그날 밤은 어머니가 깨어 있을 차례였다. 그러나 어머니는 아버지 옆에서 구부린 팔꿈치를 베개 삼아 잠들어 있었다. 아버지도 깊은 잠에 빠진 듯 조용했다. 나는 살금살금 다시 내 방으로 돌아왔다.

나는 형과 함께 모기장을 치고 잤다. 매제는 손님 대접을 받아 혼자서 따로 떨어진 객실에서 잤다.

"세키도 안됐어. 저렇게 여러 날이나 붙잡혀 돌아가지도 못하고."

세키는 매제의 성이다.

"그렇지만 그리 바쁘지 않으니까 저렇게 머물고 있는 거겠지. 세키보다는 형이 더 곤란한 거 아니야. 이렇게 길어지면."

"곤란해도 어쩔 수 없지. 다른 일도 아니고."

형과 나란히 누워서 이런 이야기를 나누었다. 형도 나도 아버지는 어차피 가망이 없다고 생각했다. 어차피 가망이 없는데 이러고 있을 필요가 있나 하는 생각도 들었다. 우리들은 자식으로서 아버지의 죽음을 기다리고 있는 것과 마찬가지였다. 그러나 자식으로서 우리들은 그것을 말로 표현하는 것을 꺼렸다. 그러나 서로가 어떤 생각을 하고 있는지 잘 알고 있었다.

"아버지는 아직 나을 수 있다고 생각하는 것 같아."라고 형이 나에게 말했다.

실제로 형이 말하는 것처럼 보이는 경우도 없지 않았다. 이웃 사람들이 문병을 오면 아버지는 반드시 만나려고 고집했다. 만날 때마다 내 졸업 축하 잔치에 부르지 못한 것을 안타까워했다. 그 대신 자신의 병이 나으면 꼭 부르겠다는 말도 가끔 덧붙였다.

"네 졸업 축하 잔치가 취소돼서 다행이야. 나 때는 정말 난처했다니까."라며 형은 내 기억을 환기시켰다. 나는 모두들 술에 거나하게 취해 어수선했던 그때를 떠올리고 쓴웃음을 지었다. 술과 음식을 억지로 권하며 돌아다니던 아버지도 떠올라 씁쓸했다.

우리들은 그리 사이가 좋은 형제는 아니었다. 어린 시절에는 자주 싸웠고, 나이가 어린 내가 언제나 당하고 울었다. 대학에 들어갔을 때 전공이 달랐던 것도 전적으로 성격 차이에서 비롯된 것이었다. 대학에 다닐 때 나는, 특히 선생님과 접촉하고 있던 나는 멀리서 형을 바라보며 항상 동물적이라고 생각했다. 오랫동안 형을 만나지 못했고 또 멀리 떨어져 있었기 때문에 시간적으로나 거리적으로 형은 나와 가깝지 않았다. 그래도 오래간만에 이렇게 만나니 형제의 정이 어딘가에서 자연스럽게 솟아났다. 상황이 상황인 것도 큰 원인이었다. 두 사람에게 공통된 아버지, 그 아버지가 세상을 떠나려는 머리맡에서 형과 나는 손을 맞잡았던 것이다.

"너는 앞으로 어쩔 셈이냐?"라고 형이 물었다. 나는 형의 물음에 전혀 상관없는 질문을 형에게 했다.

"대체 우리 집 재산은 얼마나 되는 걸까?"

"나도 몰라. 아버지는 아직 아무 말씀도 안 하시니까. 그렇지만 재산이라고 해도 돈으로 하자면 얼마 안 될 거야."

어머니는 또 어머니 대로 선생님의 답장을 노심초사 기다리고 있었다.

"아직 편지 안 왔니?" 하며 어머니는 나를 다그쳤다.

15

"선생님, 선생님이라는 건 대체 누구를 말하는 거니?" 하고 형이 물었다.

"저번에 말했잖아." 하고 나는 대답했다. 나는 자기가 물어봐 놓고 즉시 다른 사람의 설명을 잊어버리는 형에게 불쾌감을 느꼈다.

"듣기는 했는데."

형의 말은 결국 들어도 이해가 안 된다는 것이었다. 나로서는 억지로 선생님을 형에게 이해시킬 필요가 조금도 없었다. 그렇지만 화가 났다. 역시 평소 형의 모습이 드러났다고 생각했다.

선생님, 선생님, 하고 내가 존경하는 이상, 그 사람은 반드시 저명한 사람이 아니면 안 된다고 생각하고 있었다. 적어도 대학 교수 정도로 추측하고 있었다. 이름 없는 사람, 아무것도 안 하는 사람, 그런 사람이 무슨 가치가 있다는 것인가—하는 형의 생각은 이런 점에 있어서 아버지와 다를 바가 없었다. 그렇지만 아버지는 능력이 없어 놀고 있는 것이라고 속단한 것에 비해, 형은 뭔가 할 수 있는 능력은 있지만 빈둥거리고 있는 시시한 인간이라는 투였다.

"에고이스트는 안 돼. 아무 일도 하지 않고 살려는 것은 뻔뻔스러운 생각이야. 사람은 자신이 가지고 있는 재능을 최대한 활용해야 하는 법이야."

나는 형에게 에고이스트라는 말의 의미를 제대로 알고나 있느냐고 묻고 싶었다.

"그렇지만 그 사람 덕분에 일자리를 얻을 수 있다면 그걸로 된 거 아니냐. 아버지도 기뻐하시는 것 같고."

형은 나중에 이런 말을 했다. 선생님에게 확실한 편지가 오지 않는 이상, 나는 그렇게 믿을 수도 없었지만 그렇다고 해서 부정할 용기도 없었다. 어머니가 넘겨짚고 모두에게 그렇게 말해 버린 이상, 그제서야 나는 그것을 부정할 수도 없었다. 나는 어머니가 재촉하지 않아도 선생님의 편지를 기다렸다. 그리고 그 편지에 부디 모두가 생각하고 있는 일자리에 관한 것이 쓰여 있으면 좋으련만, 하고 바라기도 했다. 나는 죽음을 눈앞에 두고 있는 아버지, 그 아버지를 조금이라도 안심시키고 싶어 하는 어머니, 일하지 않으면 인간도 아니라는 듯이 말하는 형, 그 외에 매제나 백부나 숙모 앞에서 나 자신은 조금도 개의치 않는 일에 대해 신경을 써야만 했다.

아버지가 누렇게 이상한 것을 토했을 때, 나는 전에 선생님과 사모님에게 들었던 위험한 상황을 떠올렸다.

"저렇게 누워만 계시니 위도 나빠질 만하지"라고, 아무것도 모르는 어머니가 말했다. 나는 그런 어머니의 얼굴을 보며 눈물 지었다.

내가 다실(茶室)에서 형을 만났을 때 형은 "들었니?" 하고 물었다. 그것은 의사가 돌아갈 때 형에게 한 말을 들었느냐는 의미였다. 나는 설명을 듣지 않아도 그 의미를 잘 알고 있었다.

"너 고향에 내려와 집안일을 돌아볼 생각 없니?" 하고 형이 나에게 물었다. 나는 아무 대답도 하지 않았다.

"어머니 혼자서는 아무 일도 못 하실 테니까." 하고 형이 또 말했다. 형은 나를 흙냄새나 맡으며 이런 촌구석에서 썩어도 아깝지 않다고 여기고 있었다.

"책을 읽을 뿐이라면 시골에서도 충분히 읽을 수 있고, 게다가 일할 필요도 없고, 딱 좋지 않겠니."

"형이 내려오는 게 순서가 맞는 거 같은데?"라고 내가 말했다.

"나는 안 돼."

형은 한 마디로 거절했다. 형의 마음속에는 넓은 세상에서 앞으로 뭔가 해내고자 하는 의욕이 가득했다.

"네가 싫다면 백부께라도 부탁해 보겠지만, 그렇더라도 어머니는 누군가 한 명이 모셔야 할 거야."

"어머니가 과연 이곳을 떠나려 하실지가 더 큰 의문인데?"

우리 형제는 아직 아버지가 돌아가시기 전부터 아버지가 돌아가신 후의 일에 대해 이런 식으로 이야기를 나누었다.

16

아버지는 가끔 헛소리를 하는 지경에 이르렀다.

"노기 대장께 죄송하구나. 참으로 면목이 없어. 아니, 나도 바로 뒤를 따라야지."

이런 말을 이따금 내뱉었다. 어머니는 불안해하며 가급적 모두를 머리맡에 모아 두고 싶어 했다. 의식이 분명할 때는 환자도 외로워하며 그렇게 해 주기를 바랐다. 특히 방안을 둘러보고 어머니의 모습이 보이지 않으면 아버지는 반드시 "미쓰는?" 하고 물었다. 입으로는 묻지 않아도 눈이 그렇게 말하고 있었다. 그럴 때마다 나는 곧잘 일어나 어머니를 부르러 갔다. "무슨 일이세요?"라며 어머니는 하던 일을 그대로 두고 병실로 오면 아버지는 다만 어머니의 얼굴을 바라볼 뿐 아무 말도 하지 않을 때도 있었다. 때로는 전혀 다른 이야기를 꺼내기도 했다. 갑자기 "미쓰, 당신에게 여러 가지로 신세를 졌소." 같은 상냥한 말을 건넬 때도 있었다. 그러면 어머니는 눈물을 지었다. 그런 후에는 반드시 그 상황과 대조적으로 건강했을 때의 아버지를 떠올리는 것 같았다.

"저렇게 가련한 말씀을 하지만 예전에는 꽤나 무정했다니까."

어머니는 아버지에게 빗자루로 등짝을 두들겨 맞았을 때와 같은 일들을 이야기했다. 전에도 여러 번 그 말을 들었던 나와 형이었지만 그전과는 전혀 다른 기분으로 어머니의 말을 아버지의 유품처럼 여기며 귀를 기울였다.

아버지는 자신의 눈앞에 어둑하게 비치는 죽음의 그림자를 바라보면서도 아직 유언이라고 할 만한 말은 하지 않았다.

"지금 뭔가 들어 둘 필요가 있지 않을까?" 하고 형은 내 얼굴을 보며 말했다.

"글쎄."라고 나는 대답했다. 나는 우리 쪽에서 먼저 그런 말을 꺼내는 것이 좋을지, 그렇지 않을지, 생각하고 있었다. 우리 둘은 결정하지 못하고 결국 백부와 상의했다. 백부도 고개를 갸웃했다.

"하고 싶은 말이 있는데도 하지 못하고 가는 것도 안됐고, 그렇다고 이쪽에서 재촉하는 것도 좋지 않은 것 같고."

결국 이야기는 흐지부지되고 말았다. 그러는 동안 아버지는 혼수상태에 빠졌다. 언제나처럼 아무것도 모르는 어머니는 잠든 걸로 착각하고 오히려 기뻐했다. "저렇게 곤하게 주무시니 옆에 있는 사람도 편하구나."라고 말했다.

아버지는 때때로 눈을 뜨고 갑자기 아무개는 어떻게 됐느냐고 물었다. 그 아무개는 바로 조금 전까지 옆에 앉아 있던 사람에 한정되어 있었다. 아버지의 의식에는 어두운 곳과 밝은 곳이 있어서, 밝은 곳만이 어둠을 수놓는 하얀 실처럼 일정한 거리를 두고 연속되고 있는 것처럼 보였다. 어머니가 혼수상태를 단순한 수면이라고 오해하는 것도 무리는 아니었다.

그러는 사이에 아버지는 혀가 점점 꼬이기 시작했다. 무슨 말을 해도 말꼬리가 불분명하게 끝났기 때문에 무슨 말인지 알아들을 수 없는 경우가 많았다. 그런데도 일단 말을 시작하면 위독한 환자라고는 생각할 수 없을 만큼 강한 어조로 말했다. 우리는 평소보다 더욱 목소리를 높여, 아버지 귀에 입을 가까이 대고 말해야만 했다.

"머리를 차게 하면 기분 좋으세요?"

"응."

나는 간호사와 함께 아버지의 물베개를 바꾸어 새 얼음을 넣은 얼음주머니를 이마 위에 얹었다. 깨져서 뾰족한 얼음 조각이 주머니 안에서 녹아 뭉뚝해질 때까지 나는 그것을 아버지의 벗겨진 이마 위에 얹은 후 가볍게 누르고 있었다. 그때 형이 복도를 통해 방으로 들어와 한 통의 편지를 아무 말 없이 나에게 건넸다. 비어 있던 왼손을 내밀어 그 편지를 받은 나는 순간 이상한 생각이 들었다.

그것은 보통 편지와 비교해 상당히 무거웠다. 봉투도 보통 편지 봉투가 아니었다. 또한 보통 편지 봉투에 넣을 만한 분량도 아니었다. 반지(半紙)[5]로 싸고 봉한 자리를 꼼꼼하게 풀로 붙였다. 나는 그것을 형에게 받아 들었을 때 즉시 그것이 등기 우편이라는 것을 알아차렸다. 뒤를 보니 거기에 선생님의 이름이 반듯한 글씨로 적혀 있었다. 아버지를 돌보고 있던 나는 그 자리에서 봉투를 뜯을 수 없었기 때문에 일단 그것을 품속에 찔러 넣었다.

17

그날은 환자의 상태가 특히 좋지 않아 보였다. 내가 변소에 가기 위해 자리에서 일어났을 때 복도에서 마주친 형은 "어디 가니?" 하고 보초병 같은 말투로 물었다.

"아무래도 상태가 조금 이상하니 가급적 옆에 있어야 해."라

---

5) 붓글씨 연습 등에 쓰는 일본 종이(세로 약 25㎝, 가로 약 33㎝).

고 주의를 주기도 했다.

　나도 그렇게 생각하고 있었다. 나는 품속에 편지를 넣어 둔 채 다시 병실로 돌아갔다. 아버지는 눈을 뜨고 거기에 늘어앉아 있는 사람의 이름을 어머니께 물었다. 어머니가 저 사람은 누구고, 이 사람은 누구라고 일일이 설명해 주면 아버지는 그럴 때마다 고개를 끄덕였다. 고개를 끄덕이지 않을 때면 어머니는 '아무개 씨예요, 아시겠어요.' 하고 소리를 높였다.

　"여러 가지로 신세졌습니다."

　아버지는 이렇게 말했다. 그리고 또다시 혼수상태에 빠졌다. 머리맡에 둘러앉아 있는 사람은 한동안 아무 말 없이 환자의 상태를 지켜보고 있었다. 이윽고 그중 한 사람이 일어나 옆방으로 갔다. 그때 또 한 사람이 일어났다. 나도 세 번째로 자리에서 일어나 내 방으로 왔다. 조금 전에 품에 넣어 두었던 편지를 뜯어볼 생각 때문이었다. 그것은 환자의 머리맡에서도 손쉽게 할 수 있는 일이었다. 그러나 분량이 너무 많았기 때문에 그 자리에서 한 번에 전부 읽을 수 없을 것 같았다. 나는 특별히 시간을 내서 그것을 읽으려고 했다.

　나는 단단히 봉한 겉봉을 잡아 찢듯 뜯었다. 안에서 나온 것은 가로와 세로로 쳐진 줄 안에 얌전하게 쓴 원고 같은 것이었다. 그리고 봉하기 편하도록 두 번 접어져 있었다. 나는 접힌 자국이 있는 서양 종이를 반대로 접어 읽기 쉽도록 평평하게 폈다.

　나는 이 많은 종이와 잉크가 나에게 무슨 말을 하려는 것일까 싶어 놀랐다. 그러는 동시에 아버지가 걱정되었다. 내가 이 편지를 다 읽기 전에 아버지에게 분명 무슨 일이 생기거나, 적어도 형이나 어머니, 아니면 백부가 나를 부를 것이라는 예감이 들었다. 그래서 나는 침착하게 선생님의 편지를 읽을 마음이 들지 않았다. 나는 안절부절못하며 첫 페이지를 읽었다. 그 페이지에는 다음과 같이 적혀 있었다.

자네가 내 과거를 캐물었을 때 대답할 수 없었던 용기 없는 나는 지금 자네 앞에 그것을 명백하게 말할 자유를 얻었다고 믿네. 그러나 그 자유는 자네의 상경을 기다리고 있는 동안 또 상실해 버리고 마는 표면적인 자유에 지나지 않네. 따라서 그것을 이용할 수 있을 때 이용하지 않으면 나의 과거를 자네에게 간접 경험으로 가르쳐 줄 기회를 영구히 잃게 될 것이네. 그러면 그때 그렇게 굳게 약속한 말이 완전히 거짓이 되네. 나는 어쩔 수 없이 말로 해야 할 것을 펜으로 쓰기로 했네.

나는 여기까지 읽고 비로소 이 긴 편지를 무엇 때문에 썼는지 그 이유를 분명히 알 수 있었다. 내 일자리, 그런 것에 대해서 선생님이 편지를 보낼 리가 없다는 것을 나는 처음부터 알고 있었다. 그러나 글 쓰는 것을 싫어하는 선생님이 어째서 그 사건에 대해 이렇게 길게 적어 보낼 마음이 생긴 것일까? 선생님은 어째서 내가 상경할 때까지 기다릴 수 없다는 것일까?

'자유가 왔기 때문에 말한다. 그러나 그 자유는 또 영구히 상실되고 만다.'

나는 마음속으로 이런 말을 되뇌며 그 의미를 알고자 했다. 그러다가 갑자기 불안에 휩싸였다. 나는 계속해서 읽어 나가려고 했다. 그때 병실 쪽에서 나를 부르는 형의 목소리가 크게 들렸다. 나는 또다시 놀라서 일어섰다. 복도를 뛰다시피 하여 모두가 있는 곳으로 갔다. 나는 마침내 아버지에게 마지막 순간이 왔다고 직감했다.

18

병실에는 어느 틈에 의사가 와 있었다. 가급적 환자를 편하게 해 주라는 의사의 주의를 받고 또 관장을 시도하는 중이었다. 간호사는 어젯밤의 피로를 풀기 위해 옆방에서 자고 있었다. 익숙지 않은 형은 일어서서 허둥대고 있다가 내 얼굴을 보더니 "좀 도와줘."라고 말하고는 자리에 앉았다. 나는 형을 대신하여 기름종이를 아버지의 엉덩이 밑에 댔다.

아버지는 조금 편안해진 듯했다. 30분 정도 머리맡에 앉아 있던 의사는 관장 결과를 확인한 후 또 오겠다는 말을 남기고 돌아갔다. 돌아갈 때 무슨 일이 생기면 언제든지 부르라고 당부했다.

나는 당장이라도 이변이 생길 것 같은 병실에서 나와 다시 선생님의 편지를 읽으려 했다. 그러나 나는 조금도 침착해지지 않았다. 책상 앞에 앉자마자 또 형이 큰 소리로 부를 것만 같았다. 그리고 또 부른다면 그것이 마지막일 것이라는 두려움에 손이 덜덜 떨렸다. 나는 그저 선생님의 편지를 무의미하게 넘기고 있었다. 내 눈은 꼼꼼하게 칸 속에 들어가 있는 글자들만 보았다. 그러나 그것을 읽을 여유는 없었다. 필요한 곳만 골라 읽을 여유조차 없었다. 나는 제일 마지막 페이지까지 차례차례 넘겨 보고는 다시 그것을 원래대로 접어 책상 위에 두려고 했다. 그때 문득 결말을 알리는 한 문장이 내 눈에 들어왔다.

이 편지가 자네 손에 도착할 무렵이면 나는 이미 이 세상에 없을 걸세. 벌써 죽었을 것이네.

나는 깜짝 놀랐다. 지금까지 두근두근 뛰고 있던 내 심장이 단번에 얼어붙는 느낌이었다. 나는 또 거꾸로 페이지를 넘겼다. 그리고 한 페이지에 한 줄 정도씩 뒤쪽부터 읽어 갔다. 순간 나는 내가 알아야만 하는 것을 알아내기 위해 어른거리는 문자를 눈으로 훑어 내려갔다. 그때 내가 알고자 한 것은 단지 선생님의 안부뿐이었다. 선생님의 과거, 전에 선생님이 나에게 이야기해 주겠다고 약속한 어두운 과거, 그런 것은 나에게 있어서 전혀 중요치 않았다. 나는 뒤쪽부터 페이지를 넘기며 나에게 필요한 정보를 쉽게 주지 않는 이 긴 편지를 속이 타 들어가는 심정으로 접었다.

나는 또다시 아버지의 상태를 살피러 병실 문 앞까지 갔다. 환자의 방은 의외로 조용했다. 불안하고 피곤한 얼굴로 머리맡에 앉아 있는 어머니를 손짓하여 불러서 "어때요? 상태는." 하고 물었다. 어머니는 "지금은 좀 나아지신 모양이다."라고 대답했다. 나는 아버지 앞에 얼굴을 가까이 대고 "어때요? 관장을 하고 나니 기분이 좀 좋아지셨어요?"라고 물었다. 아버지는 고개를 끄덕였다. 아버지는 분명하게 "고맙다."라고 말했다. 아버지의 정신은 생각보다 맑은 것 같았다.

나는 다시 병실에서 나와 내 방으로 돌아왔다. 거기서 시계를 보며 기차 발착표를 살펴보았다. 나는 벌떡 일어나 오비를 고쳐 매고 소매 속에 선생님의 편지를 집어넣었다. 그리고 뒷문을 통해 밖으로 나갔다. 나는 정신없이 의사 집으로 달려갔다. 나는 의사로부터 아버지가 앞으로 이삼일은 버틸 수 있을지, 그 점을 분명히 듣고자 했다. 주사를 놓든 뭐든 해서 견딜 수 있게 해 달라고 부탁할 참이었다. 공교롭게도 의사는 집에 없었다. 나는 그가 돌아오기를 꼼짝없이 기다릴 시간이 없었다. 마음도 불안했다. 나는 즉시 인력거를 잡아타고 정거장으로 달렸다.

나는 정거장 벽에 종이를 대고 그 위에 연필로 어머니와 형 앞으로 편지를 썼다. 편지는 지극히 간단한 것이었으나 아무 말도 없이 가는 것보다는 나을 것이라는 생각에 그것을 서둘러 집에 전해 달라고 인력거꾼에게 부탁했다. 그리고 단단히 각오하고 도쿄행 기차에 올라탔다. 나는 요란하게 울리는 삼등 열차 안에서 소매 속 편지를 다시 꺼내 겨우 처음부터 끝까지 훑어보았다.

-하-
선생님과 유서

1

⋯⋯나는 이 여름 자네에게 두세 번 편지를 받았네. 도쿄에서 좋은 일자리를 얻고 싶으니 잘 부탁한다고 적혀 있던 것은 아마도 두 번째 받은 편지였다고 기억하고 있네. 나는 그것을 읽었을 때 어떻게든 도와주고 싶었네. 적어도 답장을 해야 한다고 생각했지. 그러나 솔직히 말하면, 나는 자네가 부탁한 일에 대해 전혀 노력하지 않았네. 이미 알고 있는 대로 교제 범위가 좁다기보다는, 세상에 오직 홀로 살고 있다는 표현이 적절할 정도의 나에게는 그런 노력을 할 만한 여지가 전혀 없었네. 그러나 그것은 문제가 아니네. 실은 나는 나 자신을 어떻게 하면 좋을지 고민하던 참이었네. 이대로 인간들 중에 혼자 남겨진 미라처럼 살아갈 것인지, 아니면⋯⋯ 그때의 나는 "아니면"이라는 말을 마음속으로 되뇔 때마다 오싹했네. 절벽의 끝까지 달려가서 갑자기 밑이 보이지 않는 계곡을 내려다본 인간처럼 나는 비겁했네.

그리고 많은 비겁한 사람들처럼 고민했네. 유감스럽게도 그때의 나에게는 자네라는 사람이 거의 존재하지 않았다고 해도 과언이 아니네. 덧붙여 말하면 자네의 일자리, 생계를 위한 일, 그런 것은 나에게 있어서 전혀 무의미한 것이었네. 어떻게 되든 상관없었지. 내가 그런 걸 상관할 처지가 아니었네. 나는 편지꽂이에 자네의 편지를 꽂은 채 팔짱을 끼고는 생각에 잠겨 있었네. 집에 상당한 재산이 있는 사람이 뭐가 부족해서 졸업하자마자 일자리, 일자리, 하며 조바심을 낼까. 나는 오히려 몹시 불쾌한 기분으로 멀리 있는 자네를 생각했을 뿐이네. 자네에게 답장을 해야만 하는 나로서는 변명을 하기 위해 이런 말을 털어놓는 것이라네. 자네를 화나게 하려고 일부러 실례되는 말을 하는 것이 아니라네. 나의 본심은 이 편지의 다음 부분을 읽으면 이해할 것이라 믿네. 어쨌거나, 무슨 인사라도 써 보내야만 했으나 가만히 있었던 나의 태만함을 자네에게 사죄하고 싶네.

그 후 나는 자네에게 전보를 쳤네. 솔직히 말하면, 그때 나는 자네와 잠시 만나고 싶었네. 만나서 자네가 알기를 원했던 나의 과거를 자네에게 털어놓고 싶었네. 자네가 지금은 도쿄로 갈 수 없다고 전보를 보냈을 때, 나는 실망하여 오랫동안 그 전보를 바라보았네. 자네도 전보만으로는 만족할 수 없었는지, 나중에 장문의 편지를 보내 주어서 자네가 상경할 수 없는 이유를 잘 알게 되었네. 나는 자네를 예의 없는 남자라고 생각하지 않네. 병드신 자네의 소중한 아버지를 놔두고 어찌 집을 비울 수 있었겠는가. 그런 아버지의 존재를 잊고 있던 나의 태도야말로 무례하기 짝이 없네. 나는 실제로 그 전보를 칠 때 자네의 아버지를 잊고 있었네. 그런 주제에 자네가 도쿄에 있을 때는 낫기 어려운 병이니 주의하지 않으면 안 된다고 그토록 충고하지 않았나. 나는 이렇게 모순된 인간이네. 혹은 나의 머리보다는 내 과거가 나를 압박한 결과 이렇게 모순된 인간이 됐는지도 모르네. 나는 이 점에 있어서도 충분히 나 자신을 알고 있다네. 자네에게 용서를 구하고 싶네.

자네의 편지—자네가 보낸 마지막 편지—를 읽었을 때, 나는 나쁜 짓을 했다고 생각했네. 그래서 그런 내용을 적은 답장을 보낼까, 하고도 생각하여 붓을 들었다가 한 줄도 쓰지 못하고 그만두었네. 어차피 쓸 바에는 이 편지를 쓰고 싶었네. 그러나 이 편지를 쓰기에는 시기가 일렀기 때문에 그만두었던 것이네. 내가 오지 않아도 좋다는 간단한 전보를 친 것은 그 때문이네.

2

그러고 나서 나는 이 편지를 쓰기 시작했네. 평소 글을 잘 쓰지 않던 나에게는 나 자신의 생각대로 사건이나 견해가 써지지 않아 몹시 고통스러웠네. 나는 여차하면 자네에 대한 나의 의무를 포기할 뻔했네. 그만둘 생각으로 펜을 내려놓았지만 한 시간도 지나지 않아 다시 쓰고 싶어 견딜 수 없었지. 자네는 이것이 의무의 수행을 중시하는 내 성격이라고 생각할지도 모르겠네. 나도 그것을 부정하지 않겠네. 자네도 알다시피, 나는 세상 사람들과 거의 교제하지 않는 고독한 인간이기 때문에 의무라고 할 만한 것은 사방 어디를 둘러보더라도 찾을 수 없네. 일부러 그랬든지 자연스럽게 그렇게 됐든지, 나는 의무를 가급적 줄이는 생활을 해 왔으니까. 그러나 나는 의무에 냉담했기 때문에 이렇게 된 것이 아니라네. 오히려 지나치게 민감하여 자극에 견딜 정도의 힘이 없었기 때문에, 알다시피 소극적으로 세월을 보내게 된 것이네. 그러니 일단 약속한 이상 그것을 지키지 않는 것은 몹시 언짢은 일이지. 나는 자네에 대해 그런 언짢은 마음을 피하기 위해서라도 놓았던 펜을 다시 들어야만 했네.

게다가 나는 쓰고 싶네. 의무는 차치하고서라도 나의 과거를 쓰고 싶네. 나의 과거는 나만의 경험이니 나만의 소유물이라고 할 수 있을 것이네. 그것을 다른 사람에게 말하지 않고 죽는 것은 아깝다고도 할 수 있을 걸세. 나에게도 다소 그런 마음이 있네. 다만 받아들일 수 없는 사람에게 말하기보다는, 차라리 나의 경험을 내 생명과 함께 매장하는 편이 좋다고 생각하네. 실제로 여기에 자네라고 하는 한 사람의 남자가 존재하지 않았다면 나의 과거는 결국 간접적으로도 다른 사람의 지식이 되지 못하고 나의 과거로 끝났을 것이네. 나는 수천만 일본인 중에서 오직 자네에게만 내 과거를 말하고 싶네. 자네는 진실한 사람이니까. 자네는 진실하게 인생 그 자체에서 살아 있는 교훈을 얻고 싶다고 말했으니까.

나는 어두운 인생의 그늘을 거리낌 없이 자네 머리에 털어놓겠네. 그러나 두려워해서는 안 되네. 어두운 부분을 가만히 응시하고 그 안에서 자네에게 참고가 되는 것을 얻도록 하게. 내가 말한 어둠이라는 말의 의미는 두말할 것도 없이 윤리적인 어둠이네. 나는 윤리적으로 태어난 사람이네. 또, 윤리적으로 자란 남자네. 그 윤리적인 생각은 지금의 젊은 사람들과는 다른 부분이 많을지도 모르겠네. 그러나 아무리 그렇더라도 내 자신의 것이라네. 급해서 빌린 대여복이 아니네. 그러니 앞으로 성장하고자 하는 자네에게는 어느 정도 참고가 될 것이라고 생각하네.

자네는 현대의 사상 문제에 대해서 자주 나에게 질문했던 것을 기억하고 있을 걸세. 거기에 대한 나의 태도도 잘 알고 있을 것이네. 나는 자네의 의견을 경멸하는 것까지는 아니었지만 결코 존경하지도 않았지. 자네의 생각은 그것을 뒷받침할 만한 어떤 배경도 없었고, 자네는 자신의 과거를 갖기에는 너무 젊었기 때문이네. 나는 때때로 웃었네. 자네는 뭔가 부족하다는 기색을 가끔 나에게 보였지. 결국 자네는 나의 과거를 두루마리 그림처럼 자네 앞에 펼쳐 보여 달라고 졸랐네. 그때 나는 비로소 마음속으로 자네를 존경했네. 자네가 망설임 없이 나의 마음속에서 살아 있는 뭔가를 얻으려는 결심을 보였기 때문이네. 나의 심장을 쪼개 따뜻하게 흐르는 피를 빨아 마시려고 했기 때문이네. 그때 나는 아직 살아 있었네. 죽는 것이 싫었네. 그래서 훗날을 기약하고 자네의 요구를 거절해 버렸던 걸세. 나는 지금 스스로 내 심장을 쪼개 그 피를 자네의 얼굴에 쏟아부으려 하네. 내 심장의 고동이 멈추었을 때, 자네의 가슴에 새로운 생명이 깃든다면 그것으로 만족하네.

3

내가 부모를 여읜 것은 스무 살도 되기 전이었네. 언젠가 아내가 자네에게 말했던 것으로 기억하네만, 두 분은 같은 병으로 세상을 떠났다네. 게다가 자네가 아내의 말을 듣고 의문을 가졌던 것처럼, 거의 동시라고 해도 좋을 정도로 앞서거니 뒤서거니 하며 돌아가셨네. 실은 아버지의 병은 무서운 장티푸스였네. 그것이 옆에서 간호하던 어머니에게 전염된 것이었지.

나는 두 분의 외아들이었네. 집에는 상당한 재산이 있었기 때문에 매우 유복하게 자랐지. 나 자신의 과거를 뒤돌아봤을 때, 그 당시 부모님이 돌아가시지 않았다면, 적어도 아버지나 어머니 중에 한 분이라도 살아 있었다면 나는 그 행복한 기운을 지금까지 계속 지니고 있을 것이라고 생각하네.

두 분이 가 버린 후, 나는 망연히 홀로 남겨졌지. 나에게는 지식도 없고 경험도 없고 또 분별력도 없었네. 아버지가 돌아가실 때, 어머니는 옆에 계실 수도 없었다네. 어머니가 돌아가실 때는 어머니에게 아버지가 돌아가신 사실조차 알리지 않았지. 어머니는 그것을 알고 있었는지 아니면 옆에 있는 사람들이 말해 준 대로, 아버지가 회복 중이라고 믿고 있었는지 그것은 모르겠네. 어머니는 다만 숙부에게 만사를 부탁하셨네. 그곳에 있던 나를 손가락으로 가리키며 "이 아이를 부디 잘 부탁해요."라고 말했네. 나는 그전부터 양친의 허락을 받아 도쿄로 나갈 예정이었기 때문에 어머니는 그 일도 부탁할 참이었던 것 같네. 그래서 "도쿄에."라고 덧붙였더니 숙부가 즉시 그 말을 받아 "알았어요. 걱정할 것 전혀 없어요."라고 대답했네. 어머니는 열이 펄펄 끓는데도 잘 견디는 체질이었는지 숙부는 "체력이 좋으시구나."라며 내게 어머니 칭찬을 했네. 그러나 그것이 과연 어머니의 유언이었는지는 지금 생각해 보면 잘 모르겠네. 어머니는 물론 아버지가 걸린 무서운 병명을 알고 있었네. 그리고 자신이 전염됐다는 것도 알고 있었지. 그러나 자신이 과연 그 병으로 목숨을 잃게 될 것이라고 생각하고 있었는지는 잘 모르겠네. 게다가 고열에 시달릴 때 어머니의 말은 아무리 조리가 있고 분명하다고 해도, 어머니가 전혀 기억하지 못하는 경우가 종종 있었다네. 그러니까…… 하지만 그건 문제가 아니네. 다만 이런 식으로 풀어가거나 이렇게도 저렇게도 생각해 보는 버릇은 이미 그때부터 내 몸에 배어 있었네. 이 점은 자네에게 미리 양해를 구해야 될 것 같은데, 그 실제적인 예로써 당면 문제에 그다지 관계없는 이런 기술이 오히려 도움이 되지 않을까 생각하네. 자네도 이 점을 염두에 두고 읽어 주게. 이런 나의 성격이 윤리적으로 개인의 행위와 행동에 영향을 미쳐 점점 더 다른 사람의 도의심을 의심하게 됐을 것이네. 그것이 나의 번민과 고뇌에 커다란 영향을 준 것이 분명하니 기억해 주게.

이야기가 옆으로 새면 이해하기 힘들어지니 다시 하던 이야기로 돌아가겠네. 그래도 나는 이 장문의 편지를 쓰는 데 있어서 나와 같은 처지에 있는 사람과 비교하면 비교적 침착한 편이 아닌가 싶네. 세상이 잠에 빠지면 들리는 저 전차의 울림도 벌써 끊겼네. 덧문 밖에서는 어느 사이에 이슬 많은 가을을 알리는 듯 벌레의 구슬픈 소리가 희미하게 들리고 있네. 아무것도 모르는 아내는 옆방에서 곤히 자고 있다네. 펜을 들고 한 자, 한 자 쓸 때마다 사각사각 펜 끝에서 소리가 나네. 나는 오히려 침착한 기분으로 종이와 마주하고 있네. 익숙하지 않은 탓에 글씨가 칸에서 삐져 나갈지도 모르네만, 그것은 머릿속이 복잡하여 펜이 산만하게 움직이기 때문이 아니라네.

4

어쨌거나 홀로 남겨진 나는 어머니가 말한 대로 숙부를 의지하는 것밖에는 다른 도리가 없었네. 숙부 역시도 모든 것을 도맡아서 나를 돌봐 주었네. 그리고 내가 원하던 대로 도쿄에 갈 수 있도록 조처해 주었네.

나는 도쿄로 와서 고등학교에 들어갔지. 그때의 고등학생은 지금보다 훨씬 거칠고 세련되지 못했다네. 내가 아는 어떤 학생은 한밤중에 직공과 싸우다가 상대의 머리를 나막신으로 상처 입힌 적도 있네. 술을 마시고 벌어진 일이었는데, 정신없이 몸싸움을 하다가 학교 모자를 결국 상대방에게 빼앗겨 버렸지. 그런데 그 모자 안쪽에는 당사자의 이름이 마름모꼴 흰 천 조각에 쓰여 있었던 걸세. 일이 귀찮게 되어 자칫 잘못했으면 그 학생은 경찰서로 끌려갈 뻔했네. 그러나 친구가 여러 가지로 애쓴 끝에 일이 커지지 않고 잘 수습되었다네. 이런 난폭한 행위를 고상한 지금의 분위기 속에서 자란 자네에게 말하면 분명 어처구니없는 소리로 들리겠지. 나도 실은 어처구니없다고 생각하네. 그러나 대신 그들에게는 지금의 학생들에게 없는 일종의 순박함이 있었다네. 당시 내가 매달 숙부로부터 받은 돈은 자네가 지금 아버지에게 받는 돈에 비해 훨씬 적었네(물론 물가도 다르겠지만). 그런데도 나는 조금도 부족함을 느끼지 않았네. 뿐만 아니라 많은 동급생 중에서 경제적인 면으로는 결코 다른 사람을 부러워할 만큼 어려운 처지가 아니었네. 지금 생각해 보면 오히려 다른 사람들의 부러움을 사는 처지였지. 왜냐하면 나는 매월 정해진 비용 외에 책값(나는 그때부터 책 사는 것을 좋아했네)을 비롯해 필요할 때마다 숙부에게 청구하여 내 마음대로 썼으니까 말이네.

아무것도 모르는 나는 숙부를 믿었을 뿐 아니라 늘 감사하는 마음으로 존경하고 있었다네. 숙부는 사업가에, 현의 의원이기도 했네. 그 때문이었는지 정당에도 연고가 있었던 것으로 기억하네. 아버지의 친동생이었지만 성격적으로 아버지와 전혀 달라 소질도 전혀 다른 방향으로 계발된 것 같았네. 아버지는 선조로부터 물려받은 유산을 소중하게 지켜 가는 믿음직하고 성실하기만 한 남자였네. 취미는 차를 즐기거나 꽃을 감상하는 정도였네. 그리고 시집 따위를 읽는 것도 좋아했지. 서화와 골동품에도 큰 관심을 가지셨던 것 같네. 집은 시골이었지만 약 8킬로미터 정도 떨어진 도시—그 시내에는 숙부가 살고 있었네—에서 가끔 골동품 상인이 족자나 향로 따위를 가지고 일부러 아버지에게 보여 주러 왔었네. 아버지는 한마디로 재산가라 할 수 있었네. 비교적 고상한 기호를 가진 시골 신사였네. 그러니 기질적으로 활달한 숙부와는 상당히 달랐던 거지. 그런데도 두 사람은 묘하게 사이가 좋았네. 아버지는 자주 숙부를 자신보다 훨씬 능력 있는, 믿음직한 사람이라고 평가했었네. 자신처럼 부모로부터 재산을 물려받은 사람은 아무래도 능력이 둔해진다, 즉 세상과 싸울 필요가 없으니 그렇게 된다고 말했네. 이 말은 어머니도 듣고 나도 들었네. 아버지는 아마도 나를 가르치기 위해 그 말을 한 듯하네. "너도 잘 기억해 두는 게 좋을 거야."라고 아버지는 그때 일부러 내 얼굴을 바라보았다네. 그래서 나는 아직까지도 그 말을 잊지 않고 있는 거라네. 그 정도로 아버지에게 신뢰와 칭찬을 받고 있던 숙부를 내가 어떻게 의심할 수 있었겠는가. 그렇지 않아도 내게는 자랑스러운 숙부였지. 어머니와 아버지가 돌아가시고 모든 일에 있어서 숙부의 도움을 받아야만 했던 나에게 숙부는 단순한 자랑거리가 아니었네. 그는 내 존재에 필요한 사람이 되어 있었다네.

5

첫 여름 방학을 맞이하여 고향에 내려가니, 부모님이 돌아가시고 없는 집에 숙부 내외가 새로운 주인이 되어 살고 있었네. 그것은 내가 도쿄를 떠나기 전부터 약속된 것이었네. 달랑 홀로 남겨진 내가 집을 비운 이상, 그렇게밖에 할 수 없었지.

숙부는 그 무렵 시내에 있는 여러 회사와 관계하고 있는 듯했네. 업무상 자신의 집에 기거하는 것이 8킬로미터나 떨어진 우리 집에 사는 것보다 훨씬 편하다고 말하며 웃었지. 이것이 부모님을 여읜 내가 어떻게 집을 처분하고 도쿄로 가면 좋을지 이야기를 나눌 때 숙부의 입에서 나온 말이었네. 우리 집은 오랜 역사를 가지고 있었기 때문에 그 근방에서는 좀 유명했네. 자네 고향도 마찬가지겠지만, 시골에서는 유서 깊은 집을 상속인이 있음에도 불구하고 부수거나 파는 것은 큰 사건이지. 지금의 나라면 그 정도의 일은 대수롭지 않게 여기겠지만, 그 무렵에는 아직 어렸기 때문에 집은 그대로 둔 상태에서 도쿄로 가야 해서 이만저만 고민이 아니었네.

숙부는 할 수 없이 비어 있는 고향 집에 들어와 사는 것을 승낙했네. 그러나 시내에 있는 집은 그대로 둔 채 두 집을 왔다 갔다 하지 않으면 안 된다고 했네. 물론 나는 이의가 있을 턱이 없었지. 나는 어떤 조건이든 도쿄에만 갈 수 있으면 된다고 생각했던 걸세.

어렸던 나는 고향을 떠났지만 여전히 마음속으로는 그리운 고향 집을 생각했다네. 처음부터 돌아가야만 하는 집이 있는 여행자의 심정이었던 거지. 도쿄를 사모하여 상경한 나였지만, 방학이 되면 고향 집에 돌아가고자 하는 기분이 강했네. 나는 열심히 공부하고 기분 좋게 즐기다가 방학이면 돌아갈 수 있는 고향 집을 자주 꿈에서 보았네.

내가 고향 집을 비운 동안 숙부가 어떤 식으로 두 집을 왔다 갔다 했는지는 모르네. 내가 도착했을 때는 가족 모두가 한집에 모여 있었네. 평소에는 시내에 머물며 학교에 다니던 아이들도 방학을 맞아 시골집에 놀러 온 것처럼 고향 집에 있었지.

모두 내 얼굴을 보고 기뻐했네. 나 역시도 아버지나 어머니가 있었을 때보다 떠들썩하고 밝아진 고향 집을 보니 기뻤네. 숙부는 원래 내 방이었던 곳을 차지하고 있던 장남을 몰아내고 나에게 내주었네. 방이 적지 않았기 때문에 나는 다른 방도 상관없다고 사양했지만 숙부는 "네 집이잖니."라며 내 말을 듣지 않았네.

나는 때때로 돌아가신 아버지와 어머니가 생각나는 것 외에 어떤 불편함도 없이 그 여름을 숙부의 가족과 함께 지내고 다시 도쿄로 돌아왔다네. 그 여름, 단 한 가지 마음에 걸린 것은 숙부 내외가 입을 모아 이제 막 고등학교에 입학한 나에게 결혼을 권한 것이었네. 그 이야기를 서너 번쯤 반복했네. 나는 처음에는 그 말이 너무 갑작스러워서 놀랐네. 두 번째는 분명히 거절했네. 세 번째는 결국 내 쪽에서 먼저 그 이유를 반문하지 않을 수 없었네. 숙부 내외의 대답은 간단했네. 빨리 아내를 맞아 이 집으로 돌아와 돌아가신 아버지의 뒤를 이으라는 것이었지. 나는 집은 방학 때 돌아가면 그것으로 됐다고 생각하고 있었네. 아버지의 뒤를 상속하기 위해서는 아내가 필요하니 결혼하라는 것은 논리적으로 틀린 말은 아니었지. 특히 시골 사정을 잘 알고 있는 나는 충분히 이해했네. 나도 절대 그렇게 하는 것이 싫지는 않았네. 그러나 도쿄에 나가 이제 막 공부를 시작한 나에게 그것은 망원경으로 사물을 보는 것처럼 아주 멀리 있는 풍경을 보는 것 같았네. 나는 숙부의 요구를 거절한 채 결국 다시 고향 집을 떠났지.

<h2 style="text-align:center">6</h2>

나는 혼담에 대해서는 그걸로 잊어버리고 있었네. 내 주위에 있는 학생들의 얼굴을 보면 생활에 찌들어 보이는 사람은 한 사람도 없었네. 모두 자유로워 보였지. 그리고 모두 독신처럼 보였네. 그렇게 속 편해 보이는 사람들 중에도 알고 보면 집안 사정으로 어쩔 수 없이 이미 아내를 맞이한 사람이 있었을지 모르지만, 철없던 나는 그것까지는 알지 못했네. 그리고 그런 특별한 경우에 놓인 사람도 주위 사람을 배려해서 가급적 학생과는 거리가 먼 집안 이야기는 하지 않았을 것이네. 나중에 생각해 보니 나 자신이 이미 그런 부류였지만, 나는 그런 것도 깨닫지 못하고 그저 철없이 유쾌하게 공부만 했네.

학년 말이 되자 나는 고리짝에 짐을 꾸려 부모님의 무덤이 있는 고향으로 돌아갔다네. 부모님이 살던 고향 집에는 작년과 마찬가지로 숙부 내외와 아이들이 살고 있었네. 나는 거기서 다시 고향의 냄새를 맡을 수 있었다네. 그 냄새는 나에게 있어서 여전히 그리운 것이었네. 한 학년 동안의 단조로운 생활에 변화를 줄 수 있는 고마운 활력소임에 틀림없었지.

그러나 나를 키워 낸 것과 같은 그 분위기 속에서 숙부는 또다시 나에게 결혼 문제를 들이댔지. 숙부는 작년에 권고한 것을 반복해서 말할 뿐이었네. 이유도 그때와 같았네. 다만 전에 권고했을 때는 특별한 대상이 없었는데 두 번째는 결혼할 상대까지 정해 두었기 때문에 더욱 난처했네. 그 상대란 바로 숙부의 딸, 그러니까 내 사촌 여동생이었네. 아버지가 생전에 내가 사촌 여동생과 결혼하는 것이 서로를 위해 좋은 일이라고 말씀하셨다더군. 숙부의 말을 듣고 나도 그렇게 하면 서로 좋겠다고 생각했네. 아버지가 숙부에게 그렇게 말했을 수 있다고 생각했다네. 그러나 그것은 내가 숙부에게 듣고 처음 안 것으로, 그 말을 듣기 전에는 모르던 일이었네. 그래서 나는 몹시 놀랐지. 놀라기는 했지만 숙부의 바람이 무리가 아니라는 것도 잘 알고 있었네. 나는 세상 물정에 어두웠던 걸까? 어쩌면 그럴지도 모르겠네만, 내가 그 사촌 여동생에게 무관심한 것이 큰 원인이었을 걸세. 나는 어린 시절 시내에 있는 숙부 집에 자주 놀러 갔었네. 그저 다녀간 것이 아니라 그 집에서 곧잘 머물곤 했다네. 그래서 사촌 여동생과는 그때부터 허물없이 지냈지. 자네도 알다시피 남매 사이에는 연애 감정이 싹트기란 어렵네. 이 공인된 사실을 내가 제멋대로 부연 설명하고 있는지도 모르겠네만, 늘 접촉하며 친하게 지낸 남녀 사이에는 사랑으로 발전하기 위한 자극적이고 새로운 느낌이 상실된다고 생각하네. 향내를 맡을 수 있는 것은 향을 막 피웠을 때인 것처럼, 술맛을 느낄 수 있는 것은 술을 막 마시기 시작했을 때인 것처럼, 사랑으로 발전하기 위해서도 이런 순간이 존재한다고 밖에는 생각되지 않네. 한 번 아무렇지도 않게 그런 순간을 지나쳐서 서로에게 익숙해지면 친밀감만 더해질 뿐, 사랑의 신경은 점점 마비되어 가지. 아무리 다시 생각해도 나는 사촌 여동생을 아내로 맞이할 마음이 들지 않았네.

숙부는 만약 내가 주장한다면, 졸업할 때까지 결혼을 연기해도 좋다고 했네. 그러나 쇠뿔도 단 김에 빼라는 속담도 있으니 가능하면 식만은 올려 두자고도 했네. 사촌 여동생과 결혼할 마음이 없었던 나는 어느 쪽이든 마찬가지였지. 나는 또 거절했네. 숙부는 불쾌한 표정을 지었고 사촌 여동생은 울었다네. 나와 부부가 되지 못해 슬픈 것이 아니라 결혼 신청을 거절당한 것이 여자로서 괴로웠기 때문이지. 내가 사촌 여동생을 사랑하지 않은 것처럼 사촌 여동생도 나를 사랑하지 않은 것을 나는 잘 알고 있었다네. 나는 다시 도쿄로 올라왔네.

7

내가 세 번째로 귀성한 것은 그로부터 또 1년이 지난 초여름이었네. 나는 항상 학기말 시험이 끝나기가 무섭게 도쿄를 도망쳐 나왔네. 나는 고향이 그 정도로 그리웠다네. 자네도 그런 경험이 있으리라 생각하네. 태어난 곳은 공기색이 다르고 흙냄새도 각별하지. 아버지와 어머니에 대한 기억도 짙게 감돌고 말이네. 일 년 중에 7, 8월 두 달을 그런 분위기 속에 둘러싸여 구멍에 들어간 뱀처럼 꼼짝 않고 있는 것은 나에게 있어서 무엇보다 따뜻하고 기분 좋은 일이었네.

단순한 나는 사촌 여동생과의 결혼 문제에 대해서 그렇게까지 신경 쓸 필요가 없다고 생각하고 있었네. 싫은 것은 거절하고, 거절하면 그것으로 끝이라고 믿고 있었지. 그래서 숙부의 제안을 거절했음에도 불구하고 나는 태연했다네. 일 년 동안 그 일에 대해 전혀 생각조차 하지 않았던 나는 기분 좋게 고향으로 돌아갔네.

그러나 돌아가 보니 숙부의 태도가 달라져 있었지. 예전처럼 반가운 얼굴로 나를 맞아 주지 않았네. 그런데도 구김살 없이 자란 나는 돌아간 후 4, 5일간은 눈치채지 못하고 있었다네. 다만 어느 순간, 갑자기 이상하다는 생각이 들었지. 그런 생각이 들자 이상한 것은 숙부뿐만이 아니었네. 숙모도 이상하고, 사촌 여동생도 이상했네. 중학교를 졸업하고 도쿄의 고등상업학교에 진학할 생각이라며 편지로 이것저것 물어보던 숙부의 아들마저 이상했네.

성격상 나는 생각하지 않을 수 없었지.— 어째서 내 마음이 이렇게 변한 것일까? 아니, 어째서 숙부 가족들이 저렇게 변한 것일까? 나는 갑자기 돌아가신 아버지와 어머니가 둔한 나의 눈을 씻어 주어 갑자기 세상을 분명히 보도록 해 준 것이 아닌가 하는 생각이 들었네. 나는 아버지와 어머니가 이 세상을 떠난 후에도 떠나기 전과 마찬가지로 나를 사랑해 주고 있다고 마음속 깊이 믿고 있었다네. 무엇보다 그 무렵의 나는 결코 사리 분별에 어두운 편이 아니었네. 그러나 선조로부터 물려받은 미신적인 경향도 내 핏속에 강하게 잠재해 있었던 모양일세. 지금도 그렇지만.

나는 홀로 산에 올라 부모님의 산소 앞에 무릎을 꿇었네. 반은 애도하는 심정으로 반은 감사하는 심정으로 말일세. 그리고 내 미래의 행복을 그 차가운 돌 아래 가로놓인 부모님이 여전히 쥐고 있는 듯하여 내 운명을 지키고자 부모님께 기원했지. 자네는 웃을지도 모르겠군. 나 역시 자네가 웃어도 어쩔 수 없다고 생각하네. 그렇지만 나는 그런 인간이었네.

나의 세계는 손바닥이 뒤집히듯 그야말로 완전히 바뀌었지. 그렇다고 해도 이런 경험이 나에게 처음은 아니었네. 내가 열예 닐곱 살 때라고 생각하네만, 처음으로 이 세상에 아름다운 것이 있다는 사실을 발견하고는 소스라치게 놀랐었네. 몇 번이나 나 자신의 눈을 의심하며 여러 번 눈을 비볐지. 그리고 마음속으로 아아 아름답구나, 하고 외쳤다네. 열예닐곱이라고 하면 남자든 여자든 세상에서 말하는 성에 눈뜰 시기가 아닌가. 성에 눈뜨기 시작한 나는 비로소 세상에 있는 아름다운 것의 대표자로서 여자를 보게 되었다네. 지금까지 이성이라는 존재에 대해 조금의 관심도 없었던 장님이 눈을 뜬 것처럼 단번에 눈을 뜬 것이지. 그 이후 나의 세상은 완전히 새로워졌던 걸세.

내가 숙부의 태도 변화를 깨달은 것도 완전히 이것과 같은 것이었네. 갑자기 깨달은 것이지. 어떤 예감도 준비도 없이 갑자기 온 것이었네. 갑자기 숙부와 그의 가족이 지금까지와는 전혀 다른 존재로 내 눈에 비친 것이네. 나는 놀랐네. 그리고 이대로 두었다가는 내 앞길에 문제가 생길 것 같다는 기분이 들었지.

8

나는 그때까지 숙부에게 맡겨 두었던 재산에 대해 자세히 알지 않으면 돌아가신 부모님에게 죄송할 것 같은 마음이 들었네. 숙부는 항상 바쁘다는 것을 증명하듯 매일 밤 잠자리도 일정치 않았네. 이틀은 우리 집에서 보내고 사흘은 시내에 있는 집에서 보내는 식으로, 두 집을 오가며 하루하루를 흥분된 얼굴로 지내고 있었지. 그리고 바쁘다는 말을 입에 달고 살았네. 아무 의심도 하지 않았을 때는 나도 바쁜가 보다라고 생각했네. 게다가 우습게도 바쁜 체하지 않으면 시대에 뒤처진 거라고 해석했네. 그러나 재산에 대해 물어봐야겠다고 마음먹고 보니 그것은 단순히 나를 피하기 위한 구실로밖에 보이지 않게 되었지. 나는 좀처럼 숙부와 이야기할 기회를 얻지 못했네.

그러던 중 나는 숙부가 시내에 첩을 두고 있다는 소문을 들었지. 그 소문은 옛날 중학교 동급생이었던 친구에게 들었네. 첩을 두는 정도의 일은 숙부에게 있어서 이상한 일은 아니었지만, 아버지가 살아 계실 동안에 그런 평판을 들은 기억이 없었던 나는 놀랐지. 친구는 그 외에도 숙부에 관한 여러 가지 소문을 말해 주었네. 한때 숙부의 사업이 어려운 것으로 알려졌었는데, 근 2, 3년 사이에 갑자기 회복한 것도 그중 하나였네. 그건 내게 더욱 더 강한 의혹을 불러일으켰지.

나는 마침내 숙부와 담판을 벌였네. 담판이라는 말이 타당하지 않을지 몰라도, 정황상 이 말밖에는 형용할 말이 없네. 숙부는 끝까지 나를 어린아이로 취급하려 했다네. 나는 처음부터 의심의 눈초리로 숙부를 대했네. 원만하게 해결될 리 없었지.

유감스럽게도 나는 지금 여기에 그 담판의 전말을 자세히 적을 수 없을 만큼 급하게 이 편지를 쓰고 있다네. 실은 나는 이것보다도 더욱 중요한 일을 쓰려 하고 있네. 나의 펜은 빨리 그 일을 쓰고 싶어 안달이네만 겨우 억누르고 있다네. 자네를 만나 조용히 이야기할 기회를 영원히 잃은 나는 글쓰기에 익숙하지 않기도 하고, 귀중한 시간을 아끼는 의미에서라도 쓰고 싶은 것을 생략하지 않으면 안 되네.

자네는 아직 기억하고 있겠지. 내가 언제가 자네에게 처음부터 악인은 세상에 없다고 말했던 것을. 대부분의 선한 사람들이 경우에 따라 갑자기 악인이 되니 방심해서는 안 된다고 말했던 것을. 그때 자네는 내가 흥분했다고 말했지. 그리고 어떤 경우에 선한 사람이 악인으로 변하는지 물었지. 내가 한 마디로 돈이라고 대답했을 때, 자네는 불만스러운 얼굴을 했었지. 나는 자네가 불만스러워하던 얼굴을 분명히 기억하고 있네. 지금 자네에게 털어놓네만, 그때 나는 숙부를 생각하고 있었다네. 보통 사람이 돈을 보고 갑자기 악인으로 변하는 예로, 세상에 믿을 만한 사람이 존재하지 않은 예로, 증오와 함께 나는 숙부를 생각하고 있었네. 내 대답은 사상적으로 더욱 깊이 들어가고자 하는 자네에게는 뭔가 미흡했을지도 모르겠네. 진부했을지도 모르고. 그러나 나에게는 그것이 살아 있는 대답이었네. 실제로 내가 흥분하지 않았는가. 나는 차가운 머리로 새로운 것을 말하는 것보다 뜨거운 혀로 평범한 것을 말하는 편이 살아 있는 것이라고 믿고 있네. 피의 힘으로 몸이 움직이기 때문이라네. 말이 공기에 파동을 일으킬 뿐만 아니라, 더 강한 것에 한층 강하게 작용할 수 있기 때문이네.

9

한마디로 말하면, 숙부는 내 재산을 빼돌렸던 걸세. 내가 도쿄에 나가 있던 3년 동안 그 일은 쉽게 진행되었지. 모든 것을 숙부에게 맡기고 속 편하게 지낸 나는 세상적으로 말하면 그야말로 바보였던 것이네. 아니면 순수하고 고상한 남자였던가. 나는 그때의 나 자신을 회상할 때마다 어째서 더 나쁜 사람으로 태어나지 않았을까, 하는 생각이 들면서 지나치게 정직했던 나 자신이 원망스러워 견딜 수가 없다네. 그러나 다시 한 번 그 순수했던 시절로 돌아가 살고 싶다는 마음도 든다네. 기억해 두게. 자네가 알고 있던 나는 이미 세상의 때로 더러워진 후의 나라는 것을 말이네. 더러워진 연수가 많은 사람을 선배라고 부른다면 나는 분명 자네보다는 선배겠지.

만약 내가 숙부의 바람대로 숙부의 딸과 결혼했다면, 그 결과 물질적으로 나에게 유리했을까? 그건 생각할 필요도 없는 일이지. 숙부는 꿍꿍이가 있어서 자신의 딸을 내게 떠넘기려 했던 걸세. 호의적으로 양가의 편의를 꾀하기보다는 훨씬 천박한 이해관계에 사로잡혀 나에게 딸과의 결혼을 들이민 것이지. 나는 사촌 여동생을 사랑하지 않았을 뿐이지 싫어하지는 않았네. 그러나 나중에 생각해 보니 그 결혼을 거절한 것이 나에게는 다소 유쾌하게 여겨졌네. 이렇게 하나 저렇게 하나 속는 건 마찬가지였지만, 속는 입장에서 보면 사촌 여동생과 결혼하지 않은 것이 상대방의 생각대로 되지 않았다는 것이고 조금은 나의 생각을 관철 시킨 것이 되니 말일세. 그러나 그것은 문제 삼기에는 너무도 하찮은 것이라네. 특히 아무 상관없는 자네가 본다면, 아마도 어리석은 고집처럼 보이겠지.

나와 숙부 사이에 다른 친척이 개입했네. 나는 그 친척도 전혀 믿지 않았지. 믿지 않은 데 그친 것이 아니라 오히려 적대시했네. 나는 숙부가 나를 속였다는 걸 알았을 때, 다른 사람들도 분명 나를 속일 것이라고 생각했네. 아버지가 그렇게 칭찬하던 숙부조차도 이런데 다른 사람은 오죽하겠는가라는 것이 내 논리였지.

그런데도 그들은 나를 위해서 내 일체의 소유를 정리해 주었네. 그것은 금액으로 계산하면 내 예상보다 훨씬 적었지. 내 입장에서는 잠자코 그것을 받아들일지, 아니면 숙부를 상대로 소송을 걸지 두 가지 방법밖에는 없었다네. 나는 분노했네. 또, 어찌하면 좋을지 몰라 망설였네. 소송을 하면 결말이 날 때까지 오랜 시간이 걸리는 것도 두려웠네. 나는 공부 중이었기 때문에 학생으로서 소중한 시간을 빼앗기는 것이 몹시 싫었다네. 나는 여러모로 생각한 끝에 시내에 사는 중학교 동창에게 부탁해 내가 받아야 할 것을 모두 현금으로 바꿔 달라고 부탁했지. 친구는 그러지 않는 편이 이득이라고 충고했지만 나는 듣지 않았네. 나는 그때 영원히 고향을 떠날 결심을 한 것일세. 숙부의 얼굴을 다시는 보지 않겠다고 마음속으로 굳게 결심했던 거지.

고향을 떠나기 전에 나는 다시 부모님의 묘를 찾아갔네. 나는 그것을 마지막으로 부모님의 묘를 찾은 적이 없다네. 이제 영원히 그럴 기회는 없겠지.

친구는 내가 부탁한 대로 처리해 주었다네. 그렇다고는 하지만 그건 내가 도쿄에 오고 나서 상당히 시간이 흐른 뒤였지. 시골에서 밭은 팔려고 해도 쉽게 팔리지 않을 뿐더러, 급매인 줄 알고 헐값에 사려고들 해서 내가 받은 돈은 시가에 비하면 형편없이 적은 돈이었다네. 내 재산이라고 해 봐야 내가 집을 나올 때 챙겨 온 약간의 공채와 나중에 그 친구가 보내 준 돈뿐이었네. 내가 받아야 할 유산보다 상당히 적은 것이었지. 게다가 내가 잘못해서 그렇게 된 것이 아니었기 때문에 더욱 기분이 나빴네. 그러나 학생 신분인 내가 생활하는 데는 그것으로 충분하고도 남았다네. 솔직하게 말하면 나는 거기서 나온 이자의 반도 쓰지 못했지. 그런 여유 있는 학생 생활이 나를 생각지도 못한 상황에 빠뜨렸다네.

10

돈에 여유가 있던 나는 시끌벅적한 하숙집을 나와 집을 하나 장만하고자 했네. 그러나 그렇게 하면 가재도구를 사야 하는 불편함이 있었고 살림을 해 줄 아주머니도 필요했네. 또한 그 아주머니가 정직하지 않으면 곤란했고 집을 비워도 믿을 만한 사람이어야 했지. 이런 이유로 집을 장만하는 것은 어려울 것 같더군. 어느 날 나는 집만이라도 찾아볼까 하는 마음으로 산책 겸

혼고다이(本鄕台)에서 서쪽으로 내려가 고이시카와(小石川) 언덕에서 곧장 덴즈인(伝通院)[1] 쪽으로 올라갔네. 전차가 다니게 된후부터 그 일대의 풍경은 완전히 달라졌지만, 그 무렵은 왼쪽이무기 공장의 담벼락이고 오른쪽은 들판인지 언덕인지 구별이 되지 않는 공터에 풀이 무성했지. 나는 그 풀밭 가운데 서서 아무생각 없이 맞은편 절벽을 바라보았다네. 지금도 나쁜 경치는 아니네만, 당시에는 더욱 운치가 있었지. 눈에 보이는 곳은 온통녹색으로 뒤덮여 있어서 마음이 편안해졌네. 나는 문득 이 근처에 적당한 집이 없을까, 하고 생각했네. 그래서 즉시 들판을 가로질러 좁은 길을 따라 북쪽으로 걸어갔지. 지금도 그리 좋은 동네는 아니네만, 초라한 집들이 늘어선 동네는 그 당시 더욱 지저분했네. 나는 골목길을 빠져나가기도 하고 뒷골목을 돌기도하며 여기저기 걸어 다녔네. 그러다 결국에는 구멍가게 아주머니에게 이 근처에 아담한 셋집은 없느냐고 물었지. 아주머니는"글쎄요." 하고 잠시 고개를 갸웃거리다가 "셋집은 글쎄……."하며 전혀 모르겠다는 표정을 지었네. 내가 포기하고 돌아서려는데 아주머니가 "일반 가정집 하숙은 안 되나요?"라고 물었네.나는 갑자기 마음이 바뀌었지. 조용한 일반 가정집에서 혼자 하숙하는 것은 오히려 집을 장만하는데 따르는 귀찮은 일들이 없어지니 좋을 것 같다고 생각한 걸세. 그래서 가겟집에 앉아 아주머니에게 자세히 이야기를 들었지.

그 집은 어느 군인의 유족이 살고 있는 집이었네. 남편은 청일전쟁 때인가 죽었다고 가겟집 아주머니가 말해 주었네. 1년

1) 도쿄 도 분쿄 구 고이시카와에 있는 정토종 절.

전쯤에는 이치가야에 있는 사관학교 근처에 살았는데, 마구간까지 있는 넓은 저택이었기 때문에 거기를 팔고 이쪽으로 이사 왔지만 식구가 적어 적적하니 괜찮은 사람이 있으면 소개해 달라는 부탁을 받았다고 했지. 나는 아주머니에게 그 집에는 미망인과 외동딸과 하녀밖에 없다는 것을 확인했네. 나는 한가하고 고요하여 정말 좋을 것 같다는 생각이 들었다네. 그러나 그런 가족에게 나 같은 사람이 느닷없이 찾아가면 신원을 알 수 없는 학생이라는 이유로 그 자리에서 거절당하는 것은 아닐까, 하는 염려도 있었다네. 그래서 그만둘까도 생각했지. 그러나 학생으로서 나는 그렇게 초라한 행색이 아니었네. 게다가 대학 제모도 쓰고 있었네. 자네는 웃겠지. 대학 제모가 뭐 그리 대단한 것이냐고 하면서 말이네. 그러나 그 당시의 대학생은 지금과 달리 상당히 사람들에게 신뢰받고 있었다네. 그러했으니 나도 그 사각모를 몹시 자랑스럽게 여기고 있었지. 그리고 구멍가게 아주머니가 알려 준 대로 소개고 뭐고 없이 그 군인 유족이 사는 집을 찾아갔다네.

나는 미망인을 만나 그곳에 온 이유를 말했네. 미망인은 나의 신원과 학교, 전공 등 여러 가지를 물었다네. 그리고 그 정도의 사람이라면 괜찮겠다고 여겼는지 그 자리에서 언제 이사 와도 상관없다고 하더군. 미망인은 정직한 사람이었네. 또, 시원시원한 사람이었지. 나는 군인의 아내는 모두 이런 성격인가, 하고 감탄했다네. 감탄도 했지만 놀라기도 했네. 성격이 이렇게 시원시원한데 뭐가 적적하다는 건지 의아했던 것이지.

11

나는 즉시 그 집으로 이사했네. 내가 처음 방문했을 때 미망인과 이야기를 나누었던 객실을 빌렸네. 그곳은 그 집에서 가장 좋은 방이었지. 그때는 혼고(本郷)[2] 근처에 고급 하숙집이 하나둘 생기기 시작한 때라서, 나는 학생으로서 얻을 수 있는 가장 좋은 방이 어느 정도인지 알고 있었네. 내가 새 주인이 된 방은 그런 방들보다 훨씬 훌륭했네. 이사를 한 당시에는 학생 신분에 걸맞지 않게 분수에 넘친다고도 생각했지.

방은 다다미 여덟 장이 깔려 있었네. 도코노마 옆에 치가이다나[3]가 있고 툇마루 반대쪽에는 한 칸짜리 벽장이 딸려 있었지. 창은 하나도 없었지만 그 대신 남쪽 툇마루로 해가 잘 들었다네.

나는 이사한 날, 그 방 도코노마에 장식된 꽃과 그 옆에 세워진 거문고를 보았네. 둘 다 내 마음에 들지 않았지. 나는 시와 서(書), 차를 즐기는 아버지를 보며 자랐기 때문에 어려서부터 운치 있는 취미를 가지고 있었네. 그 때문인지 그런 요염한 장식을 언제부터인가 경멸하는 버릇이 있었던 걸세.

생전에 아버지가 모은 골동품은 그 숙부 때문에 엉망이 되어 버렸지만, 그래도 약간은 남아 있었네. 나는 고향을 떠날 때 그것을 중학교 친구에게 맡겨 두었다네. 그리고 그중에서 마음에 드는 것 네다섯 점을 고리짝 밑에 넣어 가지고 왔다네. 나는 이사 오자마자 그것을 꺼내 도코노마에 걸어 놓고 즐길 생각이었

---

2) 도쿄 도 분쿄 구 고이시카와에 있는 정토종 절.
3) 좌우로 놓인 두 장의 판자를 아래위로 어긋나게 댄 선반. 도코노마 옆에 설치함.

지. 그런데 지금 말한 거문고와 꽃꽂이를 보고 갑자기 용기가 사라져 버렸네. 나중에 그 꽃이 나를 환영하기 위한 것이었다는 사실을 알았을 때, 나는 속으로 쓴웃음을 지었다네. 게다가 거문고는 전부터 거기에 있었던 것으로, 딱히 놓을 곳이 없어서 어쩔수 없이 그대로 세워둔 것이었겠지.

이런 말을 하면 자연스럽게 젊은 여자의 그림자가 자네의 머릿속에 떠오르겠지. 이사하기 전부터 나도 이미 그런 호기심에 사로잡혀 있었네. 이런 불순한 마음이 미리부터 나의 자연을 상하게 한 탓인지, 아니면 내가 아직 사람들을 만나는 데 익숙하지 않아서인지 나는 그 집 따님을 처음 만났을 때 당황하여 어쩔 줄 몰라 하며 인사를 했다네. 그 따님도 역시 얼굴이 빨개졌지.

나는 그때까지 미망인의 풍채나 태도를 보고 따님의 모든 것을 상상하고 있었다네. 그러나 그 상상이라는 것이 따님에게 있어서 그다지 유리한 것은 아니었지. 군인의 아내이니 저럴 것이다, 그 딸이니 이럴 것이다, 하며 나의 상상은 점점 확대되어 갔다네. 그러나 그 추측은 따님의 얼굴을 본 순간 모조리 지워져 버렸지. 그리고 내 머릿속에 지금까지 상상하지 못했던 이성의 향기가 새롭게 들어왔네. 그 후 나는 도코노마에 장식된 꽃이 싫지 않았다네. 마찬가지로 거기에 세워져 있던 거문고도 눈에 거슬리지 않았지.

꽃이 시들 무렵이면 언제나 새로운 꽃으로 바뀌어 있었네. 거문고도 가끔 직각으로 구부러져 대각선 방향에 있는 방에 옮겨져 있기도 했네. 나는 내 방 책상 앞에 앉아 턱을 괴고 그 거문고 소리를 들었다네. 나로서는 거문고 연주 실력이 좋은 것인지 서툰 것인지 잘 몰랐네. 그러나 정교한 리듬을 연주하지 않는 것을 보면 연주 실력이 그다지 좋은 것은 아니라고 생각했다네. 아마도 꽃꽂이 정도의 실력이라고 생각했지. 꽃꽂이에 대해서는 나도 볼 줄 아네만 따님은 결코 솜씨가 좋은 편이 아니었다네.

그런데도 기죽지 않고 여러 가지 꽃으로 내 방 도코노마를 장식해 주었네. 게다가 꽃꽂이 방법은 늘 같았지. 꽃병 역시 한 번도 바뀐 적이 없었네. 음악 쪽은 꽃꽂이보다 더욱 서툴렀네. 천천히 줄을 튕길 뿐 노랫소리는 전혀 들리지 않았지. 노래를 안 부르는 것이 아니라 마치 비밀 이야기라도 하듯이 작은 소리밖에는 내지 않았네. 게다가 꾸중하는 소리라도 들으면 그마저도 나오지 않게 됐지.

하지만 나는 흐뭇한 마음으로 그 서툰 꽃꽂이를 바라보고 서툰 거문고 소리에 귀를 기울였다네.

12

나는 고향을 떠날 때 이미 염세적인 사람이 되어 있었네. 타인을 신뢰할 수 없다는 관념이 그때 뼛속까지 스며들었기 때문일 걸세. 나는 내가 적대시하는 숙부를 비롯하여 숙모, 그 밖의 친척들을 마치 인류의 대표자처럼 생각하게 되었지. 기차에 탔을 때조차도 옆 사람을 경계했을 정도였다네. 가끔 상대편이 말이라도 걸어오면 더욱 경계했지. 나는 참으로 침울했네. 납덩이를 삼킨 것처럼 때때로 가슴이 답답해졌지. 그런데도 나의 신경은 지금 말한 대로 곤두설 대로 곤두서 있었지.

내가 도쿄에 와서 하숙집을 나오려고 한 것도 이것이 큰 원인이었다네. 돈 여유가 있었기 때문에 단독 주택을 구입할 생각이 든 것 아니냐고 말하면 더 이상 할 말은 없네만, 원래의 나라면 비록 돈 여유가 있어도 그런 귀찮은 일은 하지 않았을 걸세.

나는 고이시카와로 이사한 후로도 한동안 긴장을 늦출 수가 없었다네. 나 자신이 보더라도 부끄러울 정도로 나는 주위를 힐끔거리고 있었네. 이상하게도 머리와 눈은 잘 돌아가는데 입은 그와 반대로 점점 둔해져 갔다네. 나는 그 집에 있는 사람들의 모습을 고양이처럼 유심히 관찰하며 잠자코 책상 앞에 앉아 있었지. 때때로 그들이 가엾다는 생각이 들 정도로 그들에게 철저히 주의를 기울이고 있었네. 물건만 훔치지 않았지 소매치기와 다를 바 없다는 생각이 들어 나 자신이 싫어질 정도였지.

자네는 참으로 의아한 생각이 들겠지. 인간 불신에 빠진 내가 어떻게 그 집 따님을 좋아할 여유를 가졌었는지 말이네. 그리고 어떻게 따님의 서툰 꽃꽂이를 흡족한 마음으로 바라볼 수 있는 여유를 가지고 있었는지를, 마찬가지로 어떻게 따님의 서툰 거문고 연주를 기쁜 마음으로 듣고 있었는지를 말일세. 그렇게 질문한다면, 나는 다만 모두 사실이기 때문에 자네에게 사실이라고밖에 할 말이 없네. 해석은 영리한 자네에게 맡기기로 하고, 나는 단지 한마디만 덧붙여 두겠네. 나는 돈에 대해서는 인류를 의심했지만, 사랑에 대해서는 아직 인류를 의심하지 않았다네. 그래서 타인이 보면 이상한 것이라도, 또 나 스스로 생각해 봐도 모순된 것이라도 내 마음속에서는 아무렇지 않게 양립한 것이라네.

나는 미망인을 항상 아주머니라고 불렀으니까, 지금부터는 미망인이라고 하지 않고 아주머니라고 하겠네. 아주머니는 나를 조용한 사람, 점잖은 남자라고 평했네. 그리고 공부를 열심히 한다고 칭찬도 했지. 그러나 나의 불안한 눈빛이나 침착하지 못하고 주위를 힐끔거리는 모습에 대해서는 아무 말도 하지 않았네. 눈치채지 못했는지, 나를 배려해서 그랬는지는 잘 모르겠네만 어쨌거나 그 부분에 대해서는 전혀 신경 쓰지 않는 것처럼 보였다네. 그뿐만 아니라 어떤 날은 나를 느긋한 사람이라며 사뭇 존경하는 듯한 말투로 이야기한 적이 있었지. 그때 솔직한 나는 얼굴이 붉어져서는 상대방의 말을 부정했다네. 그러자 아주머니는 "학생은 자신이 깨닫지 못하기 때문에 그렇게 말하는 거예요."라고 진지하게 설명해 주었네. 아주머니는 처음에 나 같은 학생을 집에 둘 생각은 없었던 모양이었네. 어디 관공서에서 근무하는 사람에게 방을 빌려줄 생각으로 근처 사람들에게 주선을 부탁했던 것 같았지. 공무원이란 봉급이 많지 않아 어쩔 수 없이 일반 집에서 하숙할 수밖에 없는 사람이라는 생각이 전부터 있었던 것으로 보이네. 아주머니는 자신이 상상하던 손님과 나를 비교하여 내 쪽이 느긋하다고 칭찬했던 것이지. 듣고 보니 그렇게 절약하는 생활을 해야 하는 사람과 비교하면 나는 금전적인 부분에 있어서 느긋했는지도 모르네. 그러나 그것은 타고난 성질에 관한 문제가 아니니 나의 성격과는 거의 관계가 없는 것과 마찬가지였네. 아주머니는 여자인 만큼 그것을 나라는 사람 전체에 적용시키려 한 걸세.

13

부인의 이런 태도가 자연스럽게 내 기분에 영향을 주었지. 어느 정도 지나자 나는 전처럼 주위를 힐끔거리지 않게 되었다네. 그곳에서 내 마음이 상당히 안정된 듯한 느낌도 들었지. 요컨대 아주머니를 비롯한 그 집안사람들이 비뚤어진 나의 눈과 의심 많은 모습에 전혀 신경 쓰지 않은 것이 나에게 큰 행복을 가져다 준 것이었네. 나의 날카로운 신경에 반응하는 사람이 없었기 때문에 나는 점점 진정되었지.

아주머니가 분별 있는 사람이었기 때문에 일부러 나를 그렇게 대해 주었다는 생각이 들기도 하고, 아니면 아주머니가 말한 대로 실제로 나를 느긋한 사람으로 생각했는지도 모르겠네. 나는 머릿속으로만 좀스럽게 굴었을 뿐, 겉으로는 그다지 드러나지 않았기 때문에 아주머니가 나에게 속고 있었던 것일지도 모르겠네.

마음이 진정되어 가자 나는 점점 가족들에게 다가갔다네. 아주머니는 물론 따님과도 농담을 주고받을 정도가 되었지. 차를 끓였다며 건넛방으로 부르기도 했네. 또, 내가 과자를 사서 두 사람을 부른 밤도 있었다네. 나는 갑자기 교제 범위가 넓어진 느낌이었네. 때문에 소중한 공부 시간이 줄어들기도 했지. 그러나 신기하게도 그런 것은 나에게 전혀 방해가 되지 않았네. 아주머니는 원래부터 시간이 많은 사람이었지. 따님은 학교에 가는 것 외에도 꽃꽂이나 거문고를 배우고 있었기 때문에 분명 바쁠 것이라 생각했는데, 의외로 얼마든지 시간적 여유가 있는 것처럼 보였네. 그래서 우리 셋은 얼굴만 보면 함께 모여 세상 돌아가는 이야기를 하면서 즐거운 시간을 보냈지.

대개 따님이 나를 부르러 왔네. 따님은 툇마루를 직각으로 돌아 내 방 앞으로 오기도 하고, 거실을 지나 옆방에서 맹장지 너머로 그림자를 보일 때도 있었지. 따님은 문까지 와서 잠시 멈춰 서서는 내 이름을 부르고 "공부 중이세요?"라고 물었다네. 나는 대부분의 경우 어려운 책을 책상 앞에 펴고 그것을 보고 있었기 때문에 다른 사람이 보면 열심히 공부하는 것처럼 보였지. 그러나 실은 그 정도로 열심히 책을 읽고 있었던 건 아니었네. 눈은 책을 보고 있었지만 따님이 부르러 오기를 기다릴 정도였지. 기다리고 있는데 오지 않으면 할 수 없이 내가 일어났지. 그리고 따님 방 앞으로 가서 "공부 중이세요?" 하고 물었다네.

따님 방은 거실과 연결된 다다미가 여섯 장 깔린 방이었네. 아주머니는 거실에 있을 때도 있었고 따님 방에 있을 때도 있었지. 즉 이 두 방은 칸막이가 있어도 없는 것과 마찬가지로 모녀가 오가며 사용하고 있었네. 내가 밖에서 말을 걸면 "들어오세요."라고 대답하는 쪽은 항상 아주머니였지. 따님은 거기에 있어도 좀처럼 대답한 적이 없었다네.

가끔 따님 혼자 볼일이 있어서 내 방에 들어온 김에 앉아 서로 이야기를 나누기도 했지. 그럴 때는 내 마음이 괜히 불안해졌네. 그렇게 젊은 여자와 마주 앉아 있는 것만으로 불안해진 것은 아닌 것 같았네. 나는 왠지 안절부절못했지. 자기 자신을 배신하는 듯한 부자연스러운 태도가 나를 괴롭게 했다네. 그러나 상대는 오히려 아무렇지도 않았지. 이 사람이 거문고를 연주할 때 목소리조차 제대로 내지 못하던 그 여자인가 싶을 정도로 전혀 부끄러워하는 기색이 없었네. 내 방에 있는 시간이 너무 길어져 거실에서 어머니가 불러도 "네." 하고 대답할 뿐 좀처럼 일어서려 하지 않았지. 그러나 따님은 결코 어린아이가 아니었네. 나는 그것을 잘 알고 있었지. 내가 알아챌 수 있도록 행동하고 있다는 것까지 분명히 알 수 있었네.

14

나는 따님이 나간 후에 안도의 한숨을 내쉬었네. 그와 동시에 뭔가 아쉬운 듯한, 또 왠지 미안한 듯한 기분이 들었지. 내가 여자처럼 굴었던 건지도 모르겠네. 요즘 젊은이인 자네가 본다면 더욱 그렇게 보일 걸세. 그러나 그 무렵 우리들은 대개 그랬다네.

아주머니는 좀처럼 외출하지 않았지. 가끔 집을 비울 때에도 따님과 나, 둘만 남겨 두고 가는 일은 없었네. 그게 우연인지 고의인지는 알 수 없었지. 내 입으로 말하는 것은 이상하네만, 아주머니의 모습을 잘 관찰하고 있으면 왠지 자신의 딸과 나를 가깝게 만들려는 것처럼 보이기도 했네. 또, 한편으로는 나를 몹시 경계하는 부분도 있었기 때문에 그런 경험이 처음이었던 나는 가끔 마음이 상하기도 했다네.

나는 아주머니가 어느 쪽이든 태도를 분명히 해 주기를 바랐네. 이성적으로 생각해 보면 그것은 분명한 모순이었기 때문이지. 그러나 숙부에게 속은 기억이 아직 생생한 나는 더욱 깊은 의심을 품지 않을 수 없었네. 나는 아주머니의 태도 중 어느 쪽이 진심이고 어느 쪽이 거짓일까, 하고 생각했지만 판단할 수 없었지. 판단할 수 없었을 뿐만 아니라 어째서 그런 묘한 태도를 취하는지 그 의미를 이해할 수 없었다네. 아무리 생각해도 그 이유를 알 수 없던 나는 여자라는 단어에 죄를 전가하고 참은 적도 있었지. 결국 여자여서 저러는 것이다, 여자란 결국 어리석은 존재다, 아무리 생각해도 모를 때면 나는 언제나 그렇게 결론지 었다네.

그 정도로 여자를 얕보고 있던 나였지만 아무리 해도 따님은 얕볼 수 없었네. 나의 논리는 그 사람 앞에서 전혀 힘을 쓰지 못 했지. 나는 그 사람에게 거의 신앙에 가까운 사랑을 느끼고 있었 다네. 내가 종교에만 사용하는 이 단어를 젊은 여자에게 적용시 키는 것에 대해 자네는 이상하게 생각할지도 모르겠네만, 나는 지금도 굳게 믿고 있다네. 진정한 사랑은 신앙심과 별 차이가 없 다는 것을 말이네. 나는 따님의 얼굴을 볼 때마다 나 자신이 아 름다워지는 듯한 느낌이 들었다네. 따님을 생각하면 높은 품격 이 즉시 나에게 옮겨 오는 것 같았다네. 만약 사랑이라는 불가사 의한 것에 양끝이 있어서 그 높은 쪽에 신성함이 작용하고 낮은 쪽에 성욕이 작용하고 있다면, 나의 사랑은 분명 그 높은 극점에 있었을 걸세. 나는 육체를 떠날 수 없는 인간이지만, 따님을 보 는 나의 눈과 따님을 생각하는 나의 마음은 전혀 육체의 냄새를 띠고 있지 않았지.

아주머니에 대해 반감을 품고 있었음에도 따님에 대한 애정 이 깊어만 갔기 때문에 세 사람의 관계는 하숙을 시작했을 때보 다 점점 복잡해져 갔네. 무엇보다 그 변화는 거의 내면적인 것이 어서 밖으로는 드러나지 않았지. 그러는 사이에 나는 우연한 기 회를 통해 지금까지 아주머니를 오해하고 있었던 것이 아닌가, 하는 생각이 들었다네. 나에 대한 아주머니의 모순된 태도는 어 느 쪽도 거짓이 아니라고 다시 생각한 것이지. 게다가 아주머니는 그런 생각을 번갈아 하는 것이 아니라, 언제나 두 생각이 동시에 아주머니 마음에 존재한다고 생각하게 된 것일세. 즉, 아주머니가 가능한 따님을 나에게 접근시키려고 하면서 동시에 경계를 하는 것은 모순 같지만, 경계를 할 때 다른 편의 태도를 잊어버린 것도 아니고 태도를 바꾼 것도 아닌, 여전히 두 사람이 가까워지길 바란다는 것을 알았다네. 다만 자신이 정당하다고 인정하는 이상으로 두 사람이 가까워지는 것을 싫어하고 있다고 해석한 것이지. 따님에게 육체적인 면에서 접근할 생각이 없었던 나는 아주머니가 하는 걱정이 불필요하다고 생각했네. 그러나 아주머니를 나쁘게 여기는 마음은 그 후 사라졌다네.

15

나는 아주머니의 태도를 여러 면에서 종합해 보고는 내가 이 집에서 충분히 신뢰받고 있다고 확신했네. 게다가 그 신뢰는 처음 만났을 때부터 시작된 것이라는 증거까지 발견했지. 사람을 의심하고 있던 나는 이 발견으로 인해 기이할 정도로 감동했네. 나는 남자와 비교하면 여자가 보다 직관이 풍부하다고 생각했네. 동시에 여자가 남자에게 속는 것도 그렇기 때문이 아닌가, 하고 생각했다네. 아주머니를 그런 식으로 생각하는 내가 따님에 대해서는 같은 방식으로 생각하고 있었으니, 지금 생각하면 이상하네. 나는 사람을 믿지 않겠다고 마음속으로 맹세했으면서 절대적으로 따님을 믿고 있었고, 그러면서도 나를 신뢰하고 있는 아주머니를 이상하게 생각하고 있었으니 말이네.

나는 고향에 대해서 그리 많은 것을 말하지 않았네. 특히 숙부와의 사건에 대해서는 아무 말도 하지 않았지. 나는 그것을 떠올리는 것만으로도 일종의 불쾌감을 느꼈다네. 나는 가급적 아주머니 쪽의 이야기만을 들으려고 했네. 그러나 아주머니는 나를 가만두지 않았지. 무슨 말만 나오면 내 고향에 대해 알고 싶어 했네. 결국 나는 하나도 남김없이 죄다 말해 버렸네. 나는 두 번 다시 고향에는 돌아가지 않겠다, 돌아가도 아무것도 없다, 있는 것이라고는 아버지와 어머니의 묘소뿐이다라고 말했을 때 아주머니는 크게 감동한 듯 보였네. 따님은 울었지. 나는 이야기하기를 잘했다고 생각했네. 기뻤네.

나에 대한 모든 것을 들은 아주머니는 과연 자신의 직감이 적중했다는 듯한 표정을 지었네. 그 후부터 나를 자신의 친척인 양 대우했다네. 그런 태도에 나는 화도 나지 않았지. 오히려 유쾌했을 정도였네. 그런데 그러던 사이 내 안에 의심하는 마음이 다시 들기 시작했네.

내가 아주머니를 의심하기 시작한 것은 극히 사소한 일 때문이었네. 그러나 그 사소한 일이 반복되는 사이에 의혹은 점점 뿌리를 내렸지. 나는 문득 아주머니가 숙부와 마찬가지 속셈으로 따님을 나에게 접근시키는 것은 아닌가, 하고 생각하게 된 걸세. 그러자 지금까지 친절해 보이던 사람이 갑자기 교활한 책략가처럼 내 눈에 비치기 시작했다네. 나는 씁쓸하게 입술을 깨물었네.

아주머니는 처음부터 식구가 적어 적적하니까 하숙생을 받는다고 했었네. 나도 그 말을 거짓이라고 생각하지 않았네. 친해져서 여러 이야기를 털어놓은 뒤에도 그 말은 틀림이 없다고 생각했지. 그러나 그 집은 경제적으로 여유 있는 편이 아니었네.

손익 관계에서 생각해 보면 나와 특수한 관계를 맺는 것은 아주 머니에게 결코 손해가 아니었지.

나는 다시 경계하기 시작했네. 그래도 따님에 대해 앞에서 말한 대로 깊은 사랑을 느끼고 있는 내가 그녀의 어머니를 경계해 봤자 뭐가 달라지겠나. 나는 나 자신을 조소했지. 바보라고 나 자신에게 욕한 적도 있다네. 그러나 그 정도의 모순이라면 아무리 바보라도 크게 고통을 느끼지 않았을 것일세. 나의 번민은 아주머니와 마찬가지로 따님도 책략가가 아닐까, 하는 의문이 들면서 시작되었네. 두 사람이 나 몰래 짜고 만사를 진행하고 있는 것이 아닐까, 하는 생각이 들자 나는 갑자기 괴로워서 견딜 수가 없었지. 불쾌한 느낌을 뛰어넘어 목숨이 곧 끊어질 것 같은 답답한 기분이었네. 그러면서도 한편으로는 따님을 굳게 믿고 의심하지 않았네. 때문에 나는 신념과 망설임의 중간에 서서 조금도 움직이지 못하게 돼 버렸지. 나에게는 양쪽 모두 상상이었고, 또 양쪽 모두 진실이었네.

16

나는 변함없이 학교에 출석하고 있었네. 그러나 교단에 선 사람의 강의는 멀리서 들리는 것 같았지. 공부도 마찬가지였다네. 눈으로 들어온 활자가 마음에 스며들기도 전에 연기처럼 사라졌네. 게다가 나는 말수가 적어졌네. 그런 나를 두세 명의 친구가 오해하여 내가 명상에 잠겨 있다는 듯이 다른 친구들에게 말했지. 나는 그 오해를 풀려고 하지 않았네. 나에게 유리한 가면을 타인이 제공해 준 것에 오히려 잘됐다며 기뻐했네. 그런데도 때때로 마음이 풀리지 않은 듯 발작적으로 떠들어 대며 그들을 놀라게 한 적도 있었다네.

내가 하숙하는 집은 드나드는 사람이 적은 집이었네. 친척도 많지 않은 것 같았지. 따님의 학교 친구가 가끔 놀러 온 적도 있지만, 있는지 없는지 모를 정도로 극히 작은 소리로 이야기를 나누다가 돌아가는 것이 보통이었네. 그것이 나에 대한 배려였다는 것을, 늘 주변에 주의를 기울이고 있던 나도 눈치채지 못했네. 나를 찾아오는 사람들 중에는 크게 소란스러운 사람도 없었지만 주인집 사람들을 어려워할 정도의 남자는 한 사람도 없었다네. 그런 점에서 보면 하숙생인 내가 주인 같고, 주인집 딸이 오히려 식객 같았지.

그러나 이것은 다만 생각난 김에 쓴 것일 뿐, 실은 별 상관없는 일이네. 그러나 한 가지 걸리는 일이 있었네. 거실이나 따님의 방에서 갑자기 남자 목소리가 들려온 것이었지. 그 목소리는 나를 찾아오는 손님과는 다르게 상당히 낮았네. 그래서 무슨 이야기를 하는지 전혀 몰랐지. 모를수록 내 신경은 예민해지기 시작했네. 나는 앉아 있었지만 이상하게도 안절부절못했다네. 나는 우선 그 사람이 친척인지 아니면 그냥 아는 사람인지를 생각해 보았네. 그리고 젊은 남자인지 나이 든 남자인지 생각해 보았지. 방에 앉아 있는 내가 그런 것을 알 수 있을 리 없었네. 그렇다고 해서 일어나 장지문을 열어 볼 수도 없는 일이었지. 나의 신경은 떨린다고 하기보다는 크게 파동 치며 나를 괴롭혔네. 나는 손님이 돌아간 후에 잊지 않고 그 사람의 이름을 물었지. 따님이나 아주머니의 대답은 극히 간단했다네. 나는 두 사람에게 뭔가 미흡하다는 표정을 지었지만, 그렇다고 해서 만족할 때까지 추궁할 용기도 없었네. 물론 그럴 권리도 없었지. 나는 자신의 품격을 소중히 여겨야 한다는 교육에서 온 자존심 강한 표정과 실제로 그 자존심을 배신하고 있는 알고 싶어 죽겠다는 표정을 동시에 그들 앞에서 지었다네. 그들은 웃었네. 그것이 조소의 의미가 아니라 호의에서 오는 것인지, 아니면 호의처럼 보이는 것인지 그 자리에서 해석할 수 없을 정도로 나는 침착성을 잃고 있었지. 그리고 시간이 지난 뒤에도 바보 취급당한 거야, 바보 취급당한 게 분명해, 하는 말을 몇 번이고 마음속으로 되뇌었네.

나는 자유로운 몸이었네. 예를 들어 학교를 도중에 그만두든 또는 어디에 가서 어떻게 살든, 혹은 어디의 누구와 결혼하든 누구와도 상담할 필요가 없었지. 나는 과감하게 아주머니에게 따님을 달라고 해 볼까, 하고 결심한 적이 그때까지 몇 번이나 있었네. 그러나 그때마다 나는 주저했고 결국 입 밖으로 내지 못했지. 거절당하는 것이 두려워서가 아니었다네. 만약 거절당하면 나의 운명이 어떻게 변할지는 알 수 없었지만, 그 대신 그때까지와는 다른 방향에 서서 세상을 새롭게 바라볼 기회도 생기니 그정도의 용기라면 못 낼 것도 없었네. 그러나 나는 속임에 넘어가기 싫었네. 다른 사람의 계략에 넘어가는 것이 무엇보다 부아가 치미는 일이었지. 숙부에게 속은 나는 앞으로 무슨 일이 있어도 다른 사람에게 속지 않기로 결심했던 것이네.

17

내가 책만 사는 것을 보고 아주머니는 옷도 좀 사는 것이 어떻겠냐고 말했네. 나는 사실 시골에서 짠 무명옷밖에 없었네. 그 당시 학생들은 비단이 들어간 옷은 입지 않았다네. 내 친구 중에 요코하마에서 장사를 해서 집이 꽤나 잘사는 친구가 있었는데, 그 친구에게 어느 날 견으로 짠 속옷이 배달된 적이 있었네. 친구들은 모두 그것을 보고 웃었지. 그 친구는 부끄러워하며 여러 가지로 변명을 하고는 모처럼 보내 준 속옷을 고리짝 깊이 처박아 두고 입지 않았네. 그러자 어느 날, 친구들이 우르르 달려들어 억지로 입혔다네. 그런데 운 나쁘게 그 속옷에 이가 생겼지. 친구는 마침 잘됐다고 생각한 듯 문제의 속옷을 둘둘 말아 산책 나간 김에 네즈(根津)⁴⁾에 있는 커다란 하수구에 내던져 버렸네. 그때 같이 갔던 나는 다리 위에 서서 웃으며 친구의 행동을 바라보고 있었지만, 조금도 아깝다는 생각이 들지 않았지.

그 무렵 나는 상당히 어른스러워져 있었네. 하지만 그때까지도 스스로 외출복을 구입할 정도의 분별력은 없었다네. 나는 졸업하고 수염을 기를 때까지는 복장에 신경 쓸 것 없다는 이상한 생각을 가지고 있었지. 그래서 아주머니에게 책은 필요하지만 옷은 필요가 없다고 말했네. 아주머니는 내가 책을 어느 정도 사는지 알고 있었지. 산 책은 전부 읽느냐고 물었다네. 내가 사는 책 중에는 사전도 있었지만 당연히 읽어야 할 책 중에서 페이지도 넘기지 않은 책도 다소 있었기 때문에 나는 어떻게 대답해야 좋을지 몰랐네. 나는 어차피 필요 없는 것을 산다면 책이든 옷이든 마찬가지라는 사실을 깨달았네. 게다가 나는 여러 가지로 시중을 들어 준다는 구실로 따님이 좋아할 만한 오비나 옷감을 사

⁴⁾ 도쿄 도 분쿄 구 동부에 있는 지역.

주고 싶었지. 그래서 모든 것을 아주머니에게 의뢰했네.

아주머니는 혼자서는 가지 않겠다고 했네. 나도 함께 가야 한다고 명령하다시피 했지. 따님도 같이 가야 한다고 하더군. 지금과는 다른 분위기 속에서 자란 우리 세대는 학생 신분으로 젊은 여자와 함께 걷는 관습이 없었네. 그 당시 나는 지금보다 더 관습에 얽매여 있었기 때문에 다소 망설였지만 큰맘 먹고 함께 나갔네.

따님은 상당히 화려하게 옷을 차려입고 나왔네. 원래 피부가 하얀데다가 분을 잔뜩 발라서 더욱 눈에 띠었지. 길을 가던 사람들이 뚫어지게 쳐다보고 가더군. 그리고 이상하게도 따님을 본 사람은 반드시 그 시선을 돌려 내 얼굴을 보았다네.

우리 세 사람은 니혼바시(日本橋)[5]에 가서 사고 싶은 것을 샀네. 물건을 고르는 데 자꾸 마음이 바뀌어서 생각했던 것보다 시간이 걸렸지. 아주머니는 일부러 내 이름을 부르며 어떠냐고 물었네. 때때로 옷감을 따님의 어깨에서 가슴으로 걸쳐 대보며 나에게 두세 걸음 떨어져서 봐 달라고도 했지. 나는 그럴 때마다 "그건 별로네요."라든가 "그건 잘 어울려요."라고 말하며, 하여간 쇼핑하는 데 한몫을 담당했다네.

쇼핑하는 데 시간이 걸려 저녁 시간이 다 되었지. 아주머니는 감사의 표시로 뭔가 대접하고 싶다며 기하라다나(木原店)라는 연예장이 있는 좁은 뒷골목으로 나를 데리고 갔네. 골목길도 좁았지만 식당도 좁았지. 그 근처의 지리에 대해 전혀 몰랐던 나는 아주머니가 그 지역을 잘 아는 것이 놀라울 정도였네.

---

5) 도쿄 도 중심부에 위치한 금융과 상업 중축지로 은행과 백화점이 많다.

우리들은 밤이 되어서야 집으로 돌아왔네. 그다음 날은 일요일이었기 때문에 나는 하루 종일 방 안에 틀어박혀 있었지. 월요일이 되어 학교에 갔더니 급우 중 한 명이 아침부터 놀렸네. 언제 아내를 얻었냐고 짐짓 묻는 게 아니겠나. 그러고는 아내가 상당한 미인이라며 칭찬을 했네. 아주머니와 따님과 함께 니혼바시에 갔을 때 그 친구가 나를 봤던 모양이었네.

18

나는 집으로 돌아와 아주머니와 따님에게 그 이야기를 했네. 아주머니는 웃었네. 그러고는 상당히 난처했겠어요, 하며 내 얼굴을 보았네. 나는 그때 마음속으로 여자는 이런 식으로 남자의 속을 떠보는구나, 하고 생각했네. 아주머니의 눈은 충분히 내게 그런 생각이 들도록 했지. 그때 내 생각을 솔직하게 털어놓았으면 좋았을지도 모르겠네. 그러나 이미 나에게는 의심이라는 개운치 못한 덩어리가 붙어 있었지. 나는 털어놓으려고 하다가 순간 멈추었네. 그리고 이야기의 방향을 일부러 조금 틀었지.

나는 정작 이야기 속에서 중요한 문제인 나를 빼 버렸네. 그리고 따님의 결혼에 대해서 아주머니의 의중을 떠보았네. 아주머니는 두세 곳에서 혼담이 오갔던 적도 없지 않았다고 나에게 밝혔지. 그러나 아직 학교에 다니고 있고 나이도 어리니 그다지 서두르지 않는다고 설명했네. 아주머니는 말은 하지 않았지만 따님의 외모에 상당한 자신이 있는 것 같았지. 혼처를 정하려고 한다면 언제든지 정할 수 있다는 식의 말까지 했다네. 따님 외에는 자식이 없다는 것도 쉽게 결혼시킬 수 없는 원인이었지. 시집을 보낼지, 사위를 들일지 그것조차도 망설이고 있는 것은 아닐까 싶었네.

이야기를 하면서 나는 여러 가지 지식을 아주머니에게서 얻는 듯한 느낌이 들었네. 그러나 그것 때문에 나는 기회를 잃은 것과 동일한 결과에 빠지고 말았지. 나는 나에 대해서 결국 한마디도 하지 못했네. 나는 적당한 선에서 이야기를 매듭짓고 내 방으로 돌아가려고 했지.

조금 전까지 옆에서 '너무해요.' 따위의 말을 하며 웃던 따님은 어느 틈에 한쪽 구석에 가서 등을 보이고 앉아 있었네. 내가 일어서서 나가려고 돌아보았을 때, 그 뒷모습을 보았다네. 뒷모습만으로는 사람의 마음을 읽을 수 없지 않나? 따님은 이 문제에 대해서 어떻게 생각하고 있는지 전혀 짐작할 수 없었지. 따님은 수납장 앞에 앉아 있었네. 30센티미터 정도 열려 있는 수납장 틈으로 따님은 뭔가를 꺼내 무릎 위에 놓고 들여다보고 있는 듯했네. 나는 그 열린 틈으로 그제 샀던 옷감을 발견했지. 내 옷감도 따님의 옷감과 함께 수납장 구석에 겹쳐져 있었네.

내가 아무 말 없이 자리에서 일어서려 하자 아주머니는 갑자기 정색을 하고 나에게 어떻게 생각하느냐고 물었네. 나는 무엇을 어떻게 생각하느냐고 되묻지 않을 수 없을 정도였지. 그것이 따님을 빨리 결혼시키는 것이 좋겠냐는 의미라는 것이 분명해졌을 때, 나는 가급적 천천히 시키는 것이 좋겠다고 대답했네. 아주머니는 자신도 그렇게 생각한다고 말했지.

아주머니와 따님과 나의 관계가 이런 상황 가운데 있을 때, 또 한 남자가 이 집에 들어오게 되었네. 그 남자가 이 가정의 일원이 된 결과 내 운명은 크게 변했네. 만약 그 남자가 내 삶의 행로를 지나가지 않았다면 아마도 이런 긴 편지를 자네에게 써서 남길 필요도 없었겠지. 나는 어이없게도 악마가 지나가는 길 앞에 서 있다가, 그 순간의 그림자가 내 일생을 어둡게 하는지도 깨닫지 못한 것과 마찬가지였네. 솔직히 말하면 내가 그 남자를 집으로 끌어들였네. 물론 아주머니의 허락이 필요했기 때문에 나는 처음에 모든 것을 숨김없이 털어놓고 아주머니에게 부탁했네. 그러나 아주머니는 말렸지. 나에게는 데려와야만 하는 사정이 충분히 있었지만 말리는, 아주머니에게는 그럴듯한 논리가 없었네. 그래서 나는 내 생각대로 강하게 밀어붙였지.

19

나는 그 친구의 이름을 여기에서 K라고 부르겠네. 나는 K와 어린 시절부터 사이가 좋았네. 어린 시절부터라고 하면 설명하지 않아도 알겠지. 우리는 고향 친구였다네. K는 진종(真宗)[6] 승려의 아들로 장남이 아닌 차남이었네. 그래서 어느 의사 집안에 양자로 갔지. 내가 태어난 지방은 혼간지(本願寺)[7]파의 세력이 강한 곳이었기 때문에 진종의 승려는 다른 사람과 견주면 물질적으로는 비교적 풍족했을 걸세. 예를 들어, 만약 승려에게 딸이 있는데 그 딸이 결혼 적령기가 되면 절에 다니는 신도들이 서로 의논하여 어딘가 적당한 곳에 시집을 보내 주지. 물론 결혼비용은 승려가 내는 것이 아니네. 때문에 진종 절은 대개 유복했

6) 정토진종. 정토교의 일파.
7) 정토진종의 본산.

지.

K가 태어난 집도 꽤 유복했네. 그러나 차남을 도쿄에서 공부 시킬 정도의 여력이 있었는지는 모르겠네. 또, 공부를 시켜 준다는 조건으로 양자로 보내게 됐는지, 그것도 나는 모르네. 어쨌거나 K는 의사 집안에 양자로 갔다네. 우리가 중학교에 다닐 때 일이지. 나는 교실에서 선생님이 이름을 부를 때 K의 성이 갑자기 바뀌어 있어서 놀랐던 것을 지금도 기억하고 있네.

K가 양자로 간 집도 경제적으로 상당히 부유한 편이었지. K는 그 집에서 학비를 받아 도쿄로 왔네. 같이 도쿄로 온 것은 아니지만 도쿄에 와서는 즉시 같은 하숙집에 들어갔지. 그 당시는 두세 명이서 책상을 나란히 놓고 한 방을 사용했네. K와 나는 둘이서 한 방을 사용했지. 산에서 사로잡힌 동물이 우리 안에서 서로 끌어안고 밖을 노려보는 것과 같이 우리 두 사람은 도쿄와 도쿄 사람을 두려워했네. 그럼에도 다다미가 여섯 장 깔린 방에서 그와 나는 천하를 비판하기도 하고 칭찬하기도 했지.

그러나 우리는 진지했네. 우리들은 실제로 출세할 생각이었지. 특히 K에게 그런 생각이 강했네. 절에서 태어난 그는 항상 정진(精進)이라는 말을 사용했다네. 그리고 그의 행위와 모습은 모두 이 정진이라는 한 단어로 형용되는 것처럼 보였지. 나는 마음속으로 K를 경외하고 있었네.

K는 중학생 때부터 종교라든가 철학 같은 어려운 문제로 나를 곤란하게 했었네. 그것이 그의 아버지 영향인지 아니면 자신이 태어난 집, 즉 절이라고 하는 특별한 장소의 분위기에서 받은 영향인지에 대해서는 모르겠네. 하여간 그는 보통의 승려보다도

훨씬 더 승려다운 성격을 가지고 있는 것처럼 보였네. 원래 K가 양자로 들어간 집에서는 그를 의사로 만들 셈으로 도쿄에 보낸 것이었지. 그러나 완고한 그는 의사가 되지 않을 결심으로 도쿄로 온 것이었네. 나는 그에게 그것은 양부모를 속이는 것과 마찬가지가 아니냐고 힐책했지. 대담한 그는 그렇다고 대답했네. 도(道)를 위해서라면 그 정도의 일은 해도 상관없다고 했지. 그때 그가 사용한 도라는 말은 아마 그 자신도 잘 몰랐을 걸세. 나도 물론 알고 있었다고 말할 수 없네. 그러나 젊은 우리들에게는 막연한 그 말이 왠지 멋있게 느껴졌네. 잘 알지는 못해도 고상한 기분에 사로잡혀 더욱 그쪽 방향으로 움직여 가려고 했지. 나는 K의 의견에 찬성했네. 나의 동의가 K에게 어느 정도 힘이 됐는지는 나도 잘 모르겠네. 외골수인 그는 설사 내가 아무리 반대했더라도 역시 자신이 생각한 바를 관철시켰을 걸세. 그러나 만일의 경우 찬성을 한 나에게 다소의 책임이 있으리라는 것 정도는 어렸음에도 잘 알고 있었다네. 그 당시에 그만한 각오가 없었다 해도 성인이 되어 과거를 돌아볼 필요가 있을 경우, 나에게 할당된 책임은 내가 지는 것이 당연하다는 듯한 말투로 찬성했던 것일세.

20

K와 나는 같은 과에 입학했네. K는 아무렇지도 않은 얼굴을 하고 양자로 들어간 집에서 보내 준 돈으로 자신이 좋아하는 길을 걸어가기 시작했지. 알 리가 없다는 안심과 알려져도 상관없다는 배짱이 K의 마음에 동시에 존재한다고 밖에는 볼 수 없었

네. K는 나보다 더 태연했지.

첫 여름 방학에 K는 고향에 내려가지 않았네. 고마고메(駒込)[8]에 있는 절의 방 한 칸을 빌려 공부하겠다고 말했지. 내가 돌아온 것이 9월 초순이었는데, 그는 과연 대관음상 옆의 초라한 절간에 틀어박혀 있었네. 그의 방은 본당 바로 옆의 좁은 방이었지만 그는 거기서 자신이 생각한 대로 공부할 수 있는 것을 기뻐하는 것처럼 보였지. 나는 그때 그의 생활이 점점 스님처럼 되어 가고 있다고 생각했네. 그는 손목에 염주를 차고 있었지. 내가 그것은 무슨 목적으로 차고 있느냐고 물었더니 그는 엄지손가락으로 하나 둘, 염주 세는 흉내를 냈네. 그는 그렇게 하루에도 몇 번씩 염주를 세고 있는 듯했네. 사실 나는 그 의미를 알 수 없었네. 둥근 원 모양의 염주는 한 알씩 아무리 세어도 끝이 없지. K는 어디서 어떤 생각으로 염주를 세는 손을 멈췄을까? 시시하지만 나는 그것을 자주 생각했다네.

나는 또 그의 방에서 성서를 보았네. 나는 그때까지 그의 입으로 불경에 대해서는 가끔 들은 적이 있지만, 기독교에 대해서는 질문을 받은 적도 대답한 적도 없었기 때문에 조금 놀랐다네. 나는 그 이유를 묻지 않을 수 없었지. K는 이유는 없다고 했네. 그렇게까지 사람들이 고맙게 여기는 책이라면 읽어 보는 것이 당연하다고 말했지. 게다가 기회가 있다면 코란도 읽어 볼 생각이라고 덧붙였네. 그는 마호메트와 검이라는 말에 커다란 흥미를 가지고 있는 듯했네.

이 년째 되는 여름에 그는 고향에서 재촉을 받고 겨우 돌아갔

---

8) 도쿄 도 분쿄 구 북부에서 도시마 구 동부에 걸쳐 있는 지역의 명칭.

다네. 돌아가서도 전공에 대해서는 아무 말도 하지 않은 것 같았네. 집에서도 눈치채지 못했지. 자네도 학교 교육을 받은 사람이어서 이런 일에 대해 잘 알겠지만, 세상 사람들은 학생들의 생활이나 학교 규칙 등에 관해서 놀랄 정도로 무지하다네. 우리에게는 아무것도 아닌 일을 외부에서는 전혀 이해하지 못하지. 우리는 비교적 내부의 공기만을 마시고 있어서 학교 안의 크고 작은 일이 세상에 알려져 있을 것이라고 생각하는 경향이 있네. K는 그런 점에 있어서 나보다 세상을 잘 알고 있었지. 그는 태연한 얼굴로 다시 돌아왔다네. 고향을 떠날 때는 나도 함께였기 때문에 기차에 타자마자 K에게 즉시 어땠냐고 물었지. K는 아무일도 없었다고 대답했네.

세 번째 여름은 내가 부모의 묘소가 있는 땅을 영원히 떠나기로 결심한 해였네. 나는 그때 K에게 고향에 돌아갈 것을 권했지만 K는 듣지 않았지. 그렇게 매년 고향 집에 돌아가 뭘 하겠느냐고 했네. 그는 또 도쿄에 머물며 공부할 생각인 것 같았지. 나는 할 수 없이 혼자서 도쿄를 떠나기로 했네. 내가 고향에 머문 그 두 달간이 내 일생 가운데 얼마나 파란만장했는가는 앞에서 이미 적었으니 여기서 반복하지 않겠네. 나는 원망과 우울과 고독과 외로움을 한꺼번에 가슴에 안고 9월이 되었을 때 다시 K와 만났지. 그런데 그의 운명도 나와 마찬가지로 변해 있었네. 그는 내가 모르는 사이에 양자로 간 집에 편지를 보내 자신의 거짓을 자백했던 것이네. 그는 처음부터 그럴 각오였다고 했지. 지금에 와서 어쩔 수 없으니 네가 좋아하는 길을 가는 것 외에 다른 방법이 없다고 양부모가 말해 주기를 바란 것인지, 어쨌거나 대학에 들어가서까지 양부모를 속일 생각은 없었던 모양이네. 아니면, 속이려고 해도 그렇게 오래가지 못할 것이라고 생각했는지도 모르겠네.

21

K의 편지를 받은 양아버지는 몹시 분노했지. 부모를 속이는 괘씸한 놈에게 학비를 보낼 수 없다는 엄격하고도 가차 없는 답장을 즉시 보내왔으니까. K는 그것을 나에게 보여 주었네. K는 그 편지 전후로 친가로부터 받은 편지도 보여 주었네. 거기에도 앞서 봤던 편지에 뒤지지 않을 정도로 엄격한 질책의 말이 가득했지. 양자로 간 집에 대해 미안한 마음과 의리 때문이었는지 친가에서도 일체 그에 대해 상관하지 않겠다고 쓰여 있었네. 그 사건으로 인해 친가의 호적으로 다시 돌아갈지 그렇지 않으면 다른 타협안을 강구하여 양자로 간 집에 남을지는 나중 문제로, K에게 당면한 급선무는 매달 필요한 학비였네.

나는 그 점에 대해서 K에게 무슨 생각이 있느냐고 물었네. K는 야간 학교의 교사라도 할 생각이라고 대답했지. 그 당시는 지금과 비교하면 의외로 세상살이가 그리 팍팍하지 않았기 때문에 자네가 생각하는 것만큼 부업으로 얻을 수 있는 수입이 적지 않았다네. 나는 K가 혼자서 충분히 감당할 수 있을 것이라 생각했지. 그러나 나에게는 나의 책임이 있었네. K가 양부모의 바람을 저버리고 자신이 가고 싶은 길을 가려고 했을 때 찬성한 것은 나였으니까. 나는 수수방관할 수만은 없었지. 나는 그 즉시 물질적으로 돕겠다고 했네. 그러자 K는 곧바로 거절했네. 그의 성격상 스스로의 힘으로 살아가는 것이 친구의 도움을 받는 것보다 훨씬 속 편했을 테니까. 그는 대학에 들어온 이상 스스로의 힘으로 어떻게든 해내지 못한다면 남자도 아니라고 했지. 나는 내 책임을 완수하기 위해 K의 감정을 상하게 할 수는 없었네. 그래서 그의 생각대로 하게 두고 나는 손을 뗐지.

K는 자신이 원하는 일자리를 얼마 지나지 않아 찾아냈네. 그러나 시간을 소중히 여기는 그에게 있어서 그 일이 얼마나 괴로웠을지는 상상할 필요도 없었지. 그는 여전히 공부를 게을리 하지 않으면서 새로운 짐을 지고 힘차게 나아갔네. 나는 그의 건강을 염려했지. 그러나 굳세고 꿋꿋한 그는 웃기만 할 뿐, 내 충고를 조금도 받아들이지 않았네.

동시에 그와 양부모의 관계는 점점 꼬여 갔네. 시간적 여유가 없어진 그는 전처럼 나와 이야기할 기회가 없었기 때문에 결국 그 전말을 자세히 듣지는 못했네만, 상황이 점점 악화되어 간다는 사실만은 알고 있었지. 누군가 중간에서 조정을 시도한 사실도 알고 있었네. 그 사람은 편지로 K에게 고향으로 돌아올 것을 촉구했으나, K는 도저히 그럴 수 없다고 말하며 응하지 않았네. 이 고집 센 부분이—K는 학기 중이어서 돌아갈 수 없다고 했지만 양부모 입장에서 보면 고집을 부리는 것이었지.—이 부분이 사태를 점점 악화시킨 것처럼 보였네. 그는 양부모의 감정을 상하게 함과 동시에 친가의 분노도 사게 되었네. 내가 걱정하며 양쪽을 화해시키기 위해 편지를 썼을 때는 이미 아무 효과도 없을 정도로 상황이 악화된 후였지. 내 편지는 한 마디 답장조차 받지 못하고 묻혀 버렸네. 나도 화가 났지. 지금까지 K에게 동조하고 있던 나는 그 이후로는 무조건 K 편을 들기로 결심했네.

결국 K는 친가의 호적으로 돌아가기로 결정했네. 양부모에게서 받은 학비는 친가에서 변상하게 되었고 말일세. 그 대신 친가 쪽에서도 일절 상관 안 할 테니 앞으로는 마음대로 하라고 했지. 옛날 말로 하면, 의절당한 것이었네. 어쩌면 그 정도로 강한 의미가 아니었을지도 모르지만, 본인은 그렇게 해석하고 있었지. K는 어머니가 없었네. 그의 성격 중 일면은 분명 계모 손에 자란 결과라고 볼 수도 있을 것이네. 만약 그의 생모가 살아 있었다면 그와 친가와의 관계는 그렇게까지 소원해지지 않았겠지. 그의 아버지는 물론 승려였네. 그러나 의리가 굳다는 점에 있어서는 오히려 무사를 닮은 것 같았지.

22

K의 사건이 일단락되었을 때, 나는 그의 매형에게 장문의 편지를 받았네. K가 양자로 간 집은 그 사람의 친척뻘 되는 집이었기 때문에 K를 알선할 때도, K가 친가로 호적을 다시 옮겼을 때도 그 사람의 의견이 크게 작용했을 것이라고 K가 나에게 말했었지.

편지에는 그 후 K가 어떻게 지내는지 알려 달라고 쓰여 있었네. 누나가 걱정하고 있으니 가급적 빨리 답장을 달라는 말도 덧붙여져 있었지. K는 절을 이어받은 형보다 다른 집안으로 시집간 누나를 더 좋아했네. 그들은 모두 한 뱃속에서 나온 형제였지만 그 누나와 K는 나이 차이가 상당히 났다네. 그래서 K는 어렸을 때 계모보다 그 누나를 오히려 생모처럼 여겼을 걸세.

나는 K에게 편지를 보여 주었네. K는 그 편지에 대해 아무 말도 하지 않고, 자신도 누나에게서 같은 의미의 편지를 두세 통 받았다고 털어놓았네. K는 그때마다 걱정할 필요 없다는 답장을 써서 보냈다고 했네. 불운하게도 그 누나는 경제적 여유가 없는 집으로 시집간 탓에 K를 동정하는 마음을 가지고 있어도 물질적으로 남동생을 도와줄 수는 없었지.

　나는 K와 같은 내용의 답장을 그의 매형에게 보냈다네. 그중에는 만일의 경우에 내가 어떻게든 돕겠으니 안심하라는 내용을 강하게 적어 보냈지. 그것은 물론 나 혼자만의 생각이었네. K의 장래를 걱정하는 누나를 안심시키려는 의도도 물론 있었지만, 나를 경멸했다고밖에는 볼 수 없는 그의 친가와 양가에 대한 오기도 있었지.

　K가 친가로 호적을 옮긴 것은 1학년 때의 일이었네. 그 후 2학년 중반 무렵이 될 때까지 약 일 년 반 동안 그는 혼자 힘으로 살아갔네. 그러나 그 과도한 노력이 그의 건강과 정신에 영향을 미친 것 같았네. 물론 거기에는 양가에서 친가로 옮기네 마네 하는 시끄러운 문제도 한몫했겠지. 그는 점점 감상적으로 변해 갔네. 때에 따라서는 자신 혼자서 세상의 불행이란 불행은 전부 짊어지고 있는 듯이 말했네. 내가 그것을 부정하면 즉시 감정이 격해지곤 했네. 그리고 자신의 미래에 가로놓인 광명이 점차 그의 눈에서 멀어진다고 생각하며 초조해했네. 학문을 시작할 때는 누구든지 위대한 포부를 가지고 새로운 여행길에 오르는 것이 일반적이지만, 1년이 지나고 2년이 지나 졸업이 가까워지면 갑자기 자신의 발걸음이 느린 것을 깨닫게 되어 대다수는 거기

서 실망한다네. K의 경우도 마찬가지였지만, 그가 초조해하는 모습은 보통 사람들과 비교하면 훨씬 더 심했지. 나는 결국 그의 기분을 안정시키는 것이 우선이라고 생각했네.

나는 그에게 일을 그만두라고 했네. 그리고 당분간 편히 쉬는 것이 먼 미래를 위해서 좋을 것이라고 충고했지. 고집 센 K가 쉽게 내 말을 듣지 않을 거라고 예상했지만, 실제로 말해 보니 생각보다 설득하기가 무척 힘들어 난처했네. K는 학문이 자신의 목적이 아니라고 주장했네. 의지력을 길러 강한 인간이 되고 싶다고 했지. 그러기 위해서는 가급적 힘든 상황 가운데 있어야만 한다고 결론을 내리더군. 보통 사람이 보기에는 마치 술에 취한 사람 같았네. 게다가 힘든 상황에 처해 있는 그의 의지는 조금도 강해지고 있지 않았지. 오히려 그는 신경 쇠약에 걸렸을 정도였네. 나는 어쩔 수 없이 그에게 동감한다는 태도를 보였지. 나도 그렇게 살기 위해 전진해 갈 생각이라고 분명히 밝혔네. (그것은 아무 생각 없이 뱉은 공허한 말이 아니었네. K의 주장을 듣고 있으면 점점 그의 말에 빨려 들어갈 정도로 그에게는 힘이 있었으니까.) 결국 나는 K와 함께 살며 같은 곳을 향해 나아가고 싶다고 제안했네. 나는 그의 강한 고집을 꺾기 위해 그 앞에 굳이 무릎을 꿇었네. 그렇게 해서 간신히 그를 내가 사는 곳으로 데려왔던 거라네.

23

내 방에는 다다미가 네 장 깔린 대기실 비슷한 방이 붙어 있었네. 현관으로 들어와 내 방으로 오려면 반드시 그 방을 지나야 했기 때문에 사용하는 사람의 입장에서 보면 지극히 불편한 방이었지. 나는 그 방을 K에게 내주었다네. 처음에는 내가 기거하고 있는 방에 책상 두 개를 나란히 놓고 같이 쓸 생각이었지. 그러나 K는 좁더라도 방을 혼자 쓰고 싶다며 그 방을 선택했네.

앞에서도 말한 대로 아주머니는 나의 이런 조처에 반대했네. 하숙집이라면 한 사람보다는 두 사람이 좋고 두 사람보다는 세 사람이 이득이 되겠지만 돈을 벌려고 하는 것이 아니기 때문에 가능하면 그러지 않는 편이 좋겠다고 했지. 나는 결코 불편을 끼칠 사람이 아니니 신경 쓰지 말라고 했더니, 불편을 끼치지 않는다고 해도 성격을 모르는 사람은 싫다고 대답했네. 그렇다면 지금 신세를 지고 있는 나도 마찬가지 아니냐고 따졌더니, 내 성격에 대해서는 처음부터 알고 있었다고 변명을 하며 물러서지 않았네. 나는 쓴웃음을 지었지. 그러자 아주머니는 자신이 주장하던 방향을 바꿨다네. 그런 사람을 데려오는 것은 나를 위해서 좋지 않으니 그만두라는 것이었네. 어째서 나를 위해서 좋지 않느냐고 물었더니 이번에는 아주머니가 쓴웃음을 지었지.

사실은 나도 굳이 K와 함께 있을 필요는 없었네. 그러나 매달의 학비를 그에게 내놓으면 받기를 주저할 것이라고 생각했네. 그는 그 정도로 독립심이 강한 남자였으니까. 그래서 나는 그를 내 방에 두고 두 명 분의 식대를 그가 모르게 아주머니에게 건넬 생각이었네. 그러나 나는 K의 경제 사정에 대해서는 아주머니에게 한마디도 털어놓고 싶지 않았지.

나는 단지 K의 건강에 대해서만 언급했다네. 혼자 두면 점점 사람이 비뚤어질 것이라고 말이야. 거기에 덧붙여 K가 양부모님과 틀어진 일, 친가와는 절연 상태인 점 등, 여러 가지 이야기를 들려주었네. 나는 물에 빠져 죽기 직전의 사람을 구한 후, 내 열기를 상대방에게 전해 주어 살려 낼 각오로 K를 데려오는 것이라고 말했지. 그러니 따뜻하게 보살펴 달라고 아주머니에게, 또 따님에게도 부탁했네. 그렇게까지 말한 나는 마침내 아주머니를 설득했네. 그러나 나에게 아무런 말도 듣지 못한 K는 이런 사정을 전혀 몰랐지. 나는 오히려 그 점을 만족스러워하며 내키지 않은 표정으로 이사 온 K를 태연한 얼굴로 맞이했다네.

아주머니와 따님은 친절하게 그의 짐 정리를 돕는 등 여러 가지로 도움을 주었지. 그 모든 것이 나에 대한 호의에서 나온 것이라고 해석한 나는 마음속으로 기뻐했네. K가 여전히 뚱한 표정을 짓고 있음에도 불구하고 말일세.

내가 K에게 이곳이 마음에 드냐고 물었더니, 그는 나쁘지 않다는 한마디만 할 뿐이었지. 내가 볼 때는 나쁘지 않은 정도가 아니었네. 그가 지금까지 기거한 방은 북향에다가 습기가 많고 냄새나는 더러운 방이었네. 음식 역시 방과 마찬가지로 변변찮았지. 내가 있는 집으로 옮긴 그는 깊은 계곡에 있던 새가 높은 나무로 옮긴 것과 같은 셈이었네. 그러나 그런 기색을 보이지 않은 것은 그의 고집스러운 성격 탓이기도 하지만, 다른 이유는 그의 주장 때문이기도 했네. 불교의 교리로 성장한 그는 의식주에 대해서 사치하는 것을 마치 부도덕한 것인 양 여겼네. 어중간하게 옛날 고승이나 성자의 전기를 읽은 그는 곧잘 정신과 육체를 따로 떼어 생각하는 버릇이 있었지. 육체를 단련할수록 영혼의 빛이 더욱 밝아진다고 생각했는지도 모르겠네.

나는 가급적 그에게 반대하지 말아야겠다고 생각했지. 나는 얼음을 볕이 잘 드는 곳에 두어 녹일 궁리를 한 걸세. 곧 녹아서 따뜻한 물이 되면 스스로를 깨달을 때가 올 것이라고 생각한 것이지.

24

나는 아주머니가 그렇게 대해 준 결과 점점 쾌활해졌네. 그것을 알고 있었기에 나는 같은 것을 K에게 적용하려고 했던 걸세. K와 나는 성격이 많이 다르다는 것을 오랫동안 사귀어 왔기에 잘 알고 있었지만, 이 집에 들어온 이후 내 성격이 다소 원만해진 것처럼 K의 마음도 여기에 있으면 언젠가 가라앉으리라고 생각했던 것이지.

K는 나보다 결의가 굳은 남자였네. 공부도 나보다 배 이상은 했을 걸세. 게다가 타고난 머리가 나보다 훨씬 좋았지. 나중에는 전공이 달라져서 뭐라고 말할 수 없지만, 같은 반이었을 때는 중학교 때도 고등학교 때도 K가 나보다 석차가 높았네. 나는 평소부터 아무리 해도 K에게 미치지 못한다는 자각이 있을 정도였네. 그래도 억지로 K를 내가 사는 집으로 데리고 왔을 때에는 내가 더 사리 판단을 잘한다고 믿었지. 내가 보기에는 그가 고집과 인내를 구별하지 못하는 것 같았네. 이것은 특히 자네를 위해서 덧붙여 둘 테니 잘 듣게. 육체든 정신이든 우리의 모든 능력은 외부의 자극에 의해 발달되기도 하고 파괴되기도 하는데, 어느 쪽이든 자극을 점점 강하게 할 필요가 있네. 때문에 잘 생각하지 않으면 상당히 험악한 방향을 향해 나아가는데도 자신은

물론 주위 사람들도 눈치채지 못할 위험이 있네. 의사의 말에 의하면 인간의 위만큼 제멋대로인 것도 없다더군. 죽만 먹으면 그 이상 단단한 것을 소화시키는 능력이 어느 틈에 사라진다는 걸세. 그러니까 뭐든지 먹는 연습을 해 두어야 한다고 말일세. 그런데 그건 단순히 익숙해진다는 의미는 아닌 것 같네. 자극을 더해 감에 따라 영양에 대한 신체 기능의 저항력도 점점 강해진다는 의미겠지. 만약 반대로 자극을 주지 않거나 약하게 줘서 위의 힘이 조금씩 약해져 간다면 결과가 어떻게 될지는 바로 알 수 있을 걸세. K는 나보다 위대한 남자였지만 전혀 그것을 깨닫지 못했지. 단지 곤란한 상황에 익숙해지면, 결국 그 곤란은 아무것도 아니게 된다고 여기는 듯했네. 고생을 거듭하면 거듭한 만큼의 공덕으로, 그 고생이 아무렇지 않게 여겨지는 때가 온다고 믿고 있는 듯했네.

나는 K를 설득할 때 그 점을 분명히 하고 싶었네. 그러나 내가 말하면 반발할 것이 틀림없었지. 또, 옛날 사람들의 이야기 같은 것을 인용할 것이 분명했네. 그렇게 되면 나는 그 사람들과 K의 다른 점을 명백하게 말해야만 했지. K가 거기에 수긍하면 괜찮겠지만 그의 성격상 논쟁이 거기까지 가면 쉽게 물러서지 않을 게 뻔했네. 더욱 자신의 주장을 펼 테니 말일세. 그리고 자신의 입으로 뱉은 말을 행동으로 옮기려 했겠지. 그는 무서운 남자였네. 위대했네. 자기 자신을 파괴하며 전진하는 사람이었지. 결과부터 말하자면, 그는 자신의 성공을 파괴했다는 의미에서만 위대한 사람이었지만, 그래도 결코 평범하다고는 할 수 없었네. 그의 성격을 잘 아는 나는 결국 아무 말도 할 수 없었지. 게다가

내가 보기에, 앞에서도 적었지만 그는 다소 신경 쇠약에 걸린 것
같았네. 만일 내가 그를 설득했다면 그는 분명 감정이 격해졌을
것임이 틀림없네. 그와 싸우는 것은 두렵지 않았지만 견디기 힘
든 고독감에 시달리던 나를 돌아봤을 때, 친한 친구인 그가 나와
같은 상황에 놓이는 것을 두고 볼 수는 없었네. 한 걸음 더 나아
가, 그가 고독한 상황에 몰리는 건 더욱 싫었지. 그래서 그가 이
사 온 후에도 나는 그에게 비평처럼 들릴 말은 하지 않았네. 다
만 주변 환경이 그에게 어떤 영향을 미치는지 조용히 그 결과를
지켜보기로 했지.

25

나는 은밀히 아주머니와 따님에게 가급적 K에게 말을 걸어
달라고 부탁했네. 나는 지금까지 그가 해 온 무언(無言) 생활이
그를 그렇게 만든 거라고 믿었다네. 사용하지 않은 철에 녹이 스
는 것처럼 그의 마음에 녹이 슨 것이라고밖에는 생각하지 못했
던 걸세.

아주머니는 말 붙이기 어려운 사람이라고 말하며 웃었지. 따
님은 일부러 예를 들어 가며 나에게 설명을 하더군. 화로에 불
이 있느냐고 물었더니 K가 없다고 대답했다는 걸세. 그래서 가
지고 오겠다고 했더니 필요 없다고 거절했다더군. 춥지 않느냐고
물었더니 춥지만 필요 없다고 대답한 후 아무 반응을 보이지 않더
라네. 나는 그냥 쓴웃음만 짓고 있을 수는 없었네. 두 사람에게 미
안한 생각이 들어 무슨 말로든 얼버무려서 넘기려 했지. 무엇보다
이미 봄이었으니 굳이 불이 필요하지는 않았겠지만, 그래서야 말

붙이기 어렵다는 말을 들어도 어쩔 수 없다고 생각했네.

그래서 나는 가급적 내가 중심이 되어 두 여자와 K가 이야기를 나눌 수 있도록 힘썼네. K와 내가 이야기를 나누고 있을 때 모녀를 부르기도 하고, 또 모녀와 내가 이야기를 나눌 때 K를 부르는 등 상황에 맞는 방법을 사용하여 그들이 가까워지도록 했네. 물론 K는 그걸 그다지 좋아하지 않았지. 어떤 때는 갑자기 일어나 방에서 나가기도 하고, 또 어떤 때는 아무리 불러도 좀처럼 방에서 나오지 않았네. K는 그런 쓸데없는 소리를 하는 것이 뭐가 재미있느냐고 했네. 나는 웃고만 있었지. 그러나 마음속으로는 K가 나를 경멸하고 있다는 것을 잘 알고 있었네.

어떤 의미에서 보면 나는 실제로 그가 경멸할 만했는지도 모르겠네. 그는 나보다 훨씬 높은 곳을 바라보고 있었다고 할 수 있네. 나도 그것을 부정하지 않네. 그러나 눈만 높고 다른 부분은 거기에 미치지 못한다면 그야말로 불균형한 것이지. 나는 무슨 수를 써서라도 이번 기회에 그를 인간답게 만드는 것이 급선무라고 생각했네. 아무리 그의 머릿속이 위대한 사람의 이미지로 가득해도 그 자신이 위대해지지 않는 이상 아무 도움이 되지 않는다는 것을 발견한 것이지. 나는 그를 인간답게 하는 제일의 수단으로 우선 이성 옆에 그를 앉히는 방법을 생각해 냈네. 그리고 그런 분위기에 그를 노출시켜 녹슬기 시작한 그의 혈액을 새롭게 하려고 시도한 것이네.

이 시도는 서서히 효과가 나타나기 시작했네. 처음에는 융합하기 어려워 보였던 사람들이 점점 가까워지게 된 것이지. 그는 자신 이외에 다른 세상이 있다는 것을 조금씩 깨달아 가기 시작했네. 그가 어느 날 나에게 여자는 그렇게 경멸할 만한 대상이 아니라는 식의 말을 했네. 처음에 K는 여자에게서도 나와 같은 정도의 지식과 학문을 요구했던 모양이었지. 그리고 그것이 발견되지 않자 즉시 경멸하게 된 것 같았네. 그때까지의 그는 성별에 따라 태도를 달리할 줄 모르고 같은 시선으로 모든 남녀를 관찰했던 걸세. 나는 그에게 만약 남자인 우리 두 사람만 이야기를 계속 나눈다면 우리는 직선처럼 앞을 향해 뻗어 가기만 할 것이라고 말했지. 그는 그렇다고 했네. 나는 그 당시 따님에게 빠져 있을 때라서 자연스럽게 그런 말을 한 것 같네. 그러나 나의 속마음을 비롯하여 아주머니나 따님과 나눈 은밀한 이야기들은 그에게 한 마디도 하지 않았지.

지금까지 책으로 성벽을 쌓고 그 속에서 살고 있었던 K의 마음이 점점 녹는 걸 보자 참으로 유쾌했네. 나는 처음부터 그 목적으로 일을 진행해 왔기에 성공에 따르는 희열을 느끼지 않을 수 없었네. 나는 K에게는 말하지 않는 대신, 아주머니와 따님에게 내 생각을 이야기했지. 두 사람도 기뻐했네.

26

K와 나는 같은 과였지만 전공이 달라서 자연히 학교에 가는 시간이나 돌아오는 시간이 조금씩 달랐네. 내가 빨리 집에 오는 날에는 그냥 그의 방을 통과해서 내 방으로 가면 되었지만, 늦는 날은 간단한 인사를 하고 내 방으로 갔지. K는 언제나 책에서 눈을 떼고 장지문을 여는 나를 잠깐 보고는 지금 오느냐고 말했네. 나는 아무 대답 없이 고개만 끄덕일 때도 있었고, 단지 "응."

이라고 대답하고 지나쳐 갈 때도 있었지.

어느 날, 나는 칸다(神田)[9]에 볼일이 있어서 여느 때보다 귀가가 늦어졌다네. 나는 급한 걸음으로 문 앞까지 와서 미닫이문을 드르륵 열었지. 그와 동시에 나는 따님의 목소리를 들었네. 목소리는 분명 K의 방에서 들렸지. 현관에서 곧장 가면 거실과 따님의 방이 있고 거기서 왼쪽으로 돌면 K의 방과 내 방이 있는 구조였기 때문에 어디서 누구의 목소리가 들리는지 정도는 오랫동안 그 집에서 신세지고 있던 나로서는 금방 알 수 있었다네. 나는 즉시 미닫이문을 닫았네. 그러자 따님의 말소리도 뚝 그쳤지. 그 당시 나는 세련됐지만 신고 벗는데 시간이 걸리는 끈 달린 구두를 신고 있었는데, 내가 몸을 구부리고 신을 벗는 동안 K의 방에서는 누구의 목소리도 들리지 않았네. 나는 이상한 생각이 들었지. 혹시 내가 착각한 건가, 하고 생각했네. 그러나 내가 언제나처럼 K의 방을 지나가려고 장지문을 열자 거기에 두 사람이 앉아 있었네. K는 언제나처럼 지금 돌아왔냐고 말했지. 따님도 "오셨어요."라고 앉은 채로 인사를 했네. 나는 기분 탓인지 그 간단한 인사가 조금 딱딱하게 느껴졌네. 왠지 부자연스러운 어조로 내 고막을 울렸던 걸세. 나는 따님에게 "아주머니는요?"라고 물었네. 나의 질문에는 아무런 의미도 없었지. 평소보다 집안이 왠지 조용했기 때문에 물어본 것뿐이었네.

아주머니는 역시 집에 없었네. 하녀도 아주머니와 함께 외출하고 없었네. 그러니까 집에 남아 있는 사람은 K와 따님뿐이었지. 나는 조금 고개를 갸웃했네. 지금까지 오랫동안 그 집에서

---

9) 도쿄 도 치요다 구의 한 지구.

신세를 지고 있었지만 아주머니가 따님과 나만 두고 집을 비운 적이 한 번도 없었으니까. 나는 무슨 급한 용무라도 있느냐고 따님에게 되물었지. 따님은 단지 웃을 뿐이었네. 나는 그럴 때 웃는 여자는 질색이었네. 그것이 젊은 여자들의 공통점이라고 한다면 더 이상 할 말은 없지만, 따님 역시 시시한 일에도 잘 웃는 여자였지. 그러나 따님은 나의 안색을 보고 곧 평소의 표정으로 되돌아갔네. 급한 용무는 아니지만 잠깐 일이 있어서 외출했다고 진지하게 대답했네. 하숙생인 내가 그 이상 캐물을 권리는 없었지. 나는 입을 다물었다네.

내가 옷을 갈아입고 자리에 앉자마자 아주머니와 하녀가 돌아왔네. 이윽고 저녁 식사를 위해 모두가 식탁에 모이는 시간이 되었지. 처음 하숙을 시작했을 때는 모든 일에 있어서 손님 취급을 받았기 때문에 식사를 할 때도 하녀가 밥상을 내 방으로 날라다 주었네. 그런데 언제부터인지 모녀와 함께 식사하게 되었지. K가 새로 이사 왔을 때도 그를 나와 마찬가지로 대해 달라고 했네. 그 대신 나는 얇은 나무판으로 만든, 다리를 접을 수 있는 세련된 상을 아주머니에게 선물했지. 지금은 어느 집에서나 사용하고 있는 모양이네만 당시에는 그런 상을 펴 놓고 밥을 먹는 집은 거의 없었네. 나는 일부러 오차노미즈[10]에 있는 가구점까지 가서 내가 생각해 두었던 모양대로 주문한 것이었네.

나는 그 상 앞에서 아주머니로부터 그날 정해진 시간에 생선 장수가 오지 않아 우리들에게 먹일 반찬거리를 사러 시내에 다

---

10) 도쿄 도 치요다 구 간다스루가다이에서 분쿄 구 유지마에 이르는 지구의 통칭.

녀왔다는 설명을 들었네. 하숙생을 받은 이상 그럴 수 있겠다는 생각을 하고 있는데, 따님이 내 얼굴을 보고 또 웃기 시작했네. 그러나 그때는 아주머니에게 꾸중을 듣고 즉시 멈췄지.

27

일주일쯤 뒤에 나는 또 K와 따님이 함께 이야기를 나누고 있는 방을 지나갔네. 그때 따님은 내 얼굴을 보자마자 웃음을 터뜨렸지. 그 자리에서 뭐가 이상하냐고 물었으면 좋았을 것을, 결국 아무 말 없이 내 방으로 와 버렸네. 그래서 K도 여느 때처럼 지금 왔느냐는 말을 못했지. 따님은 즉시 장지문을 열고 거실로 간 듯했네.

저녁을 먹을 때, 따님은 나를 이상한 사람이라고 말했지. 나는 뭐가 이상하냐고 묻지 못했네. 다만 아주머니가 따님을 쏘아보는 것을 보았을 뿐이네.

나는 저녁 식사 후 K에게 산책하러 가자고 했지. 우리는 덴츠인[11] 뒤쪽으로 해서 식물원 길을 빙 돌아 다시 도미자카(富坂) 아래로 나갔네. 산책치고는 긴 거리였지만 우리가 나눈 대화는 극히 적었지. 성격상 K는 나보다 말수가 적은 남자였네. 나도 말이 많은 편은 아니었지. 그러나 나는 걸으며 가능한 그에게 말을 붙였네. 화제는 주로 우리가 하숙하고 있는 집의 모녀에 관한 것이었지. 나는 아주머니나 따님에 대해 그가 어떻게 생각하는지 알고 싶었네. 그러나 그는 뭐가 뭔지 알 수 없는 대답만 하는 것이었네. 대답도 애매한 데다가 극히 간단했지. 그는 두 여자에

---

11) 도쿄 도 분쿄 구 고이시카와에 있는 불교 정토종 절.

관한 것보다는 전공과목에 더 많은 관심을 가지고 있는 듯했네. 그도 그럴 것이 2학년 학기말 시험이 코앞에 있을 때였으니, 다른 사람 눈에는 그가 더 학생다워 보였을 걸세. 게다가 그는 스베덴보리[12])가 어쩌고저쩌고 해 대며 지식이 없는 나를 놀라게 만들었네.

우리가 순조롭게 시험을 마친 날, 아주머니는 우리 두 사람 모두 이제 1년 남았다고 말하며 기뻐했네. 그렇게 말하는 아주머니의 유일한 자랑인 따님의 졸업도 얼마 남지 않았었지. K는 나에게 여자란 아무것도 모른 채 학교를 졸업한다고 말했네. K는 학문 외에 따님이 배우고 있는 바느질이나 거문고, 꽃꽂이 같은 것은 전혀 안중에 없는 듯했네. 나는 그의 어리석음을 비웃어 주었지. 그리고 여자의 가치는 학문에만 있는 것이 아니라는 예전의 이론을 다시 그 앞에서 되풀이했네. 그는 별반 반박도 하지 않았네. 그 대신 수긍하는 모습도 보이지 않았지. 나는 그 점이 유쾌했네. 그의 '흥' 하는 모습이 여전히 여자를 경멸하고 있는 듯이 보였기 때문이네. 여자의 대표자로서 내가 알고 있는 따님을 그리 대단하다고 여기지 않는 것 같았으니 말일세. 지금 생각해 보면 K에 대한 나의 질투는 그때 이미 싹트고 있었던 것 같네.

나는 여름 방학에 어디에 갈까, 하고 K에게 물었네. K는 가고 싶지 않다는 투였지. 물론 그는 자신이 가고 싶은 곳에 갈 능력은 없었지만 내가 가자고 하면 어디를 가도 상관없는 처지였지. 나는 어째서 가고 싶지 않느냐고 그에게 물어보았다네. 그는 특

---

12) Emanuel Swedenborg(1688~1772). 스웨덴의 신비 사상가로 영계(靈界)와 인간의 교류를 믿었다.

별한 이유는 없다고 했지. 집에서 책을 읽는 게 더 좋다는 것이었네. 내가 시원한 피서지에 가서 공부하는 편이 건강에 더 좋다고 주장하자, 그렇다면 나 혼자 가는 게 좋지 않겠느냐고 하더군. 그러나 나는 K만 혼자 집에 남겨 두고 갈 마음이 들지 않았네. 그렇지 않아도 K와 그 집안사람들이 점점 친해지는 것이 보기 싫었지. 내가 처음에 바라던 대로 되었는데 어째서 기분 나빠하느냐고 묻는다면 더 이상 할 말은 없네. 나는 바보임에 틀림없었네. 결론이 나지 않는 우리 두 사람의 논쟁을 보다 못한 아주머니가 중재를 했지. 우리 둘은 결국 함께 보슈[13]로 떠나게 됐네.

28

K는 그다지 여행을 즐기는 남자가 아니었네. 나도 보슈는 처음이었지. 우리 두 사람은 아무것도 모르고 배가 처음 닿은 곳에 내렸다네. 호타라는 곳이었지. 지금은 어떻게 변해 있는지 모르겠네만, 그 당시에는 지독한 어촌이었네. 어디를 가나 생선 비린내가 진동했지. 바다에 들어가면 파도에 밀려 넘어져서 손이나 발이 까졌네. 여기저기 주먹만 한 돌맹이들이 파도에 휩쓸려 와 데굴데굴 굴러다니고 있었네.

나는 곧 싫증이 났지. 그러나 K는 좋다 싫다 말이 없었네. 적어도 얼굴 표정만은 아무렇지 않아 보였지. 그리고 바다에 들어가기만 하면 파도에 쓰러져 어딘가 상처를 입었다네. 나는 결국 그를 설득하여 거기에서 토미우라(富浦)로 갔다네. 토미우라에서 다시 나코(那古)로 옮겨 갔지. 대체로 그 일대 연안은 주로 학

---

13) 치바 현 남부.

생들이 모여들어서 어디를 가도 우리들에게 딱 좋은 해수욕장이
었네. K와 나는 자주 해안의 바위 위에 앉아 먼 바다색과 가까
운 물밑을 바라보곤 했네. 바위 위에서 내려다보는 물은 특별히
아름다웠지. 붉은색이나 남색의 보통 시장에서 볼 수 없는 색을
가진 작은 물고기들이 투명한 파도 속 여기저기를 헤엄쳐 다니
는 것이 선명하게 보였네.

　나는 거기에 앉아 자주 책을 읽었네. K는 아무것도 하지 않고
말없이 앉아 있는 경우가 많았지. 나는 그가 생각에 잠겨 있는
지, 넋을 잃고 경치를 보고 있는지, 아니면 좋아하는 상상에 빠
져 있는지 전혀 알지 못했네. 나는 가끔 눈을 들어 K에게 뭘 하
고 있느냐고 물었지. K는 아무것도 하지 않고 있다고 한 마디로
대답할 뿐이었네. 나는 내 옆에 이렇게 가만히 앉아 있는 사람이
K가 아니라 따님이었으면 얼마나 좋을까, 하고 자주 생각했지.
그것뿐이라면 좋았겠지만 때때로 K도 나와 같은 생각을 하며 바
위에 앉아 있는 것이 아닐까, 하는 의심이 문득 들기도 했네. 그
럴 때면 차분하게 거기서 책을 읽는 것이 갑자기 싫어졌지. 나는
갑자기 벌떡 일어나서 주위는 전혀 신경 쓰지 않고 커다란 소리
로 외쳤네. 멋진 시나 노래를 재미있다는 듯 읊조리는, 미적지
근한 일 따위는 할 수 없었네. 다만 야만인처럼 큰 소리로 부르
짖을 뿐이었지. 어느 날, 나는 갑자기 그의 뒷목덜미를 확 잡아
채서는 이렇게 바닷속으로 처박아 버리면 어떻게 할 거냐고 물
었네. K는 어떤 동요도 없었지. 등을 보이고 있던 자세 그대로,
딱 좋다고, 그렇게 해 달라고 대답했네. 나는 그 즉시 뒷덜미를
잡았던 손을 놓았네.

K의 신경 쇠약은 그때, 상당히 좋아진 듯했네. 그와 반대로 나는 점점 과민해져 가고 있었지. 나는 나보다 침착한 K가 부러웠네. 또한 얄밉기도 했지. 그는 아무리 해도 나를 상대하려 들지 않았기 때문이네. 내게는 그것이 일종의 자신감처럼 비쳤지. 그러나 내가 그의 자신감을 인정한 것만으로는 결코 만족할 수 없었네. 나는 한 발 더 나아가 그 자신감의 성질을 분명히 하고자 했네. 그는 학문이든 사업이든 자신이 나아가야 할 앞길의 광명을 다시 회복한 것일까? 단순히 그것뿐이라면 K와 나 사이에 어떠한 이해(利害) 충돌도 일어날 이유가 없었지. 나는 오히려 그를 도와준 보람이 있는 것을 기쁘게 생각해야 할 정도였네. 그러나 그가 평안한 마음을 되찾은 것이 만약 따님에게서 비롯된 것이라면, 나는 결코 그를 용서할 수 없게 되네. 이상하게도 그는 내가 따님을 사랑하고 있다는 것을 전혀 눈치채지 못한 것처럼 보였네. 물론 나도 K의 눈에 띌 정도로 부자연스럽게 행동하지 않았지만, K는 원래 그런 점에 있어서 둔한 사람이었지. 나는 처음부터 K라면 괜찮다는 안심감이 있었기 때문에 그를 내가 사는 집으로 데려왔던 것일세.

29

나는 과감하게 내 마음을 K에게 털어놓으려 했네. 하긴, 그런 마음을 먹은 게 그때가 처음도 아니었지. 여행을 떠나기 전부터 그럴 생각이었으나 털어놓을 기회를 잡는 일도, 그럴 기회를 만드는 일도 나로서는 쉽지 않았네. 지금 생각해 보면 그 당시 내 주위에 있던 사람들은 모두 이상했네. 여자에 대해서 구체적인 이야기를 하는 사람은 한 사람도 없었지. 대부분 이야깃거리가 없는 사람들이었지만, 비록 있다고 하더라도 보통은 아무 말 않고 있었네. 비교적 자유스러운 분위기에서 살고 있는 자네가 보면 분명 이상해 보일 테지. 그게 유교의 영향 때문이었는지, 아니면 일종의 수줍음 때문이었는지 거기에 대한 판단은 자네에게 맡기는 것으로 하겠네.

K와 나는 뭐든 이야기하는 사이였네. 가끔은 사랑이나 연애 같은 문제에 대해서 이야기하기도 했지만 언제나 추상적인 이론에 빠질 뿐이었지. 그리고 그런 이야기는 좀처럼 하지 않았고. 대개는 책 이야기나 학문 이야기, 미래의 사업과 포부, 수양에 대한 이야기뿐이었지. 아무리 친한 사이어도 이렇게 딱딱한 이야기를 나눈 뒤에 갑자기 분위기를 바꿀 수는 없었네. 우리 두 사람은 그저 딱딱한 이야기를 나누며 친해져 갈 뿐이었지. 내가 따님에 대해서 K에게 털어놓기로 마음먹은 뒤 답답한 기분이 든 적이 몇 번이었는지 모르네. 나는 K의 머리 어딘가 한 곳을 뚫어 부드러운 공기를 넣어 주고 싶었지.

자네와 같은 세대가 볼 때는 우습기 짝이 없는 일이겠지만, 그 당시의 나에게는 실로 커다란 문제였네. 나는 여행지에서도 하숙집에 있을 때만큼이나 비겁했네. 나는 항상 말할 기회를 잡을 생각으로 K를 관찰했지만, 이상하게 고답적인 그의 태도에는 어떻게 해 볼 수가 없었지. 내가 느끼기에 그의 심장은 검은 옻칠로 두껍게 칠해져 있는 것만 같았네. 내가 쏟아부으려는 피는 한 방울도 그의 심장으로 들어가지 않고 모두 튕겨져 나와 버렸지.

어떤 때는 지나치게 K의 태도가 강하고 교만하여 오히려 안심한 적도 있었네. 그러고 나면 의심했던 것을 후회하며 동시에 마음속으로 그에게 용서를 빌었네. 용서를 빌며 내가 몹시 저속한 인간처럼 느껴져 갑자기 나 자신이 싫어지기도 했지. 그러나 어느 정도 시간이 지나면 이전의 의심이 다시 고개를 쳐들고는 강하게 반격을 가했다네. 모든 것이 의심에서 나온 것이어서 모든 것이 나에게는 불리했네. 용모로 보아서도 여자들이 K를 더 좋아할 것 같았지. 성격도 나처럼 사소한 일에 얽매이지 않는 점이 이성에게 인기가 있을 것 같았네. 어딘지 멍해 보이는 구석이 있었지만 빈틈없이 일을 처리하는 남자다운 부분도 나보다는 우월해 보였네. 공부에 있어서도 전공이야 다르지만, 나는 K의 적수가 되지 못할 것이라는 자각이 있었지. 이렇게 상대방의 좋은 점만이 한꺼번에 보이면 잠시 안심했던 나는 즉시 불안해져 버렸다네.

K는 불안해하는 나를 보고, 싫으면 일단 도쿄로 돌아가도 좋다고 말했지만 그런 말을 들으면 나는 갑자기 돌아가기가 싫어졌네. K를 도쿄로 돌아가게 하고 싶지 않았기 때문인지도 모르겠네. 우리는 보슈의 끝에서 돌아 맞은편으로 나왔지. 우리는 조금만 더 가면 된다는 그곳 사람들의 말에 속아 뙤약볕을 맞으며 힘들게 걸었네. 나는 그렇게 걷는 것의 의미를 전혀 모르겠더군. 그래서 농담조로 K에게 그렇게 말했네. 그러자 K가 다리가 있으니 걷는 거라고 대답하더군. 걷다가 더우면 어디든 상관 않고 바다에 뛰어들었네. 그 후에는 또 강하게 내리쬐는 태양빛 아래를 걸어야 했기 때문에 몸이 노곤해져 완전히 녹초가 되었지.

그런 식으로 걸으면 더위와 피로로 몸 상태가 이상해지네. 병이 난 것과는 다르네. 갑자기 다른 사람의 몸속으로 내 영혼이 들어간 기분이지. 나는 평소와 다름없이 K와 이야기를 나누었지만 왠지 평소와 마음 상태가 다른 것을 느꼈네. 그에 대한 나의 친밀함도 증오도 함께 여행하며 특별한 성질을 띠게 되었던 것이지. 즉, 우리 두 사람은 더위와 바닷물과 보행으로 인해 종전과 다른 새로운 관계가 될 수 있었던 것이네. 그때 우리들의 관계는 마치 길동무가 된 장사꾼과도 같았네. 아무리 이야기를 나누어도 평소와는 다르게 머리를 사용하는 복잡한 문제는 언급하지 않았지.

우리들은 그 상태로 마침내 조시(銚子)까지 갔는데, 가는 길에 단 한 번, 예외적으로 있었던 일을 잊을 수가 없네. 그러니까 보슈를 떠나기 전, 우리는 고미나토(小湊)라는 곳에서 타이노우라(鯛の浦)[14]를 구경했네. 상당히 오래된 일이고, 그다지 흥미도 없었기 때문에 잘 기억은 나지 않지만, 듣자하니 거기는 니치렌(日連)[15]이 태어난 곳이라더군. 니치렌이 태어난 날, 도미 두 마리가 해안에 밀려왔다는 전설이 있네. 그 이후 마을의 어부들은 도미를 잡지 않게 되어 바다에는 도미가 많았다네. 우리는 작은 배를 빌려 일부러 도미를 보러 나갔네.

그때 나는 파도만 보고 있었지. 그리고 그 파도 속에서 움직

---

14) 치바 현 고미나토 부근의 해안으로 살생이 금지되어 있어 도미가 무리를 지어 헤엄치는 명승지.
15) 가마쿠라 시대의 승려(1222~1282). 니치렌 종의 창시자.

이는 보랏빛을 띤 도미의 색깔을 재미있어 하며 질리지도 않고 바라보고 있었네. 그러나 K는 나만큼 거기에 흥미를 가지지 못한 듯했지. 그는 도미보다는 오히려 니치렌를 생각하고 있는 듯했네. 마침 거기에 탄생사(誕生寺)라는 절이 있었는데, 니치렌이 태어난 마을이어서 탄생사라고 이름 붙인 모양이었네. 멋진 절이었지. K는 그 절에 가서 주지 스님과 만나겠다고 했네. 실은 그때 우리들의 꼴은 말이 아니었지. 특히 K는 바람에 모자가 바다로 날아가 삿갓을 사서 쓰고 있었네. 옷은 두 사람 모두 때가 꼬질꼬질 낀 데다가 땀 때문에 냄새까지 났지. 나는 스님과 만나는 것은 그만두라고 했네. 고집 센 K는 내 말을 듣지 않았지. 그러고는 싫으면 밖에서 기다리라고 했네. 나는 어쩔 수 없이 함께 현관으로 들어섰지만 마음속으로는 분명 거절당할 거라고 생각했지. 그런데 스님이라는 사람들은 의외로 정중해서 넓고 멋진 방으로 우리를 안내했네. 주지 스님도 즉시 우리를 만나 주었네. 그 당시 나는 K와 생각이 크게 달랐기 때문에 스님과 K의 담화에 그다지 귀 기울일 생각이 없었지만, K는 계속 니치렌에 대해서 묻더군. 니치렌은 초니치렌(草日蓮)이라고 불릴 만큼 초서(草書)에 상당히 능했다고 스님이 말했을 때, 글씨를 못 쓰는 K가 시시하다는 표정을 짓던 것을 나는 아직도 기억하고 있네. K는 그런 것보다는 더 깊은 의미의 니치렌을 알고 싶었던 것이겠지. 스님이 그 점에 있어서 K를 만족시켰는지 어쨌는지는 잘 모르겠지만, 절에서 나오자 그는 끊임없이 나에게 니치렌에 대해서 이러쿵저러쿵 말하기 시작했네. 나는 덥고 지쳐서 그걸 들어 줄 여력이 없었기 때문에 그냥 적당히 대꾸하다가 그것도 귀찮아져서 나중에는 아주 입을 다물어 버렸지.

아마도 그다음 날 밤이라고 생각되는데, 우리가 여관에 도착해서 밥을 먹고 잠자리에 들기 조금 전이었네. 우리는 갑자기 어려운 주제를 논하게 되었지. K는 어제 자신이 이야기한 니치렌에 대해서 내가 대꾸하지 않은 것을 불쾌하게 여기고 있었네. 정신적으로 향상되고자 하는 마음이 없는 자는 바보라며 나를 자못 경박한 사람으로 취급하더군. 그러나 내 마음속에는 따님에 대한 것으로 그에게 응어리진 것이 있어서 그의 경멸에 가까운 말을 그냥 웃으며 받아넘길 수 없었네. 나는 내 나름대로 변명을 하기 시작했지.

31

그때 나는 계속 '인간답다'라는 말을 썼다네. K는 그 '인간답다'라는 말속에 내가 나의 모든 약점을 숨기고 있다고 했지. 나중에 생각해 보니, 정말 K가 말한 대로였네. 그러나 '인간답지 않다'라는 의미를 K에게 납득시키기 위해 그 말을 쓰기 시작한 나는 출발부터 이미 반항적이었기 때문에 그것을 반성할 만한 여유가 없었네. 나는 더욱 내 의견을 주장했지. 그러자 K가 자신의 어느 부분이 인간답지 않느냐고 물었네. 나는 그에게 대답했지.—너는 인간답다. 아니, 지나치게 인간다운지도 모른다. 그러나 입으로는 인간답지 않은 말을 한다. 또 인간답지 않게 행동하려고 한다.

내가 이렇게 말했을 때, 그는 단지 자신의 수양이 부족해서 다른 사람에게 그렇게 보일지도 모른다고 대답했을 뿐 전혀 나에게 반박하려 하지 않았네. 나는 맥이 빠지기보다는 오히려 그가 가엾어졌지. 나는 거기서 즉시 논쟁을 그만두었네. 그의 말투도 점점 침울해졌지. 만약 자기가 아는 옛 사람들을 나도 알았더라면 그런 공격은 하지 않았을 것이라고 한탄했지. K가 말한 옛 사람이란 물론 영웅도 아니고 호걸도 아니었네. 영혼을 위해 육체를 학대하고, 도를 위해 몸에 채찍질을 가하는 고행자를 말하는 것이었지. K는 자신이 그것 때문에 얼마나 괴로워하는지 내가 모르는 게 무척 안타깝다고 말했지.

K와 나는 그 말을 끝으로 잠들었네. 그리고 그다음 날부터 다시 평소와 다름없이 길동무가 된 장사꾼 같은 태도로 돌아가 땀을 뻘뻘 흘리며 걷기 시작했지. 그러나 나는 가는 도중에 그 밤의 일을 이따금씩 생각했네. 나는 그렇게 좋은 기회가 주어졌는데 왜 모른 채 그냥 지나쳤는지 후회가 되더군. 나는 '인간답다'는 추상적인 말을 사용하는 대신 더 직접적이고 간단하게 말했으면 좋았을 것이라고 생각했네. 실은 따님에 대한 나의 감정이 토대가 되어 그런 말을 만들어 낸 것이니, 사실을 증류해서 만든 이론을 K에게 들려주기보다는 사실 그대로를 그의 눈앞에 펼쳐 놓는 편이 나에게는 훨씬 이익이었을 것일세. 그렇게 할 수 없었던 것은 학문적인 교제가 우리 사이에 친밀함의 바탕이었고, 또 거기에 익숙해져 있었기 때문에 그것을 과감하게 깨뜨릴 만한 용기가 나에게 없었다는 것을 여기에 고백하네. 지나치게 거드름을 피웠다고 해도, 허영심이 화근이 되었다고 해도 마찬가지겠지만, 내가 말하는 거드름이나 허영이라는 의미는 보통의 의미와는 조금 다르네. 그것을 자네가 알아주기만 한다면 나는 만

족스러울 걸세.

우리들은 새까매져서 도쿄로 돌아왔네. 돌아왔을 때, 내 기분
은 또 바뀌어 있었지. 인간답다거나 인간답지 않다거나 하는 말
은 내 머릿속에 거의 남아 있지 않았네. K에게도 종교인 같았던
모습은 전혀 보이지 않게 되었지. 아마도 그때는 영혼이 어떻고
육체가 어떻고 하는 문제는 그의 마음 어디에도 없었을 걸세. 우
리 두 사람은 다른 인종 같은 얼굴을 하고 정신없이 돌아가는 도
쿄를 두리번두리번 둘러보았지. 그리고 료고쿠(両国)16)에 가서
닭 요리를 먹었네. K는 먹어서 힘이 나니 고이시카와까지 걸어
서 돌아가자고 했지. 체력적으로는 내가 K보다 좋았기 때문에
나는 즉시 찬성했네.

집에 도착한 우리 두 사람의 모습을 보고 아주머니는 깜짝 놀
랐네. 우리는 단지 검게 탔을 뿐만 아니라 지나치게 걸은 탓에
몹시 야위어 있었지. 아주머니는 그래도 튼튼해진 것 같다며 칭
찬해 주었네. 따님은 아주머니의 모순된 말이 이상하다며 또 웃
음을 터뜨렸지. 여행 전에는 가끔 화가 났던 그 웃음이 그때만큼
은 나도 유쾌했네. 상황도 상황이었지만 오래간만에 들은 탓이
었겠지.

32

그뿐만 아니라 따님의 태도가 조금 바뀐 것을 눈치챘네. 오랜
만에 여행에서 돌아온 우리들이 평소처럼 안정되기까지는 여러
모로 여자의 손이 필요했는데, 그때 시중든 아주머니는 차치하

16) 도쿄 도 스미다 구 료고쿠다리 주변의 지명.

고, 따님은 모든 면에서 K보다는 나를 우선으로 대하는 것처럼 보였네. 노골적으로 그렇게 했으면 나도 곤란했을지 모르겠네. 경우에 따라서는 불쾌감을 가질 수도 있었겠지만, 따님은 요령껏 잘했기 때문에 나는 기뻤네. 즉, 따님은 나만 알 수 있도록 나에게 친절함을 더 베풀어 주었지. 때문에 K는 불쾌한 얼굴도 하지 않고 태연하게 있었네. 나는 마음속으로 남몰래 쾌재를 불렀네.

이윽고 여름도 지나고 9월 중순부터 우리들은 다시 학교에 출석해야 했지. K와 나는 각자의 시간표가 달라 집을 드나드는 시간이 달랐네. 내가 K보다 늦게 돌아오는 날은 일주일에 세 번 정도 있었지만 언제 돌아와도 그의 방에서 따님을 본 일은 없었지. K는 언제나처럼 나를 바라보며 "지금 왔어."를 규칙처럼 반복했네. 나도 고개를 까닥해서 응답했지만 거의 기계적이었고 무의미했지.

아마도 10월 중순이었던 걸로 기억하네. 늦잠을 자서 평상복 그대로 학교에 갔었네. 신발도 끈을 묶어서 신는 구두 따위를 신을 시간이 없었기 때문에 조리(草履)[17]를 신자마자 뛰어나갔네. 그날은 시간표상 K보다 내가 먼저 귀가하는 날이었네. 돌아온 나는 현관 미닫이문을 드르륵 열었지. 그러자 집에 없을 것으로 생각했던 K의 목소리가 난데없이 들리는 것이었네. 동시에 따님이 웃는 소리가 들렸지. 나는 평소처럼 끈을 풀어야 하는 신을 신고 있지 않았기 때문에 즉시 들어가 방문을 열었네. 나는 언

---

17) 짚, 골풀, 죽순 껍질 등으로 엮은 바닥이 평평하고 게다와 같은 끈을 단 신발. 일본식 짚신.

제나처럼 책상 앞에 앉아 있는 K를 보았지. 그러나 따님은 이미 거기에 없었네. 대신 K의 방에서 마치 도망이라도 치는 것처럼 달려 나가는 뒷모습을 언뜻 보았을 뿐이라네. 나는 K에게 어째서 빨리 돌아왔느냐고 물었네. K는 몸이 좋지 않아 쉬었다고 대답했지. 나는 내 방으로 들어와 멍하니 앉아 있는데 잠시 후 따님이 차를 가지고 왔네. 따님은 그때 비로소 "오셨어요." 하고 인사를 하더군. 나는 웃으며 아까는 왜 달아났느냐고 물을 만큼 넉살 좋은 남자가 아니었네. 그러면서도 왠지 계속 그 일이 신경 쓰였지. 따님은 즉시 자리에서 일어나 툇마루를 지나 안으로 가 버렸네. 그러나 K의 방 앞에 멈춰 서서 한두 마디 이야기를 주고받았지. 그것은 조금 전에 하던 얘기를 연결해서 하는 것 같았지만 앞 이야기를 듣지 않은 나로서는 무슨 이야기인지 전혀 알 수 없었네.

그러는 사이에 따님의 태도가 점점 자연스러워졌지. K와 내가 함께 집에 있을 때에도 자주 K의 방 툇마루에 와서 그의 이름을 불렀다네. 그리고 그의 방에 들어가 오랫동안 있었지. 물론 편지를 가지고 온 적도 있고 세탁물을 두고 갈 때도 있었네. 뭐, 그 정도의 교제는 같은 집에 사는 이상 당연하다고 볼 수 있었지만, 따님을 독점하고 싶다는 강렬한 일념에 사로잡혀 있던 나에게는 그것이 당연한 것 이상으로 보였네. 어느 때는 따님이 일부러 내 방에 오는 것을 피하고 K에게만 가는 것은 아닌가, 하는 생각조차 들었네. 그렇다면 어째서 K를 내보내지 않았느냐고 자네는 묻겠지. 그러나 그렇게 하면 K를 무리하게 데려온 내가 뭐가 되겠나. 그럴 수는 없었네.

33

11월의 찬비가 내리던 어느 날, 나는 외투를 적시며 평소처럼 곤냐쿠엠마(蒟蒻閻魔)[18]를 지나 좁은 언덕길을 올라 집으로 돌아갔네. K의 방은 텅 비어 있었지만 화로에는 숯불이 따뜻하게 타고 있었지. 나도 차가운 손을 빨리 붉게 타오르는 숯불에 쬘 생각으로 급히 내 방문을 열었네. 그러나 내 화로에는 차가운 재가 하얗게 남아 있을 뿐 불씨마저 꺼져 있었지. 나는 갑자기 불쾌했네.

그때 내 발소리를 듣고 달려온 사람은 아주머니였네. 아주머니는 잠자코 방 한가운데 서 있는 나를 보고 가엾게 여기며 외투 벗는 것을 도와주거나 평상복으로 갈아입는 것을 거들어 주거나 했지. 그러고는 내가 춥다고 하는 소리에 즉시 옆방에서 K의 화로를 가져다주었네. K가 벌써 돌아왔냐고 묻자, 아주머니는 돌아오기는 했는데 다시 나갔다고 대답했지. 그날도 K는 나보다 늦게 돌아오는 날인데 어찌된 일인가 하고 생각했네. 아주머니는 볼일이라도 생겼나 보다고 말했지.

나는 한동안 방에 앉아 책을 읽었네. 집안은 조용해서 누구의 말소리도 들리지 않았지. 초겨울의 추위와 쓸쓸함이 몸속으로 파고드는 듯했네. 나는 즉시 책을 덮고 일어섰네. 문득 시끌벅적한 곳으로 가고 싶었지. 비는 겨우 그친 듯했지만 하늘은 아직 차가운 납처럼 무거워 보였기 때문에 나는 만약을 위해 종이 우산을 어깨에 걸쳐 메고 무기 공장 뒤쪽 토담을 따라 동쪽으로

---

18) 도쿄 도 분쿄 구 고이시카와에 있는 겐카쿠지(源覚寺) 경내에 모셔진 염라대왕. 곤약을 바치며 기도하던 노파에게 경사스러운 일이 생길 신기한 조짐이 있었다는 전설이 있다. 그래서 참배하는 사람들이 곤약을 바치게 된 데에서 붙여진 이름이다.

언덕을 내려갔네. 그 당시는 아직 도로가 정비되지 않았기 때문에 경사가 지금보다도 훨씬 급했네. 길도 좁았고 똑바르지도 않았지. 게다가 언덕을 내려가면 남쪽은 높은 건물들로 막혀 있었고 배수가 좋지 못했으며 길은 질퍽질퍽했네. 특히 좁은 돌다리 건너 야나기초(柳町) 거리로 나오는 길이 심했지. 아무리 굽 높은 신발이나 장화를 신었다고 하더라도 함부로 걸을 수 없었지. 누구라도 길 한가운데 자연스럽게 생긴, 진흙 없는 길고 좁은 길을 따라 조심조심 걸을 수밖에 없었네. 그 폭은 불과 한두 자 정도밖에 되지 않아 어이없게도 길에 깔린 오비 위를 걷는 것 같았지. 그 길을 가는 사람들은 모두 일렬로 늘어서서 줄지어 갔네. 나는 이 좁은 길 위에서 K와 딱 마주쳤다네. 발밑만 신경 쓰고 가던 나는 그와 마주칠 때까지 그의 존재를 전혀 알아채지 못했네. 갑자기 내 앞이 가로막혔기 때문에 우연히 눈을 들었고 그때 비로소 거기에 있는 사람이 K라는 것을 알았지. 나는 K에게 어디에 갔었느냐고 물었네. K는 '잠깐 저기에'라고 대답할 뿐이었지. 그의 대답은 언제나처럼 무심했네. K와 나는 좁은 길 위에서 스쳐 지나갔지. 그때 K 뒤에 젊은 여자가 서 있는 것이 보였다네. 근시인 나는 그때까지 그 사람이 누구인지 잘 몰랐지만 K를 지나친 후에서야 그 여자의 얼굴을 보고 따님이라는 것을 알았네. 나는 적지 않게 놀랐지. 따님은 약간 얼굴을 붉히며 나에게 인사했다네. 당시의 머리 모양은 앞머리를 차양처럼 내민 모양이 아니라 머리 한 가운데에 뱀처럼 둘둘 말아 얹은 모양이었지. 나는 멍하니 따님의 머리를 보고 있다가, 다음 순간 어느 쪽인가 길을 양보해야 한다는 것을 깨달았네. 나는 과감하게 진흙

탕 속에 한 발을 내디뎠지. 그리고 따님에게 비교적 지나가기 쉬운 곳을 내주어 건너가게 했다네.

야나기초로 나간 나는 어디로 가면 좋을지 몰랐다네. 어디를 가도 재미없을 것 같았지. 나는 흙탕물이 튀는 것도 개의치 않고 진흙탕 속을 마구 걸었네. 그리고 즉시 집으로 돌아왔지.

34

나는 K에게 따님과 함께 외출했던 것이냐고 물었네. K는 그렇지 않다고 대답했지. 마사고초(真砂町)에서 우연히 만나서 함께 돌아왔다고 설명했지. 나는 그 이상 캐물을 수는 없었네. 그러나 식사 시간에 따님에게 같은 질문을 했네. 그러자 따님은 내가 싫어하는 그 웃음을 또 지어 보였지. 그러고는 어디에 갔다 왔는지 맞춰 보라고 했네. 그 당시의 나는 쉽게 짜증을 내는 성격이었기 때문에 그런 식으로 진지하지 못하게 젊은 여자가 놀리면 화가 났네. 그러나 그 사실을 눈치챈 사람은 그 자리에 있는 사람 중에 아주머니 단 한 사람밖에는 없었네. K는 오히려 태연했지. 따님은 알고서 일부러 그러는 건지, 모르고 순진하게 그러는 건지 구별하기 어려웠다네. 젊은 여자로서 따님은 사려 깊은 편이었지만 젊은 여자들이 공통으로 가지고 있는, 내가 싫어하는 부분도 없다고 할 수 없었지. 그리고 그 거슬리는 부분은 K가 이 집에 오고 나서야 비로소 내 눈에 띄기 시작한 것이었네. 나는 그것을 K에 대한 나의 질투라고 봐야 할지, 아니면 따님이 나를 대하는 방식이라고 봐야 할지 분별할 수 없었지. 나는 결코 그때의 질투심을 부정할 생각은 없네. 몇 차례 말했다시피 나는 사랑의 이면에 있는 이런 감정의 움직임을 분명히 의식하고 있었으니 말이네. 게다가 다른 사람이 보면 별것도 아닌 사소한 일에 반드시 이 감정이 고개를 쳐들려고 했으니까. 이건 다른 이야기네만, 이런 질투는 사랑의 다른 한쪽 면이 아닐까 싶네. 나는 결혼하고 나서 이 감정이 점점 약해져 가는 걸 느낄 수 있었네. 그 대신 애정도 결코 처음처럼 맹렬하지 않았지.

나는 그때까지 주저하고 있던 내 마음을 과감히 상대의 가슴에 내던질까, 하고 생각하기 시작했네. 내가 말하는 상대란 따님이 아닐세. 아주머니를 말하는 거라네. 아주머니에게 따님을 달라고 분명히 담판을 지어야겠다고 생각했네. 그러나 그렇게 결심은 했으면서도 하루하루 결행할 날을 미루고 있었지. 이렇게 말하면 내가 자못 우유부단한 남자로 보일 것일세. 뭐, 그렇게 보여도 상관은 없네만, 사실 내가 선뜻 행동으로 옮기지 못한 이유는 의지력이 부족했기 때문만은 아니네. K가 오기 전에는 다른 사람 손에 휘둘리고 싶지 않다는 마음이 나를 억눌러 한 발짝도 앞으로 나아가지 못하게 했었지. 그런데 K가 온 후로는 혹시 따님이 나보다 K에게 더 마음이 있는 것이라면 이 사랑은 입 밖으로 낼 가치도 없는 것이라고 생각했기 때문이네. 창피를 당하기 싫다는 것과는 이야기가 다르네. 내가 아무리 좋아해도 상대방이 다른 사람에게 사랑의 눈빛을 보내고 있다면, 나는 그런 여자와 함께할 수 없었네. 세상에는 상대방이 나를 좋아하든 말든 자신이 좋아하는 여자를 아내로 맞아들여 기뻐하는 사람도 있지만, 그 사람은 나보다 훨씬 많은 세파를 겪어 닳고 닳은 남자거나 아니면 사랑의 심리를 전혀 모르는 둔감한 사람이라고 당시의 나는 생각했으니까. 일단 아내로 맞아들이면 어떻게든 될 것이라는 이치를 받아들일 수 없을 정도로 나는 순수했던 걸세. 즉, 나는 극히 고상한 사랑의 이론가였네. 동시에 가장 먼 길로 돌아가는 사랑의 실천가였지.

오랫동안 함께 지내며 따님에게 직접 내 마음을 고백할 기회도 가끔 있었지만, 나는 일부러 그 기회를 피했지. 그런 관습이 일본에서는 통용되지 않는다는 자각이 당시의 나에게는 강했네. 그러나 결코 그것만이 나를 속박했다고는 할 수 없네. 일본인, 특히 일본의 젊은 여자는 그런 경우, 스스럼없이 자기 생각을 말할 수 있는 용기가 부족하다고 여기고 있었던 걸세.

35

그런 이유로 나는 어느 쪽으로도 진행하지 못하고 같은 자리에 서 있었지. 몸이 안 좋을 때 낮잠을 자는 경우, 눈은 떠져서 주위가 분명히 보이는데 아무리 해도 손발이 움직이지 않을 때가 있지 않나? 나는 때때로 그런 괴로움을 남몰래 느꼈네.

그러는 사이에 한 해가 저물고, 다음 해 봄이 되었네. 어느 날, 아주머니가 K에게 카루타(歌留多)[19] 놀이를 할 테니 친구를 좀 데려오라고 한 적이 있었네. K가 곧바로 친구가 한 사람도 없다고 대답했기 때문에 아주머니는 깜짝 놀랐지. K가 말한 대로 K에게는 친구라고 할 만한 사람이 한 명도 없었다네. 길에서

---

19) 작은 장방형의 두꺼운 종이에 시구, 단가 등을 쓴 카드 수 십 장을 늘어놓고 한 사람이 앞 문장을 읽으면 수 명의 사람이 뒷 문장이 적힌 카드를 찾는 놀이이다. 가져간 카드의 개수로 승부를 가린다.

만났을 때 인사 정도 나누는 사람은 다소 있었지만, 결코 카루타 놀이를 할 정도의 사이는 아니었지. 아주머니는 그럼 내가 아는 친구라도 불러오라고 했지만, 나 역시도 그렇게 유쾌한 놀이를 할 기분이 아니었기 때문에 적당히 건성으로 대답하고 말았네. 그런데 밤이 되자 K와 나는 결국 따님에게 붙들려 가고 말았지. 다른 손님은 아무도 없고 이 집에 사는 몇 안 되는 사람만이 하는 카루타 놀이였기 때문에 대단히 조용했네. 게다가 그런 놀이에 익숙하지 않은 K는 수수방관하고 있는 것과 마찬가지였지. 나는 K에게 대체 햐쿠닌잇슈(百人一首)[20]를 알고는 있느냐고 물었네. K는 잘 모른다고 대답했지. 내 말을 들은 따님은 내가 K를 무시한다고 생각했던 모양이네. 그 뒤로는 눈에 띄게 K의 편을 들었지. 결국에는 두 사람이 거의 한 쌍이 되어 나에게 대항하는 모양새가 되어 버렸네. 나는 상대의 태도에 따라 싸움도 불사했을 걸세. 다행히 K의 태도는 처음과 조금도 변화가 없었지. 그에게서 조금도 우쭐대는 태도를 볼 수 없었던 나는 무사히 그 자리를 넘길 수 있었네.

그리고 이삼일이 지난 후의 일이었을 걸세. 아주머니와 아가씨는 아침부터 이치가야(市ヶ谷)에 있는 친척집에 간다며 집을 나섰네. K와 나는 아직 개강 전이어서 집에 남아 있었지. 나는 책을 읽는 것도, 산책을 가는 것도 싫었기 때문에 그냥 멍하니 화롯가에 팔꿈치를 올리고 턱을 괸 채 생각에 잠겨 있었네. 옆방에 있는 K도 전혀 소리를 내지 않았지. 두 사람 모두 있는지 없는지 모를 지경이었네. 이런 일은 우리 두 사람 사이에서 뭐 그

---

20) 100인의 와카(일본 고유 형식의 시)를 한 수씩 뽑아 모은 것.

리 특별한 일도 아니었기 때문에 나는 딱히 신경 쓰지 않았지.

열 시쯤 되자, K가 갑자기 문을 열고 내 얼굴을 보았네. 그는 문지방 위에 서서 나에게 무슨 생각을 하고 있느냐고 물었지. 나는 처음부터 아무 생각도 하지 않고 있었네. 만약 생각을 하고 있었다면 언제나처럼 따님 문제였을지도 모르네. 그 따님을 생각할 때는 물론 아주머니 생각도 하지 않을 수 없었지만, 그 무렵에는 K도 따로 떨어뜨려 생각할 수 없는 인물이 되어 그 문제는 나의 머릿속에서 빙글빙글 돌며 복잡하게 얽혀 있었지. K와 얼굴을 마주한 나는 그때까지 그를 방해꾼처럼 희미하게 의식하기는 했지만 확실하게 그렇다고 단정할 수도 없었네. 나는 전과 다름없이 그의 얼굴을 잠자코 보고 있었지. 그러자 K가 성큼성큼 내 방으로 들어와서 내가 쬐고 있는 화롯불 앞에 앉았네. 나는 즉시 양 팔꿈치를 화롯불 앞에서 떼고 그것을 약간 K쪽으로 밀어 주었네.

K는 평소와는 다른 이야기를 하기 시작했네. 아주머니와 따님은 이치가야 어디를 간 거냐고 물었지. 나는 아마도 숙모 집에 갔을 거라고 대답했네. K는 그 숙모가 어떤 사람이냐고 또 물었네. 나는 아주머니와 마찬가지로 군인의 아내라고 알려 주었네. 그러자 여자들은 새해 인사를 보통 15일이 지나서야 다니는데 왜 그렇게 빨리 갔느냐고 물었지. 나는 왜 그런지 모르겠다고 대답할 수밖에 없었네.

36

K는 좀처럼 아주머니와 따님에 대한 이야기를 멈추지 않았

네. 결국에는 내가 대답할 수 없는 것까지 물었지. 나는 귀찮기보다는 이상하다는 생각이 들었네. 내가 먼저 두 사람 이야기를 꺼냈던 때를 생각해 보면, 그의 상태가 변했다는 것을 눈치채지 않을 수 없었네. 나는 결국 어째서 오늘 따라 그런 이야기만 하느냐고 그에게 물었지. 그러자 그가 갑자기 입을 다물더군. 다문 그의 입 주위가 떨리듯 움직이는 것을 나는 놓치지 않았지. 그는 원래 말수가 적은 남자였네. 평소부터 뭔가 말하려고 할 때면 그 전에 입 주위를 우물우물 움직이는 버릇이 있었지. 그의 입술이 일부러 그의 의지에 반항하듯 쉽게 열리지 않았는데, 그가 할 말의 무게를 담는 것이었겠지. 일단 목소리가 입을 뚫고 나오면 그 소리에는 보통 사람보다 배나 강력한 힘이 있었네.

그의 입 주위를 잠깐 바라보았을 때 나는 또 뭔가 할 말이 있다는 것을 즉시 눈치챘지만, 그 말이 과연 무엇일지는 전혀 예상할 수 없었네. 그래서 놀랐다네. 그가 무거운 입을 열어 따님에 대한 애절한 사랑을 털어놓았을 때의 나를 상상해 보게. 나는 그의 마법 지팡이에 의해 순간 돌로 변한 것처럼 꼼짝할 수 없었다네. 입을 우물거리는 동작조차 할 수 없게 되어 버렸지.

그때의 나는 공포의 덩어리라고 해야 할까, 아니면 고통의 덩어리라고 해야 할까, 아무튼 하나의 덩어리였네. 돌이나 쇠처럼 머리부터 발끝까지 갑자기 굳어 버렸지. 호흡을 하는 것도 잊을 정도로 굳어 버렸네. 다행히 그 상태는 길게 가지 않았지. 나는 잠시 후 다시 인간다운 기분을 되찾았다네. 그리고 즉시 아뿔사, 하고 생각했네. 상대방이 나를 선수 쳤다고 생각했지.

그렇지만 앞으로 어떻게 해야 할지도 전혀 생각나지 않았네.

아마도 화낼 정도의 여유가 없었던 것이었겠지. 나는 겨드랑이 아래에서 흐르는 기분 나쁜 땀이 셔츠에 스며드는 것을 꾹 참으며 꼼짝 않고 있었네. 그런 와중에도 K는 언제나처럼 무거운 입을 열어 띄엄띄엄 자신의 마음을 털어놓고 있었지. 나는 괴로워서 견딜 수가 없었네. 아마도 그 괴로움은 커다란 광고판에 글자를 붙여 놓은 것처럼 나의 얼굴 위에 분명히 드러났다고 생각하네. 아무리 무딘 K라도 그걸 눈치채지 못했을 리는 없네만, 그도 나름대로 자신의 이야기에 모든 것을 집중하고 있었기 때문에 내 표정 따위에 주위를 기울일 여유가 없었을 걸세. 그의 고백은 처음부터 끝까지 같은 어조로 일관되었지. 무겁고 느린 대신 좀처럼 그 결심이 흔들리지 않을 거라는 느낌을 주었네. 내 마음의 반은 그의 고백을 듣고 있으면서 반은 어떻게 하면 좋지, 어떻게 하면 좋지, 하는 생각으로 마음이 혼란하여 자세한 이야기는 거의 귀에 들어오지 않았네. 그럼에도 그의 어조만은 강하게 내 가슴을 울렸지. 그 때문에 나는 앞에서 말한 고통뿐만 아니라 때때로 일종의 두려움을 느끼게 된 걸세. 즉, 상대가 나보다 강하다는 공포심이 싹트기 시작한 것이었지.

K의 이야기가 끝났을 때, 나는 한마디도 할 수 없었네. 나도 그에게 같은 내용의 고백을 하는 것이 좋을지, 아니면 고백하지 않는 것이 좋을지, 어느 쪽이 나에게 유리할지를 생각하느라 잠자코 있었던 것이 아니네. 그저 아무 말도 할 수 없었던 걸세. 또 말할 기분도 들지 않았네.

점심시간에 K와 나는 자리에 마주 앉았지. 하녀의 시중을 받으며 평소와 달리 맛없이 식사를 마쳤네. 우리는 식사를 하는 동안 아무 말도 하지 않았네. 아주머니와 따님은 언제 돌아올지 몰 랐지.

37

우리는 각각 자기 방으로 돌아온 후 얼굴을 마주하지 않았네. K는 아침과 마찬가지로 조용했지. 나도 가만히 생각에 잠겨 있 었네.

나는 당연히 내 마음도 K에게 털어놓아야 한다고 생각했네. 하지만 그러기에는 이미 때가 늦었다는 생각도 들었지. 어째서 나는 조금 전에 K의 말을 가로막고 역습을 가하지 않았던가? 그 것이 커다란 실수처럼 느껴졌다네. 적어도 K의 뒤를 이어 나도 내 생각을 그 자리에서 이야기했다면 좋았을 거라고 생각했네. K의 고백이 끝난 상황에서 내가 또 같은 말을 꺼내는 것은 아무 리 생각해도 이상했다네. 나는 이런 부자연스러운 상황을 극복할 수 있는 방법을 몰랐네. 내 머릿속은 후회로 몹시 비틀거렸지.

나는 K가 다시 방문을 열고 나에게 돌진해 오면 좋겠다고 생 각했네. 내 입장에서는 조금 전 일이 마치 기습을 당한 것과 같 았네. 나에게는 K를 상대할 준비고 뭐고 없었지. 나는 오전에 잃은 것을 이다음에 되찾을 생각이었네. 그래서 가끔 눈을 들어 문을 쳐다보았지. 그러나 그 문은 아무리 기다려도 열리지 않았 네. K는 끝까지 조용했지.

그러는 동안 그 정적은 내 머릿속을 점점 어지럽혔네. K는 지 금 문 저쪽에서 무슨 생각을 하고 있을까, 하는 생각에 미치니 신경이 쓰여 견딜 수가 없었지. 평소에도 그런 식으로 서로 칸막이 한 장을 사이에 두고 한 마디도 하지 않을 때면, 나는 K가 조용히 있을수록 그의 존재를 잊는 것이 예사로웠는데, 그때는 그렇지 않았으니 내 상태가 상당히 좋지 않았던 걸세. 그럼에도 나는 먼저 방문을 열 수가 없었네. 일단 말할 기회를 놓친 나는 또 상대가 먼저 움직여 주기를 기다릴 수밖에 없었지.

결국 나는 가만히 있을 수 없게 되었네. 억지로 참고 앉아 있었지만 K의 방으로 뛰어 들어가고 싶었지. 나는 견딜 수가 없어서 일어나 툇마루로 나왔네. 거기에서 거실로 가 아무 목적도 없이 쇠 주전자에 있는 따뜻한 물을 한 잔 컵에 따라 마셨네. 나는 일부러 K의 방을 회피하듯이 이런 식으로 돌아서 밖으로 나왔네. 물론 목적지는 없었지. 다만 가만히 앉아 있을 수가 없었던 것뿐이라네. 나는 방향이고 뭐고 상관없이 정초의 거리를 정신없이 걸어 다녔지. 아무리 걸어 다녀도 내 머릿속은 K의 일로 가득했네. 나도 K를 떨쳐 버릴 생각으로 돌아다녔던 것은 아니라네. 오히려 적극적으로 그의 말을 음미하며 배회했던 것이지.

나는 무엇보다 그가 이해하기 힘든 남자로 보였네. 어째서 그런 일을 갑자기 나에게 털어놓았는지, 나에게 털어놓아야만 할 정도로 언제 그의 사랑이 격해졌는지, 그리고 평소의 그는 어디로 사려져 버렸는지, 모든 것이 나에게는 이해하기 힘든 문제였지. 나는 그가 강한 것을 알고 있었네. 그리고 그가 진실한 것을 알고 있었네. 나는 앞으로 내가 취할 행동을 결정하기 전에 그에게 물어봐야 할 것이 많이 있다고 믿었네. 동시에 앞으로 그를 대할 생각을 하니 기분이 나빠졌지. 나는 정신없이 거리를 걸으며 자신의 방에 가만히 앉아 있을 그를 계속해서 눈앞에 그렸네. 그러다가 내가 아무리 걸어도 그를 움직이게 하는 것은 도저히 불가능하다는 소리가 어디선가 들려왔네. 즉, 나에게는 그가 일종의 요물처럼 생각됐던 것일세. 나는 영원히 그에게 저주를 받은 것이 아닐까, 하는 생각까지 들었네.

내가 지쳐서 집으로 돌아왔을 때 그의 방은 여전히 사람이 없는 것처럼 조용했지.

38

내가 집에 들어온 지 얼마 지나지 않아 인력거 소리가 들렸네. 지금처럼 고무바퀴가 없던 때여서 덜컹덜컹 하는 기분 나쁜 울림이 멀리서도 들렸다네. 이윽고 인력거가 문 앞에 멈췄네.

저녁 식사 하라는 소리를 들은 것은 그로부터 30분 정도 지난 후였지만, 아주머니와 따님의 외출복은 옆방에 던져진 채였다네. 두 사람은 늦으면 우리에게 미안하니 저녁 식사 시간에 맞추기 위해 급히 돌아왔다고 했네. 그러나 아주머니의 친절은 K와 나에게 아무 소용이 없었지. 나는 식탁 앞에 앉으면서부터 말을 아끼는 사람처럼 무뚝뚝하게 인사만 했네. K는 나보다 더 말이 없었네. 오래간만에 함께 외출하고 돌아온 두 모녀의 기분은 평소보다 훨씬 좋았기 때문에 우리들의 태도는 더욱 눈에 띄었지. 아주머니는 나에게 무슨 일이 있었느냐고 물었네. 나는 조금 기분이 좋지 않다고 대답했지. 실제로 나는 기분이 나빴네. 그러자 이어서 따님이 K에게 같은 질문을 했지. K는 나처럼 기분이 나쁘다고 대답하지 않았네. 단지 말을 하고 싶지 않기 때문이라고 대답했네. 따님은 어째서 말을 하고 싶지 않느냐고 추궁했네. 나는 그때 문득 무거운 눈꺼풀을 들어 K의 얼굴을 보았네. 나는 K가 뭐라고 대답할지 궁금했네. K의 입술은 여느 때처럼 약간 떨리고 있었지. 다른 사람이 보면 마치 대답하기를 주저하고 있는 것처럼 보일 수밖에 없었을 걸세. 따님은 웃으며 또 뭔가 어려운 문제를 생각하고 있는 모양이라고 말했지. K의 얼굴은 다소 붉어졌네.

그날 밤 나는 평소보다 빨리 잠자리에 들었네. 식사 때 기분이 좋지 않다고 했던 내 말에 걱정이 됐는지, 아주머니가 열 시쯤 소바유(蕎麦湯)[21]를 가져다주었네. 그러나 내 방은 이미 어두웠지. 아주머니는 무슨 일이지, 하며 방문을 조금 열었네. 어렴풋한 램프의 불빛이 K의 책상에서 비스듬하게 내 방으로 쏟아졌네. K는 그때 깨어 있었던 모양이네. 아주머니는 내 머리맡에 앉아 감기에 걸린 것 같으니 몸을 따뜻하게 하는 것이 좋을 것이라며 찻잔을 내 얼굴에 들이댔지. 나는 할 수 없이 걸쭉한 소바유를 아주머니가 보는 앞에서 마셨다네.

나는 어둠 속에서 늦게까지 생각했네. 물론 하나의 문제가 머릿속을 빙빙 돌 뿐으로, 아무 해결책도 나오지 않았네. 나는 갑자기 K가 지금 옆방에서 무엇을 하고 있는지 생각해 보았네. 나는 반은 무의식적으로 "이봐." 하고 말을 걸었네. 그러자 K는 "왜." 하고 대답했네. K도 아직 깨어 있었던 거지. 나는 아직 안 자느냐고 물었네. 그는 이제 잘 거라고 간단히 대답했지. 나는 뭘 하느냐고 거듭 물었네. 그러나 K는 아무 대답이 없었지. 그

21) 메밀가루를 더운물에 푼 음식.

대신 5, 6분쯤 지났을 무렵 벽장을 드르륵 열고는 이불을 까는 소리가 손에 잡히듯 들렸네. 나는 그에게 또 다시 몇 시냐고 물었지. K는 한 시 이십 분이라고 대답했네. 이윽고 램프를 후 하고 불어 끄는 소리가 들리는가 싶더니, 이내 방안이 깜깜해지며 정적에 휩싸였네.

그러나 나의 눈은 그 어둠 속에서 점점 또렷해질 뿐이었지. 나는 또 반쯤 무의식 상태에서 "이봐." 하고 K에게 말을 걸었네. K도 전과 같은 어조로 "왜." 하고 대답했지. 나는 아침에 그에게 들은 말에 대해서 조금 더 구체적으로 이야기하고 싶은데 괜찮은지 물었네. 결국 내가 말을 꺼낸 거지. 나는 물론 문을 사이에 두고 그런 이야기를 할 생각은 없었지만 K의 대답은 그 자리에서 들을 수 있으리라고 생각했네. 하지만 이번에는 조금 전에 "이봐." 하고 두 번 불렀을 때 두 번 다 "왜."라고 대답한 고분고분한 어투가 아니었네. 낮은 목소리로 "글쎄." 하며 대답하기를 망설였지. 나는 순간 숨이 멎는 긴장감을 느꼈네.

39

건성으로 대답했던 K의 태도는 다음 날이 되어도 그다음 날이 되어도 계속되었네. 그는 자신이 먼저 그 문제를 언급하려 하지 않았지. 하긴 그럴 기회도 없었지만 말일세. 아주머니와 따님이 함께 집을 비우지 않는 이상, 우리는 차분하게 그것에 대해서 이야기를 나눌 수도 없었네. 나는 그 사실을 잘 알고 있었지. 알고 있으면서도 괜히 초조했던 것이네. 그 결과, 처음에는 K가 말을 걸어오기를 기다리며 단단히 준비하던 나는 기회가 있으면 내 쪽에서 먼저 이야기를 꺼내야겠다고 결심하게 되었지.

동시에 나는 잠자코 집안사람들의 모습을 관찰했네. 하지만 아주머니의 태도나 따님의 태도는 특별히 평소와 다른 점이 없었네. K의 고백 이후에도 그들의 거동에 특별한 변화가 없는 걸로 봐서 그의 고백은 단순히 나에게만 한 것일 뿐 정작 따님이나, 그녀의 감독자에 해당하는 아주머니에게는 아직 말하지 않은 것이 분명했지. 그렇게 생각하니 조금 안심이 되었네. 그래서 억지로 기회를 만들어 부자연스럽게 이야기를 꺼내기보다는 자연스럽게 주어지는 기회를 놓치지 않는 것이 좋겠다는 생각에, 예의 문제는 잠시 손대지 않고 놓아두기로 했지.

이렇게 말하면 상당히 간단하게 들리겠지만, 그런 마음이 들기까지는 밀물과 썰물처럼 여러 번의 기복이 있었다네. 나는 K가 움직이지 않는 모습을 보고 거기에 여러 가지 의미를 부여했네. 아주머니와 따님의 언동을 관찰하면서는 두 사람의 마음이 과연 지금 나타나는 모습 그대로일까, 하고 의심도 해 보았네. 그리고 인간의 가슴속에 설치되어 있는 복잡한 기계가 시곗바늘처럼 명료하고 거짓 없이 판 위의 숫자를 가리킬 수 있을까, 하고도 생각해 보았네. 요컨대, 나는 같은 일을 이렇게도 생각하고 저렇게도 생각한 끝에 겨우 그러한 결론에 도달했다고 생각해 주게. 말을 고르자면, 도달했다는 말은 그때 결코 사용해서는 안 됐는지도 모르겠네.

그러는 동안 학기가 다시 시작되었네. 우리는 시간이 같을 때는 함께 집에서 나왔네. 시간이 맞으면 돌아갈 때도 같이 돌아갔지. 겉으로 보기에 K와 나는 전과 다름없이 친하게 지내는 것처럼 보였을 걸세. 그러나 마음속으로는 각자 자기 생각만 하고 있었음에 틀림없네. 어느 날, 나는 갑자기 거리에서 K에게 다그쳐 물었네. 내가 제일 먼저 물은 것은 저번의 고백을 나한테만 한 것인지, 아니면 아주머니나 따님에게도 했는지의 여부였네. 내가 앞으로 취할 태도는 이 질문에 대한 그의 대답에 따라 정할 수 있다고 생각했네. 그는 다른 사람에게는 아직 털어놓지 않았다고 분명히 대답했지. 사정이 내가 생각한 대로였기 때문에 나는 내심 기뻤네. 나는 K가 나보다 뻔뻔스럽다는 것을 잘 알고 있었네. 그의 배짱도 도저히 당해 낼 수 없다는 자각이 있었지. 그러면서도 다른 한편으로는 그를 이상하게 믿고 있었네. 학비 때문에 3년이나 양부모를 속였던 그였지만 그에 대한 나의 신뢰는 조금도 금이 가지 않았지. 오히려 나는 그 일 때문에 그를 신뢰하게 되었을 정도였으니까. 때문에 아무리 의심 많은 나라도 명백한 그의 대답을 마음속으로 부정할 기분은 들지 않았던 걸세.

나는 다시 그에게 앞으로 그 마음속에 있는 연정을 어떻게 할 셈이냐고 물었네. 그것이 단순한 고백에 지나지 않는지, 아니면 그 고백에 이어 실제적인 행동도 취할 셈인지 물은 것이었지. 그런데 그 질문에 대해서 그는 아무 대답도 하지 않았네. 아무 말 없이 고개를 숙이고 걷기 시작했지. 나는 그에게 하나도 숨기지 말고 모든 것을 말해 달라고 부탁했네. 그는 나에게 숨길 이유가 아무것도 없다고 분명히 단언했네. 하지만 내가 알고자 하는 점에 대해서는 한 마디도 대답하지 않았지. 나도 길거리에 일부러 멈춰 서서 거기까지 캐물을 수도 없었네. 그래서 이야기는 그걸로 끝나고 말았지.

40

어느 날 나는 오래간만에 학교 도서관에 들러, 넓은 책상의 한쪽 창문에서 비치는 광선을 상반신에 받으며 새로 들어온 외국 잡지를 이것저것 뒤적이고 있었네. 담임 교수로부터 전공 학과에 관해 다음 주까지 어떤 사항을 조사해 오라는 과제를 받았기 때문이었지. 하지만 나는 필요한 사항을 좀처럼 찾지 못했기 때문에 두세 번이나 잡지를 다시 빌려야만 했네. 마침내 나는 필요한 논문을 찾아 집중해서 그것을 읽기 시작했지. 그때 갑자기 폭이 넓은 책상 저쪽에서 작은 소리로 내 이름을 부르는 사람이 있었네. 문득 눈을 드니 거기에 K가 서 있었네. K는 상반신을 책상 위로 구부리고는 나에게 얼굴을 들이댔네. 도서관에서는 다른 사람에게 방해가 되지 않도록 작은 소리로 말해야 했기 때문에 K의 그런 동작은 누구라도 하는 평범한 것이었지만, 그때만은 왠지 이상한 느낌이 들더군.

K는 낮은 소리로 공부하느냐고 물었네. 나는 조금 조사할 것이 있다고 대답했지. 그런데도 K는 그대로 그 얼굴을 나에게서 떼지 않은 채, 다시 낮은 소리로 산책을 가지 않겠냐고 했지. 나는 잠시 기다려 준다면 갈 수 있다고 대답했네. 그는 기다리겠다고 말하고는 즉시 비어 있는 내 앞자리에 앉았네. 그러자 나는 마음이 산란해져 갑자기 잡지를 읽을 수가 없었지. 왠지 K가 무슨 꿍꿍이가 있어서 담판이라도 지으러 온 것 같다는 생각이 들었네. 나는 어쩔 수 없이 읽고 있던 잡지를 덮고 일어서려 했지. K는 몹시 침착하게 벌써 끝났느냐고 물었네. 나는 상관없다고 대답하고 잡지를 반납한 후 K와 도서관을 나왔네.

우리는 특별히 갈 곳도 없었기 때문에 다츠오카초(龍岡町)에서 연못가로 나와 우에노공원 안으로 들어갔네. 그때 그는 예의 사건에 대해서 갑자기 말을 꺼내더군. 전후 상황을 종합해서 생각해 보니, K는 그것 때문에 일부러 나에게 산책하자고 한 것이었네. 그러나 그의 태도를 보니 아직 실제적인 방면에 대해서는 조금의 진전도 없는 듯했지. 그는 나에게 그저 막연히 어떻게 생각하느냐고 했네. 그 말은 연애의 깊은 못에 빠져 있는 자신이 어떤 식으로 보이느냐는 질문이었지. 한마디로 말하면, 그는 현재의 자신에 대해서 나의 비평을 듣고 싶은 것 같았네. 거기에서 나는 그가 평소와 다르다는 점을 분명히 알 수 있었지. 여러 번 반복하는 것 같네만, 그의 천성은 다른 사람의 평판을 신경 쓸 정도로 나약하지 않았네. 자신이 믿은 바를 혼자서 척척 진행해 나갈 만큼의 배짱과 용기가 있는 남자였네. 양부모와의 사건으로 그의 성격을 가슴 깊이 각인시켰던 나로서는 그때는 좀 다르다고 느낀 게 당연한 일이었지.

내가 K에게 그 일에 어째서 나의 비평이 필요한지 물었을 때, 그는 평소와 다르게 풀이 죽은 어조로 자신이 약한 인간이라는 것이 참으로 부끄럽다고 했네. 그렇게 망설이고 있다가 자기도 자신을 알 수 없게 되었으니 나에게 공평한 비평을 부탁하는 것 외에 방법이 없다고 했지. 나는 즉시 망설이고 있다는 말의 의미를 따져 물었네. 그는 앞으로 나가야 할지, 물러서야 할지를 망설이고 있다고 설명했네. 나는 즉시 한 발 더 앞으로 나아갔지. 그러고는 물러서라고 하면 물러설 수 있느냐고 물었네. 그러자 거기서 갑자기 그의 말문이 막혔네. 그는 단지 괴롭다고만 했네. 실제로 그의 얼굴에는 괴로운 듯한 표정이 역력했지. 만일 상대가 따님이 아니었다면 나는 완전히 메말라 버린 그의 얼굴 위에 도움이 되는 말을 가뭄에 단비처럼 내려 줄 수 있었을 텐데. 나는 그 정도의 아름다운 동정심을 가지고 있는 인간이라고 스스로 믿고 있었네. 그러나 그때의 나는 달랐네.

41

나는 마치 다른 유파 사람과 시합이라도 하는 것처럼 K를 주의 깊게 보고 있었네. 나의 눈, 나의 마음, 나의 몸, 나에게 속한 모든 것을 빈틈없이 준비하여 K에게 맞섰다네. 죄 없는 K는 허점투성이라기보다는 오히려 완전히 노출됐다고 평할 수밖에 없을 정도로 무방비 상태였지. 그가 보관하고 있던 요새 지도를 건네받고, 그의 눈앞에서 천천히 그것을 펼쳐 보는 것과도 같았던 것이네.

K가 이상과 현실 사이에서 방황하며 휘청거리는 것을 발견한 나는 그저 일격을 가해 그를 쓰러뜨릴 수 있다는 점만을 착안했네. 그리고 즉시 그의 허점을 찔렀던 걸세. 나는 그를 향해 갑자기 엄숙한 태도를 취했지. 물론 책략에서였지만, 그 태도에 상응할 정도로 긴장하고 있었기에 스스로 우스꽝스럽다거나 수치스럽다는 감정을 느낄 여유는 없었네. 나는 우선 "정신적으로 향상되고자 하는 마음이 없는 자는 바보다."라고 내뱉었지. 그 말은 둘이서 보슈를 여행할 때 K가 나에게 했던 말이었네. 나는 그가 했던 말을 그와 같은 말투로 다시 그에게 던진 것이었지. 그러나 결코 복수는 아니었네. 오히려 복수 이상의 잔혹한 의미

를 가지고 있었다는 것을 자백하네. 나는 그 한마디로 K 앞에 놓인 사랑의 길을 막으려 한 것이었지.

K는 정토진종 절에서 태어난 남자였네. 그러나 그의 경향은 중학교 시절부터 결코 생가의 종교 교의와도 같지 않았지. 교의상의 구별을 잘 모르는 내가 이런 말을 할 자격이 없다는 것은 알고 있네만, 나는 그저 남녀와 관련된 점에 관해서만 그렇게 받아들였네. 즉, 정토진종에서는 승려가 결혼하는 것을 인정하지만 그는 그렇지 않았지. K는 옛날부터 정진이라는 단어를 좋아했네. 나는 그 말 가운데 금욕이라는 의미도 들어 있다고 해석하고 있었네. 그러나 나중에 물어보니 그보다 더 엄중한 의미를 포함하고 있었기 때문에 무척 놀랐지. 도를 위해서는 모든 것을 희생해야 한다는 것이 그의 제일 신조였기 때문에 절욕(節慾)이나 금욕은 물론, 비록 욕구를 배제한 순수한 사랑이라고 해도 도에 방해가 되는 것이었네. K가 스스로의 힘으로 생활하고 있을 때 나는 자주 그의 주장을 들었었지. 그 무렵부터 따님을 사모하고 있던 나는 당연히 그의 주장에 반대해야만 했네. 내가 반대하면 그는 언제나 안됐다는 얼굴을 했지. 거기에는 동정보다는 모멸감이 가득했네.

우리 둘은 이런 과거를 지나왔기 때문에 정신적으로 향상되고자 하는 마음이 없는 자는 바보다, 하는 말은 K에게 분명 뼈아픈 것이었지. 하지만 앞에서도 말했듯이, 나는 그 한마디로 그가 어렵게 쌓아 올린 과거를 흩어 버릴 생각은 아니었네. 오히려 그것을 지금처럼 쌓아 가게 하려는 것이었지. 그것이 도에 도달하든 하늘에 닿든 내 알 바 아니었네. 나는 다만 K가 갑자기 생활의 방향을 바꿔 내 이해와 충돌하는 걸 두려워했던 걸세. 요컨대, 내 말은 단순한 이기심의 발현이었던 것이네.

"정신적으로 향상되고자 하는 마음이 없는 자는 바보다."

나는 같은 말을 두 번 반복했네. 그리고 그 말이 K에게 어떤 영향을 미칠지 바라보고 있었네.

"바보야." 하고 이윽고 K가 대답했네. "나는 바보야."

K는 그 자리에 딱 멈춘 채 움직이지 않았네. 그는 땅바닥을 응시하고 있었지. 나는 순간 섬뜩했네. 마치 K가 좀도둑에서 돌변한 강도처럼 느껴졌기 때문일세. 그러나 그렇다고 하기에는 그의 목소리에 너무 힘이 없다는 것을 깨달았네. 나는 그의 눈빛을 보고 그의 상태를 읽으려 했지만, 그는 끝까지 얼굴을 들지 않았네. 그리고 천천히 다시 걷기 시작했지.

42

나는 K와 나란히 걸으며 그의 입에서 나올 다음 말을 마음속으로 은근히 기다렸네. 아니, 그의 약점을 찌르기 위해 다음 말을 숨어서 기다렸다고 하는 말이 맞을지도 모르겠네. 그때 나는 K를 속여 방심하게 한 후 그를 쳐도 상관없다고 생각했네. 그러나 나에게도 교육을 받은 만큼의 양심은 있었기 때문에 만약 누군가 나에게 다가와 너는 비겁하다고 한 마디 해 주었다면, 나는 그 순간 깜짝 놀라 제정신으로 돌아왔을지도 모르네. 만약 K가 그 사람이었다면 나는 아마도 그 앞에서 수치스러워 얼굴을 붉혔을 것이네. 다만 K는 나를 타이르기에는 지나치게 정직했고, 지나치게 단순했지. 사람이 너무도 선량했던 걸세. 눈이 뒤집힌 나는 그의 그런 면에 경의를 표하기는커녕 오히려 그 점을 공격하여 쓰러뜨리려 한 것이네.

K는 한참 후에 내 이름을 부르며 나를 보았네. 이번에는 내가 자연스럽게 걸음을 멈췄네. 그러자 K도 멈췄지. 나는 그때서야 겨우 K의 눈을 정면으로 볼 수 있었네. K는 나보다 키가 큰 남자였기 때문에 나는 자연스레 그의 얼굴을 올려다봐야만 했지. 나는 그런 태도로, 늑대와 같은 마음을 죄 없는 양을 향해 품고 있었네.

"이제 이런 이야기는 그만하자." 하고 그가 말했네. 이상하게도 그의 눈과 말에서 비통함이 느껴졌네. 나는 뭐라고 대답해야 할지 몰라 잠시 머뭇거렸지. 그러자 K는 다시 "그만둬 줘."라고 부탁하듯이 말했지. 나는 그때 그를 향해 잔혹한 대답을 했네. 늑대가 틈을 노려 양의 숨통을 끊어 놓듯이.

"그만둬 주라고. 내가 꺼낸 이야기가 아니라 처음부터 네가 시작한 이야기잖아. 네가 그만두고 싶으면 그만둬도 좋지만, 단순히 입으로만 그만둬서는 안 돼지. 네 마음에서 그것을 그만둘 각오가 없다면 말이야. 대체 너는 네 평생의 주장을 어떻게 할 셈이야?"

내가 이렇게 말했을 때, 키가 큰 그가 갑자기 내 앞에서 위축되어 작아지는 것 같았지. 그는 늘 말했듯이 고집이 센 남자였지만 한편으로는 남보다 갑절은 정직했기 때문에 자신의 모순을 심하게 비난받을 경우 결코 가만히 있을 수 없는 성격이었지. 나는 그 모습을 보고 겨우 안심했네. 그때 갑자기 그가 "각오?" 하고 되물었네. 그리고 내가 무슨 대답도 하기 전에 "각오? 각오

못할 것도 없지."라고 덧붙였네. 그 말은 혼잣말 같기도 했고, 꿈속에서 하는 말 같기도 했네.

우리는 그 말을 끝으로 고이시카와에 있는 집으로 발길을 돌렸네. 비교적 바람이 불지 않은 따뜻한 날이었지만, 어쨌거나 겨울이었으니 공원 안은 쓸쓸했네. 특히 서리 맞아 녹색 빛을 잃은 갈색의 삼나무가 침침한 하늘을 향해 가지를 뻗으며 우뚝 솟아 나란히 서 있는 것을 돌아봤을 때는 추위가 등짝을 파고드는 것 같았지. 우리들은 황혼 무렵의 혼고다이를 성큼성큼 빠른 걸음으로 지나쳐 다시 앞쪽 언덕으로 올라가기 위해 고이시카와 골짜기로 내려갔네. 그쯤이 되어서야 나는 겨우 외투 속에서 몸의 온기를 느끼기 시작했네.

서두른 탓도 있겠지만 우리는 돌아가는 길에 거의 입을 열지 않았네. 집으로 돌아와 식탁 앞에 앉았을 때, 아주머니는 어째서 늦었느냐고 물었지. 나는 K의 권유로 우에노에 다녀왔다고 대답했네. 아주머니는 "이렇게 추운데." 하며 놀란 태도를 보였지. 따님은 우에노에서 무슨 일이 있었는지 알고 싶어 했네. 나는 아무 일도 없었고, 그저 산책을 하고 왔다고만 대답했네. 평소에도 말이 없던 K는 여느 때보다 더 말이 없었지. 아주머니가 말을 걸어도, 따님이 웃어도 제대로 대답조차 하지 않았네. 그러고 나서 밥을 씹지도 않고 삼키듯이 먹고는 내가 아직 자리에서 일어나기도 전에 자기 방으로 가 버렸네.

43

그 무렵에는 각성이라거나 새로운 생활이라는 말이 아직 쓰이지 않던 시절이었네. 하지만 K가 예전의 자신을 깨끗이 던져 버리고 새로운 방향으로 달려가지 않았던 건 그에게 현대적 사고가 부족했기 때문이 아니네. 그에게는 내던져 버릴 수 없는 소중한 과거가 있었기 때문이네. 그는 그것 때문에 그때까지 살아왔다고 해도 좋을 정도였지. K가 일직선으로 사랑의 목적물을 향해 맹목적으로 돌진하지 않았다고 해서 결코 그 사랑이 미지근했다고 할 수는 없네. 아무리 치열한 감정이 불타고 있어도 그는 함부로 움직일 수 없었네. 앞뒤 사정을 잊어버릴 정도의 충동이 생길 수 있는 기회가 주어지지 않는 이상 K는 무슨 일이 있어도 잠깐 멈춰 서서 자신의 과거를 돌아봐야만 했지. 그러고 나면 지금까지 그래왔던 것처럼 과거가 가리키는 길을 걸어가야만 했던 걸세. 게다가 그는 현대인이 가지고 있지 않는 고집과 오기가 있었네. 나는 그 두 가지 점을 통해 그의 마음을 꿰뚫어 보고 있다고 여겼네.

우에노에서 돌아온 밤은 나에게 있어서 비교적 편안한 밤이었네. 나는 K가 방으로 돌아가자 그 뒤를 따라가 그의 책상 옆에 앉아 일부러 그저 그런 두서없는 잡담을 했네. 그는 귀찮아하는 듯했지. 내 눈은 승리감으로 다소 반짝였을 걸세. 내 음성은 분명 득의만만하게 울렸을 테고. 나는 얼마 동안 K와 화롯불에 손을 쬔 후, 내 방으로 들어갔네. 다른 일에 관해서는 무엇을 해도 그에게 미치지 못했던 나도 그때만큼은 그를 두려워할 게 없다는 자각을 하고 있었네.

이윽고 나는 평안하게 잠이 들었네. 그러나 갑자기 내 이름을 부르는 소리에 잠에서 깼네. 눈을 뜨고 보니, 장지문이 약 60센

티미터 정도 열려 있고 거기에 K의 검은 그림자가 드리워져 있었네. 그리고 그의 방에는 저녁때와 마찬가지로 아직 불이 켜져 있었네. 너무도 갑작스러워 나는 잠시 아무 말도 못하고 멍하니 그 광경을 바라보고 있었지.

그때 K는 벌써 자느냐고 물었네. K는 늘 늦게까지 깨어 있었지. 나는 검은 그림자 같은 K에게 무슨 용건이라도 있느냐고 되물었네. K는 특별한 용건은 없다며, 다만 자고 있는지 아니면 깨어 있는지 변소에 다녀오는 길에 물어본 것뿐이라고 대답했네. K는 불빛을 등에 받고 있어서 그의 안색이나 눈빛은 전혀 알 수가 없었지. 하지만 그의 목소리는 평소보다 오히려 차분하게 들렸네.

K는 이윽고 열었던 장지문을 꼭 닫았네. 내 방은 즉시 원래대로 어둠 속에 잠겼지. 나는 그 어둠 속에서 조용히 꿈을 꾸기 위해 다시 눈을 감았네. 나는 그 이후는 아무것도 모르네. 하지만 다음 날 아침, 어젯밤 일을 생각해 보니 왠지 이상했지. 나는 모든 것이 꿈이 아니었을까, 하고 생각했네. 그래서 아침을 먹을 때 K에게 물었지. K는 분명히 장지문을 열고 내 이름을 불렀다고 했네. 어째서 그런 짓을 했느냐고 물었더니 별다른 대답이 없었지. 김이 빠질 때쯤, 최근에 잠은 잘 자느냐고 오히려 K가 내게 묻는 걸세. 나는 왠지 이상한 기분이 들었네.

그날은 마침 강의 시간이 같았기 때문에 우리는 같은 시간에 집을 나섰네. 아침부터 어제 일이 마음에 걸렸던 나는 길을 가는 도중에 다시 K에게 물었네. 하지만 K는 역시 나를 만족시킬 만한 대답을 하지 않았지. 나는 그 사건에 대해서 뭔가 할 말이 있었던 것이 아니냐고 다그쳐 물었네. K는 그렇지 않다고 강한 어조로 잘라 말했지. 어제 우에노에서 "그 이야기는 그만하자."라고 말하지 않았느냐며 주의를 주는 듯했네. K는 그런 점에 있어서 자존심이 강한 남자였네. 문득 그 점을 깨달은 나는 갑자기 그가 말한 '각오'라는 말이 생각났네. 그러자 그때까지 전혀 신경 쓰고 있지 않았던 그 두 글자가 묘한 힘으로 나의 머리를 짓누르기 시작했네.

44

나는 K의 과단성 있는 성격을 잘 알고 있었네. 그런 그가 이 사건에 대해서만은 우유부단한 까닭도 나는 잘 이해할 수 있었네. 즉, 나는 그에 대해 전반적인 것을 이해한 상태에서 예외적인 경우까지도 분명히 파악하고 있다며 자신만만했던 것일세. 그러나 '각오'라는 그의 말을 머릿속에서 여러 번 생각하는 동안, 그 자신감이 점점 퇴색되더니 결국에는 흔들리기 시작했지. 나는 그에게 있어서 이 경우도 예외가 아닐지 모른다는 생각이 들었던 거네. 나는 그가 자신의 모든 의혹과 번민, 고뇌를 한 번에 해결할 수 있는 최후의 수단을 가슴속에 간직하고 있는 것이 아닐까, 하고 의심하기 시작한 거네. 그런 새로운 각도에 비추어 각오라는 두 글자를 다시 생각해 본 나는 깜짝 놀랐네. 그때 내가 그 놀라움을 가지고 다시 한 번 그가 말한 각오의 내용을 공정하게 잘 따져 보았더라면 좋았을 뻔했네. 슬프게도 나는 애꾸눈이었네. 나는 그것을 K가 따님에게 다가가겠다는 의미로 해석했지. 과단성 있는 그의 성격은 사랑을 얻기 위해 노력하는 방향으로 발휘될 것이라고, 그것이 곧 그의 각오라고 굳게 믿어 버린 것일세.

나에게도 최후의 결단이 필요하다는 소리가 마음속 귀에 들렸네. 나는 즉시 그 소리에 응해서 용기를 냈지. 나는 K보다 먼저, 게다가 K가 모르게 일을 진행시켜야만 한다고 다짐했네. 나는 말없이 기회를 노리고 있었네. 그러나 이틀이 지나고 사흘이 지나도 나는 그 기회를 얻을 수 없었지. 나는 K가 없을 때, 또 따님이 집을 비웠을 때를 기다려 아주머니와 담판을 지을 생각이었네. 그러나 한 사람이 없으면 다른 한 사람이 남아 있어서 날만 지나가고 있었지. 아무리 해도 '이때다' 싶은 좋은 기회가 오지 않았네. 나는 안절부절못했지.

일주일 후, 나는 결국 참지 못하고 꾀병을 부렸네. 아주머니를 비롯해 따님과 K에게도 일어나라는 재촉을 받았지만 건성으로 대답하고는 열 시 무렵까지 이불을 뒤집어쓰고 누워 있었지. 나는 K와 따님이 외출한 후 집안이 조용해졌을 때를 노려 자리에서 일어났네. 아주머니는 내 얼굴을 보자 곧바로 어디가 아프냐고 물었네. 음식을 방으로 가져다줄 테니 더 누워 있는 것이 좋을 거라고 충고하기도 했네. 아무 데도 아프지 않은 나는 더 이상 누워 있고 싶지 않았지. 세수를 하고 언제나처럼 거실에서 식사를 했다네. 그때 아주머니는 화로 맞은편에서 식사 시중을 들어 주었네. 나는 아침밥인지 점심밥인지 모를 밥그릇을 손에 들고 어떤 식으로 이야기를 꺼내면 좋을지만 생각하고 있었네. 그러니 옆에서 보기에는 정말 아픈 사람처럼 보였을 거네.

나는 식사를 끝내고 담배를 피웠네. 내가 자리에서 일어나지 않으니 아주머니도 화로 옆을 떠나지 못했지. 하녀를 불러 상을 물린 후에 쇠 주전자에 물을 붓거나 화롯가를 닦거나 하며 내 옆에서 분위기를 맞춰 주었지. 나는 아주머니에게 특별한 볼일이라도 있느냐고 물었네. 아주머니는 아니라고 대답했지. 그리고 거꾸로 왜 그러느냐고 되묻기에, 실은 잠깐 하고 싶은 말이 있다고 말했네. 아주머니는 무슨 일이냐며 내 얼굴을 보았지. 아주머니의 말투가 내 심정과는 달리 너무 가벼웠기 때문에 나는 다음 말을 잇지 못했네.

나는 어쩔 수 없이 적당히 이런 말 저런 말을 하다가 K가 최근에 무슨 말을 하지 않았느냐고 아주머니에게 물어보았네. 아주머니는 의외라는 듯이 "무슨 말을?" 하며 되물었네. 그리고 내가 대답하기 전에 "학생에게는 무슨 말을 했나요?"라고 오히려 질문을 했네.

45

K가 털어놓은 이야기를 아주머니에게 전할 마음이 없던 나는 "아니요."라고 대답한 후, 즉시 내 거짓말에 불쾌감을 느꼈네. 하는 수 없이 K에게 뭔가 부탁받은 것도 아니었기 때문에 K에 관한 용건이 아니라고 고쳐 말했네. 아주머니는 "그래요."라고 말하고는 다음 말을 기다렸네. 나는 결국 말을 해야만 하는 처지에 놓이게 되었지. 나는 느닷없이 "아주머니, 따님을 저에게 주십시오."라고 말했네. 아주머니는 내가 예상했던 것만큼 놀란 기색은 보이지 않았지만 한동안 대답할 말을 잃고 아무 말 없이 내 얼굴을 바라보았지. 한번 말을 내뱉었기 때문에 아주머니

가 아무리 내 얼굴을 쳐다봐도 신경 쓰지 않았네. "주십시오. 제발 주십시오."라고 말했네. "제 아내로 제발 주십시오."라고 말했지. 아주머니는 나이가 있는 만큼 나보다 훨씬 침착했지. "주는 건 좋지만, 너무 갑작스럽지 않나요?"라고 물었네. 내가 "갑자기 아내로 맞고 싶어졌어요."라고 즉시 대답했더니 웃기 시작했네. 그러고는 "신중하게 생각했나요?" 하고 확인하듯 물었네. 나는 갑자기 말을 꺼내긴 했지만 생각은 오래전부터 해 왔다고 강한 어조로 말했네.

그러고는 두세 번의 문답이 더 오갔지만 그것은 잊어버렸네. 남자처럼 시원시원한 면이 있는 아주머니는 보통 여자들과 다르게 이런 경우, 몹시 기분 좋게 이야기가 되는 사람이었네. 아주머니는 "좋습니다. 드리도록 하지요."라고 말했지. "드리도록이라는 식으로 으스대며 말할 처지도 아닙니다. 부디 받아 주세요. 아시는 대로 아비 없는 가엾은 아이예요."라며 나중에는 아주머니가 부탁했네.

이야기는 간단하고 명료하게 정리되었네. 이야기를 시작해서 결론이 나기까지 십오 분도 걸리지 않았지. 아주머니는 아무런 조건도 내걸지 않았네. 친척들에게 의논할 필요 없이 나중에 알리면 그것으로 충분하다고 말했네. 따님의 의향조차 물을 것 없다고 분명히 말했지. 그런 점에 있어서는 학문을 한 내가 오히려 형식에 구애받는 것 같았네. 친척은 차치하더라도 본인에게는 미리 이야기를 해서 승낙을 받는 것이 순서가 아니냐는 내 말에, 아주머니는 "괜찮아요. 딸이 승낙하지 않는데 내가 보낼 리가 없잖아요."라고 말했네.

내 방으로 돌아온 나는 일이 너무 쉽게 진행된 것에 오히려 이상한 기분이 들었다네. 정말 괜찮은 걸까, 하는 의심마저 들 정도였지. 그러나 내 미래의 운명은 이것으로 정해졌다고 생각하자 나의 모든 것이 새로워졌다네.

나는 점심때쯤 다시 거실로 나가 아주머니에게 오늘 아침의 이야기를 따님에게 언제 전할 생각이냐고 물었네. 아주머니는 자신이 알고 있으니 언제 전하든 상관없지 않느냐는 식으로 말했지. 이렇게 되니 왠지 나보다 아주머니가 남자다운 것 같아 그 자리에서 일어서려 했네. 그러자 아주머니가 나를 만류하더니, 만약 빨리 전하기를 원한다면 오늘이라도 집에 돌아오는 대로 말하겠다고 했네. 나는 그러는 편이 좋겠다고 대답한 후 다시 내 방으로 돌아왔지. 그러고는 잠자코 내 책상 앞에 앉아 두 사람이 소곤소곤 이야기하는 것을 멀리서 듣고 있는 나를 상상해 보았네. 그랬더니 왠지 침착하게 앉아 있을 수 없을 것 같았지. 결국 나는 모자를 쓰고 밖으로 나갔다가 언덕 아래서 따님과 우연히 마주쳤네. 아무것도 모르는 따님은 나를 보고 놀란 듯했지. 내가 모자를 벗고 "지금 와요?"라고 묻자, 따님은 벌써 병이 나았느냐고 이상하다는 듯이 물었네. 나는 "네, 나았어요. 나았어." 라고 대답하고 성큼성큼 수이도바시(水道橋) 쪽으로 방향을 바꾸었지.

46

나는 사루가쿠초(猿楽町)에서 진보초(神保町)거리[22]로 나가 오

22) 헌책방 거리.

가와마치(小川町) 쪽으로 방향을 바꾸었지. 내가 이 근방을 걷는 것은 늘 헌책방을 둘러보는 것이 목적이었지만 그날은 손때 묻은 책 따위를 볼 기분이 전혀 들지 않았네. 나는 걸으며 끊임없이 집에서 있을 일을 생각하고 있었네. 조금 전에 대화를 나눈 아주머니를 생각했고, 따님이 집으로 돌아간 후를 상상했네. 즉, 아주머니와 따님에 대한 생각이 나를 걷게 만들었던 걸세. 가끔 나는 거리 한가운데서 나도 모르게 문득 멈춰 섰네. 그리고 지금 쯤이면 아주머니가 따님에게 이야기하고 있을 거라고 생각했네. 또, 얼마 후에는 지금쯤 이야기가 끝났을 거라고 생각했네.

나는 마침내 만세이(万歳) 다리를 건너서 묘진(明神)언덕을 올라가 혼고다이로 갔다가 다시 기쿠(菊)언덕을 내려가서 마지막에는 고이시카와 쪽으로 내려갔지. 내가 걸었던 거리는 이 세 구역[23]에 걸쳐 찌그러진 원 모양을 그렸다고나 할까. 하여간 나는 이 긴 거리를 산책하는 동안 K에 대해서는 거의 생각하지 않았네. 지금 그때의 나를 돌아보며 어째서 그랬느냐고 스스로에게 물어봐도 전혀 모르겠네. 다만 이상하다는 생각이 들 뿐이네. K에 대해서 잊고 있을 정도로 내 마음이 긴장하고 있었다고 하면 그뿐이지만, 내 양심상 그것은 용서할 수 없는 일일세.

K에 대한 내 양심이 부활한 것은 내가 집의 미닫이문을 열고 현관에서 집 안으로 들어갈 때, 즉 늘 그랬듯이 그의 방을 지나는 순간이었네. 그는 늘 그렇듯이 책상 앞에 앉아 책을 읽고 있었네. 그리고 늘 그랬듯이 책에서 눈을 떼고 나를 보았네. 하

---

23) 구 혼쿄 구, 고이시카와 구, 칸다 구를 가리킨다. 현재는 혼쿄 구와 고이시카와 구가 합쳐져 분쿄 구가 되었고, 칸다 구는 치요다 구로 개칭되었다.

지만 늘 그랬던 것과 달리 지금 왔냐는 말은 하지 않았네. 그는 "아픈 건 벌써 나았어? 병원이라도 다녀오는 길이야?" 하고 물었네. 나는 그 순간 K 앞에 손을 짚고 엎드려 사과하고 싶어졌네. 그 순간 내가 느낀 충동은 결코 약한 것이 아니었네. 만약 K와 나 단둘만 황야 가운데 서 있었다면, 나는 분명 양심의 명령에 따라 그 자리에서 그에게 사죄했을 것이라고 생각하네. 그러나 집에는 다른 사람들이 있었네. 사죄하고 싶은 나의 자연은 거기서 저지당하고 말았지. 그리고 슬프게도 영원히 부활하지 않았다네.

저녁 식사 시간에 K와 나는 또 얼굴을 마주 보게 되었네. 아무것도 모르는 K는 그저 가라앉아 있을 뿐, 조금도 의심의 눈초리를 내게 보내지 않았네. 아무것도 모르는 아주머니는 평소보다 기쁜 듯했네. 나만이 모든 것을 알고 있었지. 나는 납덩이 같은 밥을 먹었네. 그때 따님은 평소와는 다르게 식탁에 나타나지 않았네. 아주머니가 재촉을 하자 옆방에서 곧 가겠다고 대답했을 뿐이었지. 그 대답을 듣고 있던 K는 이상하다는 듯이 결국에는 무슨 일이냐고 아주머니에게 물었지. 아주머니는 아마도 부끄러워서 그럴 것이라고 말하며 잠시 내 얼굴을 쳐다보았네. K는 여전히 이상하다는 듯이 어째서 부끄러워하느냐고 되물었네. 아주머니는 미소를 지으며 또 내 얼굴을 보았지.

나는 식탁 앞에 앉자마자 아주머니의 표정으로 일이 돌아가는 상황을 거의 짐작하고 있었네. 그러나 아주머니가 내 앞에서 K에게 모조리 설명한다면 견딜 수 없을 것 같았지. 아주머니는 그 정도의 일은 아무렇지 않게 말할 수 있는 여자였기 때문에 나는 조마조마했네. 다행히 K는 다시 입을 다물었네. 평소보다 다소 기분이 좋았던 아주머니도 결국 내가 걱정하던 것까지는 이야기하지 않았지. 나는 안도의 한숨을 내쉬며 내 방으로 돌아왔네. 하지만 내가 앞으로 어떤 식으로 K를 대하면 좋을지 생각해야만 했지. 나는 여러 가지 변명을 마음속으로 생각해 보았네. 그러나 어떤 것도 K를 납득시키기에는 부족한 것이었지. 비겁한 나는 결국 나 자신을 K에게 설명해야 한다는 게 싫어졌네.

47

나는 그대로 이삼일을 보냈네. 그 이삼일 동안 K에 대한 끊임없는 불안이 나의 가슴을 짓누른 것은 말할 필요도 없을 걸세. 그렇지 않아도 그에게 미안하다는 생각을 하고 있는데, 아주머니의 말투나 따님의 태도가 항상 나를 찌르듯이 자극했기 때문에 나는 더욱 괴로웠네. 남자다운 면이 있는 아주머니는 식탁에서 느닷없이 내 일을 말할지도 몰랐기 때문일세. 특히 그 이후로 나를 대할 때 눈에 띄게 달라진 따님의 태도도 K의 마음을 어둡게 하는 의심의 씨앗이 되지 않았다고 단언할 수 없네. 나는 어떻게 해서든 나와 그 가족 간에 성립된 새로운 관계를 K에게 알려야만 하는 처지에 놓이게 되었네. 그러나 윤리적인 약점이 있다고 스스로 인정하고 있던 나에게 그것은 지극히 어려운 일처럼 느껴졌지.

나는 어쩔 수 없이 아주머니에게 대신 말해 달라고 부탁할까도 생각해 봤네. 물론 내가 없는 동안 말이네. 그러나 있는 그대로를 전하는 것은 직접 전하느냐 간접적으로 전하느냐의 차이만 있을 뿐 면목이 서지 않기는 마찬가지였지. 그렇다고 해서 말을 꾸며서 해 달라고 부탁할 수도 없었네. 왜냐하면 아주머니가 분명 그 이유를 물을 테니 말이네. 만약 아주머니에게 모든 사정을 털어놓고 부탁한다면 내 약점을 내가 사랑하는 사람과 그 모친 앞에 몽땅 드러내야만 했네. 고지식한 나로서는 그것이 나에 대한 신뢰에 지장을 줄 것이라는 생각밖에 들지 않았지. 결혼하기 전부터 사랑하는 사람의 신뢰를 잃는다는 것은, 극히 작은 것이라도 나에게는 견딜 수 없는 불행처럼 보였네.

요컨대, 나는 정직한 길을 걸으려다가 그만 발을 헛디딘 바보였네. 혹은 교활한 남자였네. 그리고 그 사실을 알고 있는 존재는, 당시로서는 다만 하늘과 나의 마음뿐이었네. 그러나 다시 일어나 또 한 걸음을 내딛기 위해서는, 방금 헛디딘 것을 반드시 주위 사람들에게 알릴 수밖에 없는 처지에 놓인 것이었지. 나는 어디까지나 발을 헛디딘 것을 숨기고 싶었네. 동시에 어떻게 해서라도 앞으로 나아가야만 했지. 나는 그 사이에 낀 채 또다시 꼼짝도 못하게 되었다네.

대엿새 후 갑자기 아주머니가 K에게 그 사실을 이야기했는지 내게 물었네. 나는 아직 말하지 않았다고 대답했지. 그러자 아주머니는 어째서 말하지 않았느냐고 따지듯 물었네. 나는 그 물음 앞에 굳어 버렸지. 그때 아주머니가 나를 놀라게 한 말을 나는 지금도 잊지 않고 기억하고 있네.

"그래서 내 말에 이상한 얼굴을 했었군요. 학생도 나빠요. 평소에 그렇게 친하게 지내면서, 아무 말 않고 아무 일도 없는 척하다니."

나는 그때 K가 뭐라고 말하지 않더냐고 아주머니에게 물었네. 아주머니는 별달리 한 말은 없었다고 대답했네. 그러나 나는 더욱 자세하게 물을 수밖에 없었지. 아주머니는 아무것도 숨길 게 없다며, 특별한 말은 없었다고 하면서도 K의 모습을 낱낱이 말해 주었네.

아주머니가 한 말을 종합해서 생각해 보면, K는 그 최후의 타격을 가장 차분하게 받아들였던 것 같네. K는 따님과 나 사이에 맺어진 새로운 관계에 대해서 처음에는 "그렇습니까."라고 단지 한마디 했을 뿐이라고 했네. 그러나 아주머니가 "학생도 기뻐해 주세요."라고 말했을 때, 비로소 그는 아주머니의 얼굴을 바라보고 미소를 지으며 "축하합니다."라는 말을 남긴 채 자리에서 일어섰다더군. 그리고 장지문을 열기 전에 다시 아주머니를 돌아보며 "결혼은 언제 하나요?"라고 묻고는 "뭔가 축하할 선물을 드리고 싶은데, 돈이 없어서 드릴 수가 없군요."라고 했다더군. 아주머니 앞에 앉아 있던 나는 그 말을 듣고 가슴이 막힌 듯 고통스러웠지.

48

따져 보니 아주머니가 K에게 이야기를 한 지 이틀 남짓 지난 때였네. 그러는 동안 K는 나를 대할 때 이전과 조금도 다름이 없었네. 그래서 나는 K가 그 사실을 안다는 것을 전혀 눈치채지 못하고 있었지. 그의 초연한 태도는 비록 외관상이라고 해도 감탄할 만하다고 생각했네. 그와 나를 머릿속으로 비교해 보면 그가 훨씬 멋져 보였지. '나는 책략에서는 이겼지만 인간으로서는 졌구나.' 하는 생각이 내 가슴에서 소용돌이쳤네. 나는 그때 얼마나 K가 경멸했을까 싶어 나도 모르게 얼굴을 붉혔네. 그러나 그제서야 K 앞에서 수치를 당할 수는 없었네. 내 자존심에 너무도 큰 상처를 입는 일이었으니까.

내가 말할지 말지를 생각하며 일단 다음 날까지 기다리기로 결심한 것은 토요일 밤이었네. 그런데 그날 밤에 K는 자살해 버렸네. 나는 지금도 그 광경을 생각하면 오싹하다네. 언제나 동쪽으로 머리를 두고 자던 내가 그날 밤에는 우연히 서쪽으로 이부자리를 깐 것도 무슨 징조였는지 모르겠네. 나는 머리맡에서 불어오는 차가운 바람에 문득 눈을 떴다네. 언제나 꼭 닫혀 있는 K와 내 방 사이의 문이 지난번 밤과 마찬가지로 열려 있는 것이 보였지. 하지만 저번처럼 K의 검은 그림자는 거기에 서 있지 않았네. 나는 암시를 받은 사람처럼 팔꿈치로 바닥을 짚고 일어나면서 K의 방을 들여다보았네. 램프가 희미하게 켜져 있었지. 그리고 요도 깔려 있었네. 그러나 덮는 이불은 발로 걷어찬 것처럼 한쪽에 겹쳐져 있었지. 그리고 K는 반대 방향으로 엎드려 있었네.

나는 "이봐." 하고 불렀지. 그러나 아무 대답이 없었네. "이봐, 무슨 일이야." 하고 나는 다시 K를 불렀지. 그래도 K는 조금도 움직이지 않았네. 나는 곧바로 일어나서 문지방까지 갔네. 거기서 그의 방을 어두운 램프 빛에 의지해 둘러보았지.

그때 내가 받은 첫 느낌은 K에게 갑자기 따님에 대한 사랑 고백을 들었을 때와 거의 같은 것이었네. 나의 눈은 그의 방을 한 번 보자마자 마치 유리로 만든 의안처럼 움직일 수 있는 능력을 잃어 버렸네. 나는 막대기처럼 우뚝 선 채 꼼짝하지 못했지. 그 광경이 질풍처럼 나를 통과한 후에서야 나는 아아 큰일이구나, 하고 생각했네. 이미 늦었다는, 검은 빛이 내 미래를 관통하여 일순간 내 앞에 가로놓인 생애를 무섭게 비췄다네. 그리고 나는 와들와들 떨기 시작했네.

그런데도 나는 끝까지 자아로 가득한 나 자신을 잃지 않았네. 나는 즉시 책상 위에 놓여 있는 편지를 발견했네. 그것은 예상대로 나에게 쓴 것이었지. 나는 정신없이 봉투를 뜯었네. 그러나 그 안에는 내가 예상했던 건 아무것도 쓰여 있지 않았네. 나에게 있어서 얼마나 괴로운 말들이 그 안에 적혀 있을까, 하고 예상하고 있었는데 말일세. 그리고 만약 그것을 아주머니나 따님이 보게 된다면 경멸을 당할지도 모른다는 공포심도 있었지. 나는 잠깐 훑어본 후 우선 살았다, 하고 생각했네. (물론 세상 사람들에 대한 이목에서 '살았다'지만, 그 세상 사람들이 이 경우에는 몹시 중대하게 느껴졌다네.)

편지 내용은 간단했네. 그리고 추상적이었지. 자신은 의지가 약하고 실행 능력이 모자라 도저히 앞으로 살아갈 희망이 보이지 않으니 자살한다는 것이었네. 그리고 지금까지 내 신세를 진 것에 대한 감사의 말이 극히 간단하게 덧붙여 있었지. 신세를 진 김에 사후 처리도 부탁한다고 했네. 아주머니에게 피해를 끼쳐서 죄송하다며 부디 용서해 달라는 말도 있었지. 고향에는 나더러 소식을 전해 달라는 부탁도 있었네. 필요한 것에 대해 모두 한 마디씩 쓰여 있었지만 따님의 이름은 어디에도 보이지 않았지. 나는 끝까지 읽고 나서 K가 일부러 회피했다는 사실을 즉시 깨달았네. 그러나 내가 가장 뼈아프게 느낀 것은 먹물이 남아 덧붙인 것처럼 보이는 '더 일찍 죽었어야 했는데, 무슨 이유로 지금까지 살아 있었나.' 하는 의미의 문장이었네.

나는 떨리는 손으로 편지를 접어 다시 봉투 안에 집어넣었네. 나는 일부러 그것을 사람들 눈에 잘 띄도록 원래대로 책상 위에 놓았지. 그러고 나서 돌아섰을 때 비로소 장지문에 세차게 뿜어져 있는 핏자국을 보았다네.

49

나는 갑자기 K의 머리를 끌어안듯이 양손으로 조금 들어 올렸네. 죽은 K의 얼굴을 한번 보고 싶었지. 그러나 엎드려 있는 그의 얼굴을 아래서 올려다본 순간 나는 손을 놓아 버렸네. 오싹해서 그런 것만은 아니었네. 그의 머리가 몹시도 무겁게 느껴졌기 때문이었지. 나는 방금 만졌던 차가운 귀와 평소와 다름없는 짧고 빳빳한 머리카락을 위에서 잠시 바라보고 있었네. 울고 싶은 마음은 조금도 들지 않았네. 나는 다만 두려웠네. 그리고 그 두려움은 눈앞의 광경이 관능을 자극해서 일어나는 단순한 두려움이 아니었네. 나는 갑자기 차가워져 버린 친구에 의해 암시된 운명의 두려움을 깊이 느꼈던 걸세.

나는 허둥지둥 다시 내 방으로 돌아왔네. 그리고 방 안을 빙글빙글 돌기 시작했지. 나의 머리는 나에게 무의미하지만 당분간 그렇게 움직이라고 명령했네. 나는 뭔가를 해야 한다고 생각했네. 동시에 어떤 것도 할 수 없다고 생각했네. 방 안을 빙글빙글 돌지 않으면 견딜 수 없었네. 마치 우리 안에 갇힌 곰처럼.

나는 순간순간 안으로 들어가 아주머니를 깨우고 싶기도 했네. 그러나 여자에게 이 무시무시한 광경을 보여서는 안 된다는 생각이 즉시 나를 가로막았지. 아주머니는 차치하고서라도 따님을 놀라게 해서는 안 된다는 강한 의지가 나를 억눌렀네. 나는 다시 방 안을 빙글빙글 돌기 시작했네.

그러다가 내 방 램프에 불을 붙였네. 그리고 때때로 시계를 보았지. 그때만큼 시간이 더디게 간 적도 없었네. 내가 일어난 정확한 시간은 알 수 없지만 새벽이 가까웠던 때라는 것만은 확실하네. 빙글빙글 돌면서 날이 밝기를 애타게 기다리던 나는 영원히 어두운 밤이 계속되는 것은 아닌가 싶어 견딜 수가 없었네.

우리들은 항상 일곱 시 전에 일어났네. 강의는 여덟 시부터 있는 날이 많았기 때문에 그 시간에 일어나지 않으면 늦었지. 그래서 하녀는 여섯 시 무렵에 일어났네. 그러나 그날 내가 하녀를 깨우러 간 것은 여섯 시 전이었네. 그러자 아주머니가 오늘은 일요일이라며 주의를 주었지. 아주머니는 내 발소리에 잠이 깬 모양이었네. 나는 아주머니에게 잠이 깼으면 잠깐 내 방으로 와 달라고 부탁했네. 아주머니는 잠옷 위에 평상복인 하오리를 걸치고 내 뒤를 따라왔네. 나는 방으로 들어가자마자 지금까지 열려 있던 장지문을 즉시 닫았네. 그리고 아주머니에게 뜻밖의 일이 벌어졌다고 작은 소리로 말했네. 아주머니는 무슨 일이냐고 물었지. 나는 턱으로 옆방을 가리키며 "놀라서는 안 됩니다."라고 했네. 아주머니의 얼굴은 창백해졌지. "아주머니, K가 자살했어요."라고 내가 말했네. 아주머니는 그 자리에 못 박힌 듯 내 얼굴을 잠자코 보고 있었네. 그때 나는 갑자기 아주머니 앞에서 손을 바닥에 짚고 머리를 숙였네. "죄송합니다. 제가 나빴어요. 아주머니에게도 따님에게도 죄송하게 됐습니다."라고 사죄했지. 나는 아주머니를 대하기 전까지만 해도 그런 말을 할 생각은 전혀 없었네. 그러나 아주머니의 얼굴을 본 순간, 갑자기 나도 모르게 그렇게 말해 버린 것이었지. K에게 용서를 빌 수 없었던 나는 그렇게 아주머니와 따님에게라도 사죄하지 않고서는 견딜 수 없었던 것이라고 생각해 주게. 즉, 사죄하고 싶은 나의 자연이 평소의 나를 뚫고 나와 참회를 한 것이었지. 아주머니가 그렇게 깊은 의미로 해석하지 않은 것은 내게 다행이었네. 창백한 얼굴로 "불의의 사건인데 어쩔 수 없잖아요."라고 위로하듯 말해 주었지. 그러나 아주머니의 얼굴은 놀라움과 두려움을 새겨 넣은 것처럼 딱딱하게 굳어 있었네.

50

나는 아주머니가 가엾었지만 다시 일어나 지금 막 닫은 장지문을 열었네. 그때 램프의 기름이 다 떨어졌는지 방 안은 어두컴컴했네. 내가 되돌아가서 내 램프를 가지고 와 손에 든 채 입구에 서서 아주머니를 뒤돌아보았지. 아주머니는 숨듯이 내 뒤에서 K의 방을 들여다보았네. 그러나 들어가려고 하지는 않았지. 거기는 그대로 두고 덧문을 열어 달라고 내게 말했네.

그 후 아주머니는 과연 군인의 미망인답게 요령 좋게 일을 처리 했네. 나는 의사를 부르러 갔네. 또 경찰서에도 갔지. 그것은 모두 아주머니의 지시에 의한 것이었네. 아주머니는 그런 절차가 끝날 때까지 아무도 K의 방에 들어가지 못하게 했네.

K는 작은 나이프로 경동맥을 끊고 단숨에 죽었네. 밖으로 드

러난 상처는 거의 없었지. 내가 꿈속인 것처럼 어두침침한 램프 불 아래서 본 장지문의 피는 그의 목덜미에서 일시에 뿜어져 나온 것이었네. 나는 한낮의 햇빛 아래서 그 흔적을 다시 바라보았네. 인간의 피가 이렇게 세차게 뿜어져 나올 수 있다는 것에 놀랐네.

아주머니와 나는 할 수 있는 모든 수단과 방법을 동원하여 K의 방을 청소했네. 그의 피는 다행히도 대부분 이불에 흡수되어 다다미는 그다지 더럽혀지지 않았기 때문에 뒤처리는 그리 어렵지 않았네. 아주머니와 나는 그의 시체를 내 방으로 옮겨 평소 자고 있는 모습대로 뉘여 놓았네. 그 후 나는 그의 친가에 전보를 치러 나갔지.

내가 돌아왔을 때 K의 머리맡에는 향이 피워져 있었네. 방에 들어가자 향냄새가 코를 찔렀지. 나는 그 연기 속에 앉아 있는 두 여인을 발견했네. 내가 따님의 얼굴을 본 것은 전날 밤 이후 그때가 처음이었네. 따님은 울고 있었지. 아주머니도 눈이 빨개져 있었네. 사건이 일어난 후 그때까지 우는 것을 잊고 있던 나도 비로소 슬픈 기분에 휩싸였네. 내 가슴은 그 슬픔으로 인해 얼마나 편해졌는지 모른다네. 고통과 공포로 바짝 옥죄어 들었던 내 마음에 약간의 여유를 준 것은 그때의 슬픔이었네.

나는 말없이 두 사람 옆에 앉았네. 아주머니는 나에게도 향을 올리라고 말했지. 나는 향을 올리고 다시 아무 말 없이 앉아 있었네. 따님은 나에게 아무런 말도 하지 않았네. 가끔 아주머니와 한두 마디 나누었지만 그것은 그 자리에서 해야 할 말이 있었기 때문이었지. 따님은 K의 생전에 대해서 말할 정도의 여유가 그때까진 없었네. 나는 그래도 어젯밤의 끔찍한 광경을 보이지 않아서 다행이라고 생각했네. 젊고 아름다운 사람에게 끔찍한 광경을 보이면 그 아름다움이 파괴되어 버릴 것 같아서 두려웠지. 두려움이 내 머리털 말단까지 도달했을 때조차도 나는 그 생각을 도외시하고 행동할 수 없었네. 나는 죄 없는 아름다운 꽃에 함부로 채찍을 가하는 것과 같은 불쾌감을 느꼈던 걸세.

고향에서 K의 아버지와 형이 올라왔을 때, 나는 K의 유골을 묻을 장소에 대해 내 의견을 말했네. K가 살아 있을 때, 우리는 종종 조시가야 근처를 함께 산책한 적이 있었지. K는 그곳을 매우 마음에 들어 했다네. 그래서 나는 농담조로 그렇게 마음에 들면 죽은 후 여기에 묻어 주겠다고 약속한 적이 있었지. 그 약속대로 조시가야에 묻어 주기는 했지만, 그렇게 했다고 해서 어느 정도 죄를 용서받을 수 있는지 모르겠네. 그러나 나는 내가 살아 있는 한 K의 무덤 앞에 무릎 꿇고 매달 참회하고 싶었네. 그때까지 신경 쓰지 않았던 K를 내가 모든 면에서 보살펴 준 것에 대한 도리에서였는지, K의 아버지와 형은 내가 원하는 대로 하게 해 주었네.

51

K의 장례식이 끝나고 돌아가는 길에 나는 그의 친구 중 한 명에게 K가 어째서 자살했느냐는 질문을 받았네. 사건이 일어난 후 셀 수도 없이 계속된 그 질문 때문에 얼마나 고통을 받았는지 모르네. 아주머니도 따님도, 고향에서 올라온 K의 아버지와 형도, 연락을 받은 지인도, 그와 아무런 연고도 없는 신문 기자까

지도 반드시 나에게 그 질문을 했네. 내 양심은 그때마다 쿡쿡 찔리듯이 아팠네. 그리고 나는 그 질문에 뒤이어 '어서 네가 죽였다고 자백해 버려.'라는 소리를 들었네.

내 대답은 누구에게나 같았지. 나는 오직 그가 내 앞으로 써서 남긴 편지를 반복할 뿐, 다른 말은 한 마디도 더하지 않았네. 장례식에서 돌아가는 길에 같은 질문을 던지고 같은 대답을 들은 K의 친구는 품속에서 신문 한 장을 꺼내 내게 보여 주었네. 나는 걸으면서 그 친구가 가리킨 곳을 읽었네. 거기에는 K가 부모 형제에게 의절당한 결과 염세적인 생각에 사로잡혀 자살했다고 쓰여 있었네. 나는 아무 말 없이 신문을 접어서 그 친구의 손에 건넸네. 그 친구는 그 외에도 K가 정신 이상을 일으켜 자살했다고 쓴 신문도 있다고 가르쳐 주었네. 바빴기 때문에 거의 신문을 읽을 시간이 없었던 나는 그 부분에 대해서 전혀 모르고 있었지만 마음속으로 계속 걱정은 하고 있던 참이었네. 나는 무엇보다도 하숙집 사람들에게 폐가 되는 기사가 나오지 않을까 싶어 두려웠네. 특히 이름만이라도 따님이 언급된다면 견딜 수가 없을 것 같았지. 나는 그 친구에게 그 외에 다른 신문은 없었느냐고 물었네. 그는 자신의 눈에 띈 것은 단지 그 두 가지뿐이었다고 대답했지.

내가 지금 있는 집으로 이사한 것은 그 일이 있은 후 얼마 지나지 않아서였네. 아주머니도 따님도 그 집에서 사는 것을 싫어했고, 나도 그 밤의 기억을 매일 밤 되풀이하는 것이 괴로웠기 때문에 의논 끝에 옮기기로 결정한 것이었네.

집을 옮기고 두 달 정도 지나서 나는 무사히 대학을 졸업했네. 그리고 졸업 후 반년도 지나지 않아서, 드디어 따님과 결혼했네. 겉으로 보면 만사가 예상대로 진행됐기 때문에 축하할 일이었지. 아주머니도 따님도 꽤 행복해 보였네. 나도 행복했네. 그러나 나의 행복에는 검은 그림자가 드리워 있었지. 나는 이 행복이 결국에는 나를 슬픈 운명으로 인도할 도화선이 아닐까, 하고 생각했네.

결혼했을 때 따님이— 이제 따님이 아니라 아내라고 하겠네.— 아내가 무슨 생각을 했는지 둘이서 K에게 참배를 가자는 말을 꺼냈네. 나는 이유도 없이 그저 놀랐네. 나는 어째서 갑자기 그럴 생각이 들었느냐고 물었네. 아내는 둘이서 함께 성묘를 가면 K가 분명 기뻐할 것이라고 대답했네. 나는 아무것도 모르는 아내의 얼굴을 가만히 들여다보다가 아내에게 어째서 그런 얼굴을 하느냐는 말을 듣고 비로소 정신이 들었지.

나는 아내의 바람대로 둘이서 함께 조시가야에 갔네. 나는 K의 묘에 물을 뿌리고 씻어 주었네.[24] 아내는 그 앞에 향과 꽃을 올렸지. 우리 두 사람은 머리를 숙이고 합장을 했네. 분명 아내는 나와 결혼하게 되었다고 보고하며 K가 기뻐해 주길 바랐겠지. 나는 마음속으로 오직 내가 나빴다는 말만 반복했을 뿐이네.

그때 아내는 K의 묘를 쓰다듬고는 훌륭하다고 말했네. 그 묘는 대단한 것은 아니었네만 내가 직접 석재 가게에 가서 고른 것이었기 때문에 아내는 그렇게 말하고 싶었을 걸세. 나는 그 새로운 묘와 나의 새로운 아내 그리고 땅속에 묻힌 K의 새로운 백골을 비교하며 운명의 냉매(冷罵)를 느끼지 않을 수 없었네. 나는

---

24) 일본의 묘는 돌로 만든다.

그 이후로 결코 아내와 함께 성묘하러 가지 않겠다고 다짐했네.

52

죽은 친구에 대한 그런 느낌은 언제까지나 계속되었네. 실은 나도 처음부터 그것을 두려워하고 있었네. 오랜 바람이었던 결혼조차 불안함 가운데 식을 올렸다고 해도 과언이 아니었지. 그러나 자기 자신의 미래를 내다볼 수 없는 인간의 일이니, 경우에 따라서는 그것으로 심기일전하여 새로운 삶이 시작될지도 모른다고 생각했네. 그런데 드디어 남편으로서 아침저녁으로 아내와 얼굴을 마주하고 보니 나의 덧없는 희망은 냉혹한 현실로 인해 맥없이 파괴되고 말았네. 아내의 얼굴을 보고 있을 때면 갑자기 K가 위협하는 것이었네. 즉, 아내가 중간에 서서 K와 나를 연결시키고 있는 것 같았지. 아내의 어떤 부분에서도 부족함을 느끼지 못했지만 나는 단지 그 점으로 인해 아내를 멀리하고 싶었네. 그러자 여자의 감은 그것을 즉시 알아챘네. 알아차리긴 했지만 이유는 몰랐지. 나는 때때로 아내에게 어째서 그렇게 생각에 잠겨 있느냐, 뭔가 마음에 들지 않는 일이라도 있느냐 등의 힐문을 받았다네. 웃으며 넘길 수 있을 때는 그래도 괜찮았지만, 때에 따라서는 아내도 화를 낼 때가 있었네. 결국, "당신은 나를 싫어하지요."라든가 "뭔가 내게 숨기고 있는 것이 틀림없어요."라는 원망의 말도 들었지. 그때마다 나는 괴로워했네.

나는 차라리 과감하게 있는 그대로를 아내에게 털어놓으려고 한 적도 여러 번 있었네. 그러나 막상 털어놓으려 하면 다른 어떤 힘이 엄습해 와서 갑자기 나를 억눌렀네. 나를 이해해 주는 자네이기에 설명할 필요도 없다고 생각하네만, 나온 김에 얘기해 두지. 그 당시 나는 아내에게 나에 대해서 꾸밀 생각은 전혀 없었네. 만약 내가 죽은 친구 앞에서처럼 선량한 마음으로 아내 앞에서 참회했다면 아내는 기쁨의 눈물을 흘리며 분명 나를 용서했을 것이네. 그럼에도 불구하고 그러지 않았던 것은 나에게 이해타산이 있어서가 아니라네. 다만 아내의 기억에 어두운 부분을 남기기 싫었기 때문에 털어놓지 않은 것일세. 티 없이 맑고 깨끗한 것에 약간이라도 흠집을 내는 것은 내게 있어서 몹시도 고통스러운 일이었다고 이해해 주게.

일 년이 지나도 K를 잊을 수 없었던 나의 마음은 항상 불안했지. 나는 이 불안을 제거하기 위해 책에 빠져 살려고 했네. 나는 맹렬한 기세로 공부하기 시작했지. 그리고 그 결과를 세상에 공개할 날이 오기를 기다렸네. 그러나 무리하게 목표를 세우고 무리해서 그 목적이 달성될 날을 기다리는 것은 거짓이었기 때문에 유쾌하지 않았지. 나는 아무리 해도 책에 마음을 둘 수 없었네. 나는 또다시 팔짱을 끼고 세상을 바라보기 시작했지.

아내는 그런 나에 대해 먹고사는 데 지장이 없기 때문에 긴장감이 없는 거라고 생각하는 듯했네. 아내 집안도 모녀 둘 정도는 일하지 않아도 그럭저럭 살아갈 정도의 재산이 있는 데다가, 나도 직업을 굳이 갖지 않아도 될 정도의 처지였기 때문에 그렇게 생각하는 것도 당연했네. 내게도 그런 면이 없지 않았지. 하지만 내가 움직이지 않은 주요한 원인은 그런 게 전혀 아니었네. 숙부에게 기만당한 나는 사람은 믿을 존재가 아니라 것을 절실히 느꼈지만 다른 사람을 나쁘게만 여겼지, 나 자신은 확실히 믿을 수 있다고 여겼네. 세상이야 어찌됐든 나는 훌륭한 인간이라는 신념이 어딘가에 있었던 걸세. 그런데 그것이 K로 인해 보기 좋게 파괴당해 버리고 나 자신도 숙부와 같은 인간이라는 걸 의식하게 되었을 때, 나는 갑자기 비틀거리기 시작했네. 타인에게 정나미가 뚝 떨어진 나는 나 자신에게도 정나미가 뚝 떨어져 움직일 수 없게 된 걸세.

53

책에 몰두할 수 없었던 나는 술에 영혼을 적시고 나를 잊으려고 했던 때도 있었네. 나는 술을 좋아하는 편이 아니었네. 그래도 마시면 마실 수는 있었기 때문에 많이 마시고 곤드레만드레 취하려고 했었지. 그런 어리석은 방법은 얼마 지나지 않아 나를 더욱 염세적으로 만들어 버렸네. 나는 고주망태가 된 상태에서 문득 내 위치에 생각이 미쳤네. 일부러 이런 짓을 하면서 자신을 속이고 있는 어리석은 자라는 사실을 깨달은 것이지. 그러자 몸이 떨리면서 눈도 마음도 깨어나 버렸네. 때로는 아무리 마셔도 취하지도 못하고 지나치게 기분만 가라앉을 때도 있었지. 게다가 술의 힘으로 유쾌해진 후에는 반드시 그 반동으로 침울해졌네. 나는 내가 가장 사랑하는 아내와 장모님에게 언제나 그런 모습을 보여야만 했지. 그들은 그들 나름대로 나를 해석하려 들었네.

장모님은 때때로 아내에게 안 좋은 말을 하는 것 같았네. 그것을 아내는 나에게 숨기고 있었지. 그러나 아내도 자기 나름대로 나를 책망하지 않고는 배기지 못하는 것 같았네. 책망이라고 해도 결코 심한 말은 아니었네. 아내의 책망으로 인해 화가 난 적은 거의 없을 정도였으니까. 아내는 때때로 어느 부분이 마음에 들지 않는지 거리낌 없이 말해 달라고 부탁했네. 그리고 내 앞날을 위해 술을 끊으라고 충고했지. 어느 날은 울며 "당신은 요즘 사람이 달라졌어요."라고 말했네. 그것뿐이었다면 괜찮았지만 "K 씨가 살아 있었다면 당신도 이렇게 되지 않았을 텐데."라고 하는 걸세. 나는 그럴지도 모른다고 대답한 적이 있네만, 내 대답의 의미와 아내가 이해한 의미는 전혀 달랐지. 그것이 나를 슬프게 했네. 그런데도 나는 아내에게 아무것도 설명하고 싶지 않았네.

나는 때때로 아내에게 용서를 빌었네. 대부분의 경우 술에 취해 늦게 들어간 다음 날 아침이었지. 아내는 웃었네. 때론 아무 말도 하지 않았지. 가끔은 눈물을 뚝뚝 흘리기도 했네. 나는 어느 경우든 나 자신이 불쾌하게 여겨져 견딜 수가 없었지. 때문에 아내에게 용서를 비는 것은, 다시 말하면 나 자신에게 용서를 비는 것과 같았다네. 나는 결국 술을 끊었네. 아내의 충고를 듣고 끊었다기보다는 내가 싫어져서 끊었다고 하는 편이 맞을 걸세.

술은 끊었지만 뭔가 하고자 하는 의욕은 생기지 않았지. 그래서 어쩔 수 없이 책을 읽었네. 그러나 읽기만 하고 내팽개쳐 버렸네. 아내는 때때로 나에게 공부하는 목적이 뭐냐고 물었네. 나는 그저 쓴웃음을 지을 뿐이었지. 그러나 마음속으로는 세상에서 내가 가장 신뢰하고 사랑하는 단 한 사람조차 나를 이해하지 못하고 있구나 싶어 슬펐네. 이해시킬 수 있는 방법이 있는데도 이해시킬 용기가 나지 않았기 때문에 더욱더 슬퍼졌지. 나는 외로웠네. 완전히 단절되어 세상에 오직 혼자 살고 있는 듯한 느낌이 든 적도 많았지.

동시에 나는 K가 자살한 이유를 거듭거듭 생각했네. K가 죽기 전에 내 머릿속은 사랑이라는 한 단어가 지배하고 있었기 때문에 나의 관찰은 너무나도 단순하고 직선적이었지. K는 확실히 실연으로 인해 죽은 것이라고 단정해 버렸던 걸세. 그러나 시간이 지나 침착한 기분으로 그때의 상황을 돌이켜 보니, 그렇게 쉽게 판단 내릴 일이 아니라는 생각이 들기 시작했지. 현실과 이상과의 충돌―그것만으로는 아직 불충분했네. 나는 결국, K가 나처럼 혼자 외로움을 견딜 수 없게 된 결과 갑자기 죽기로 결심한 것이 아닐까, 하고 의심하기 시작했네. 그리고 다시 오싹해졌지. 나도 K가 걸어간 길을 똑같이 걸어가고 있다는 예감이 바람처럼 나의 가슴을 스치고 지나가기 시작했던 탓이네.

54

그러는 사이 장모님에게 병이 났네. 의사에게 보이니, 도저히 나을 수 없다는 진단을 내렸지. 나는 지극정성으로 간호했네. 이것은 병자를 위한 것이기도 했고 사랑하는 아내를 위한 것이기도 했지만, 더 큰 의미에서 보면 결국 인간을 위해서였네. 나는 그때까지 뭔가를 하고 싶어서 견딜 수가 없었네. 그러나 아무것도 할 수 없어서, 그저 빈둥거리고 있었던 것이지. 세상에서 분리된 내가 비로소, 먼저 손을 내밀어 다소 좋은 일을 했다는 자각을 얻은 것은 그때가 처음이었네. 나는 속죄라고 이름 붙일 수 있는 기분에 지배당하고 있었던 걸세.

장모님은 세상을 떠났네. 나와 아내, 단둘만 남았지. 아내는 나에게 앞으로 세상에서 의지할 수 있는 사람은 한 사람밖에 없다고 말했네. 나 자신조차 의지할 수 없는 나는 아내의 얼굴을 보고 나도 모르게 눈물지었네. 그리고 아내가 불행한 여자라고 생각했네. 게다가 불행한 여자라고도 말했네. 아내는 어째서냐고 물었네. 아내는 내가 하는 말의 의미를 몰랐네. 나도 그것을 설명해 줄 수 없었지. 아내는 울었네. 내가 평소부터 뒤틀린 생각을 가지고 자신을 보고 있기 때문에 그런 말을 하게 된 거라며 나를 원망했지.

장모님이 세상을 떠난 후, 나는 가급적 아내에게 친절하게 대해 주었네. 다만, 그녀를 사랑했기 때문만은 아니네. 나의 친절은 한 개인을 떠나 더욱 넓은 배경을 가지고 있었다고 생각하네. 마치 장모님을 간호한 것과 같은 의미로 나의 마음은 움직이고 있었지. 그러자 아내는 만족하는 듯 보였네. 그러나 그 만족 속에는 나를 이해할 수 없기 때문에 생기는 어떤 공허함이 있는 듯했네. 그러나 아내가 나를 이해했다고 하더라도 그 아쉬움은 커지면 커졌지 줄어들지 않았을 걸세. 여자는 큰 인도주의적인 입장에서 오는 애정보다, 다소 의리를 벗어나더라도 자신에게만 애정이 집중되는 것을 더 기뻐하는 기질이 남자보다 강한 듯하니까.

아내는 어느 날, 남자의 마음과 여자의 마음은 아무리 해도 하나가 될 수 없는 거냐고 물었네. 나는 다만 젊을 때라면 될 수 있을 거라고 애매하게 대답했네. 아내는 자신의 과거를 돌아보는 듯하더니, 이윽고 희미한 한숨을 내쉬었지.

내 마음에는 그 무렵부터 무서운 그림자가 번뜩였네. 처음에는 그것이 우연히 밖에서 들이닥쳤네. 나는 놀랐네. 오싹했지.

그러나 얼마쯤 시간이 지나자 나의 마음이 그 끔찍한 번뜩임을 받아들이게 되었네. 결국에는 밖에서 오지 않아도, 내 가슴 깊은 곳에 태어날 때부터 가지고 있었던 것처럼 생각하게 되었지. 나는 그런 마음이 들 때마다 머리가 어떻게 된 것이 아닌지 의심하기도 했네. 그렇지만 나는 의사나 다른 누구에게도 보일 생각이 들지 않았지.

나는 인간의 죄라는 것을 깊이 느꼈네. 그 느낌이 매달 나를 K의 무덤에 가게 했지. 그 느낌이 나에게 장모님의 간호를 하게 했던 걸세. 그리고 그 느낌이 아내에게 상냥하게 대하라고 나에게 명령했네. 나는 그 느낌 때문에 길을 가는 모르는 사람에게 채찍질당하고 싶다는 생각마저 들었다네. 그런 단계를 점점 거치자, 나는 다른 사람에게 채찍질당하기보다는 나 스스로를 채찍질해야겠다는 생각이 들었지. 아니, 나 스스로를 채찍질하기보다는 스스로를 죽여야겠다는 생각이 들기 시작했네. 나는 어쩔 수 없이 죽은 셈치고 살아가기로 결심했지.

내가 그렇게 결심하고 나서 지금까지 몇 년이 지났을까? 나와 아내는 처음처럼 사이좋게 지내 왔네. 나와 아내는 결코 불행하지 않았네. 행복했지. 그러나 내가 가지고 있는 한 가지, 나의 평범치 않은 한 가지가 아내에게는 항상 암흑으로 느껴졌을 것이네. 그 점을 생각하면 나는 아내에게 몹시 미안한 생각이 든다네.

55

죽은 셈치고 살아가겠다고 결심한 나의 마음은 때때로 외부의 자극으로 놀라서 펄쩍 뛰곤 했네. 그러나 내가 어떤 방면으로 나아가려고 하면, 무시무시한 힘이 어디선가 나타나 내 마음을 꽉 잡고 조금도 움직이지 못하게 만들었네. 그리고 그 힘이 나에게 너는 아무것도 할 자격이 없는 남자라고 억압하듯 말했네. 그러면 나는 그 한마디에 즉시 힘이 빠져 의기소침해졌지. 얼마쯤 지난 후에 다시 일어서려고 하면 그것은 또다시 나를 억압해 왔지. 나는 이를 악물고 어째서 나를 방해하느냐고 호통쳤네. 불가사의한 힘은 냉랭한 목소리로 웃었네. 그리고 자기 자신이 잘 알고 있는 주제에, 하고 말했네. 나는 다시 힘이 빠졌네.

파란도 곡절도 없는 단조로운 생활을 이어 온 나의 내면에는 항상 이 같은 괴로운 전쟁이 있었다고 생각해 주게. 아내가 나를 안타까워하는 심정에 앞서 나 스스로 몇 배나 더 많이 안타까움을 거듭하며 살아왔는지 모르네. 내가 그런 감옥 안에서 도저히 참을 수 없게 되었을 때, 또는 그 감옥을 도저히 뚫고 나갈 수 없게 되었을 때 내가 가장 적은 노력으로 할 수 있는 것은 자살밖에 없다는 생각이 들었지. 자네는 어째서 그러느냐고 눈이 휘둥그레질지도 모르겠군. 그러나 언제나 내 마음을 움켜쥐고 있는 그 불가사의하고도 무시무시한 힘은 내 활동을 모든 방면에서 저지했지만, 죽음의 길만은 나를 위해 자유롭게 열어 두었네. 움직이지 않는다면 몰라도, 조금이라도 움직이는 이상 그 길을 가는 것 외에는 길이 없어진 것일세.

나는 지금에 이르기까지 이미 두세 번, 운명이 이끄는 가장 편한 방향으로 가려고 한 적이 있었네. 하지만 항상 아내가 마음에 걸렸지. 그러면서도 아내를 함께 데려갈 용기는 물론 없었네. 아내에게 모든 것을 털어놓을 수 없는 나였기에, 내 운명의 희생양으로 아내의 천수를 빼앗는 거친 행동은 생각하는 것조차 무서웠네. 나에게는 내 운명이 있는 것처럼, 아내에게는 아내의 운명이 있는 것이지. 우리 두 사람을 하나로 묶어 불에 태우는 것은 있을 수 없는 일이면서도, 참혹하고도 극단적이라고밖에 생각되지 않았네.

동시에 나만 사라지고 난 후의 아내를 상상하면 참으로 가여웠네. 장모님이 세상을 떠났을 때, 앞으로 세상에서 의지할 사람은 나밖에 없다던 그녀의 술회를 나는 선명하게 기억하고 있었네. 나는 늘 주저했지. 아내의 얼굴을 보고 그만두기를 잘했다고 생각한 적도 있다네. 그러고는 다시 꼼짝도 않는 것이었지. 그러면 아내는 가끔, 왠지 허전하다는 듯한 눈빛을 보였네.

기억해 주게. 나는 이런 식으로 살아왔다네. 처음 자네와 가마쿠라에서 만났을 때도, 자네와 함께 교외를 산책했을 때도 내 기분에 큰 변화는 없었네. 내 뒤에는 언제나 검은 그림자가 달라붙어 있었지. 나는 아내를 위해 목숨을 질질 끌며 세상을 걷고 있는 것과 같았네. 자네가 졸업을 하고 고향으로 돌아갈 때도 마찬가지였네. 9월이 되면 다시 만나자고 한 약속은 거짓이 아니었네. 정말로 다시 만날 생각이었네. 가을이 가고 겨울이 오고 그 겨울이 끝나더라도 틀림없이 만날 생각이었지.

그런데 더위가 한창이던 여름, 메이지 천황이 붕어하셨네. 그때 나는 메이지 시대의 정신이 천황에서 시작되어 천황으로 끝났다는 생각이 들었네. 메이지의 영향을 가장 많이 받은 우리들이 그 후에 살아 있는 것은 결국 시대에 뒤처지는 것이라는 느낌이 격하게 내 가슴을 쳤지. 나는 분명히 아내에게 그렇게 말했네. 아내는 웃으며 상대하려 들지 않다가, 무슨 생각을 했는지 갑자기 나에게 그럼 순사(殉死)라도 하면 좋지 않겠느냐고 놀렸네.

56

나는 순사라는 말을 거의 잊고 있었네. 평소에 사용할 일이 없는 단어이니 기억 아래 잠긴 채 부식되고 있었던 것이겠지. 아내의 농담을 듣고 비로소 그 단어를 떠올렸을 때, 나는 아내에게 만약 내가 순사한다면 메이지 정신에 따른 것이라고 대답했네. 물론 내 대답도 농담에 지나지 않았지. 하지만 그때 나는 왠지 오래되고 쓸모없게 된 단어에 새로운 의의를 부여한 느낌이 들었네.

그런 후 약 한 달이 지나고 천황의 장례식이 있던 날 밤, 나는 언제나처럼 서재에 앉아 예포 소리를 들었네. 나에게 그 소리는 메이지가 영원히 떠나 버렸다는 통지처럼 들렸네. 나중에 생각해 보니 그것은 노기 대장이 영원히 떠나 버렸다는 통지이기도 했지. 나는 호외를 손에 들고 나도 모르게 아내에게 순사다, 순사, 하고 외쳤네.

나는 신문에서 노기 대장이 죽기 전에 써서 남긴 것을 읽었네. 세이난 전쟁[25] 때 적에게 깃발을 빼앗긴[26] 이래 죄송한 마음에 죽어야지, 죽어야지, 했으나 결국 지금까지 살아 있었다는 의미의 글을 읽었을 때, 나는 나도 모르게 손가락을 꼽으며 노기

---

25) 1877년 2월에 메이지 정부에 불만을 가지고 있던 무사들이 일으킨 최대 규모의 무력 반란이자 일본 최후의 내전.

26) 세이난 전쟁 당시 노기는 구마모토에 출병하여 교전하던 중, 연대 참모가 군기를 등에 진채 적진으로 쳐들어가 전사했기 때문에 군기를 적에게 빼앗겼다. 노기는 책임을 지고 자결하려 했으나 부하의 간언으로 단념했다.

대장이 죽기를 결심하고 살아온 햇수를 계산해 보았네. 세이난 전쟁이 1877년에 있었으니까 1912년까지는 35년이라는 세월이 었지. 노기 대장은 35년 동안 죽어야지, 죽어야지, 하며 죽을 기회를 기다려 온 것이라고 생각됐네. 나는 그런 사람에게 있어서 살아 있는 35년이 괴로웠을까 아니면 칼로 배를 찌르는 한 순간이 괴로웠을까, 하고 생각했네.

그리고 이삼일이 지난 후, 드디어 나는 자살하기로 결심했네. 내가 노기 대장이 죽은 이유를 잘 알지 못하는 것처럼 자네도 내가 자살하는 이유를 정확히 이해 못할지도 모르지만, 만약 그렇다고 하더라도 그것은 서로 다른 세대 사람들 사이에서 발생하는 생각의 차이이니 어쩔 수가 없네. 아니면 개인이 가지고 태어난 성격의 차이라고 하는 편이 정확할지도 모르겠네. 나는 자네에게 불가사의한 나라는 존재를 가능한 이해시키기 위해 지금까지 모든 것을 이야기했네.

나는 아내를 남기고 가네. 내가 없어도 아내에게 의식주 걱정이 없다는 건 다행일세. 나는 아내에게 잔혹한 두려움을 주고 싶지 않네. 그래서 아내에게 피를 보이지 않고 죽을 작정이네. 아내가 모르는 사이에 살짝 이 세상에서 사라지려 하네. 나에 대해 아내가 급사(急死)했다고 생각했으면 좋겠네. 정신이 이상해졌다고 생각해도 만족하네.

내가 죽으려고 결심한 후 벌써 열흘이 지났지만, 그 대부분의 시간은 자네에게 이 긴 자서전을 써서 남기기 위해 사용되었음을 알아주게. 처음에는 자네를 만나 말할 생각이었는데, 쓰다보니 오히려 이러는 편이 나 자신을 분명히 그려낼 수 있는 것 같아 기쁘네. 나는 취흥에 젖어 쓰고 있는 것이 아니네. 나를 낳은 나의 과거는 인간 경험의 일부분으로 나 이외에는 다른 누구도 말할 수 없는 것이기에, 그것을 거짓 없이 적어서 남겨 놓는 나의 노력이 한 인간을 이해하는 데 자네뿐만 아니라 다른 사람들에게도 헛수고는 아니리라 생각하네. 와타나베 가잔(渡辺崋山)[27]은 〈한단(邯鄲)〉이라는 그림[28]을 그리기 위해 죽는 날을 일주일 연기했다는 이야기를 불과 얼마 전에 들었네. 다른 사람이 볼 때는 쓸데없는 일이라고 여겨질지도 모르지만, 당사자에게는 나름대로의 요구가 마음속에 있었기 때문에 어쩔 수 없었다고 할 수 있겠지. 나의 노력도 단순히 자네에게 약속을 지키기 위해서만은 아니네. 반 이상은 나 자신의 요구에 응한 결과지.

그러나 지금은 그 요구를 완수했네. 더 이상 할 일이 없네. 이 편지가 자네 손에 도착할 무렵이면 나는 이미 이 세상에 없을 걸세. 벌써 죽었을 것이네. 아내는 약 열흘 전부터 이치가야의 숙모 집에 가 있네. 숙모가 병이 나서 일손이 부족하다고 하여 내가 가기를 권했지. 나는 아내가 집에 없는 동안 이 긴 편지의 대부분을 썼네. 가끔 아내가 돌아오면 나는 즉시 이것을 감추었지.

---

27) 에도 시대 말기의 서양 학자이자 화가. 서양 학자의 입장에서 막부의 보수적인 정책을 비판했으나 그 죄로 가택 연금을 당하던 중 자살했다.

28) 중국 고사 〈한단지몽(邯鄲之夢)〉에서 소재를 얻은 가잔이 자살하기 직전에 그린 그림이라고 함. 〈한단지몽〉은 노생(盧生)이라는 청년이 한단이라는 마을의 여관에서 도사 여옹(呂翁)의 베개를 빌려 베고 잠들었는데 부귀영화를 누리는 꿈을 꾸었으나 깨어 보니 여관 주인이 끓이고 있는 메조가 아직 끓지도 않을 정도의 짧은 순간이었다는, 부귀와 공명이 덧없음을 비유하는 고사. 가잔이 그린 그림은 여옹의 베개를 빌린 노생이 막 잠들려는 순간을 그리고 있다.

나는 나의 좋은 과거든 나쁜 과거든 다른 사람이 참고할 수 있도록 제공하는 걸세. 그러나 단 한 사람, 아내만큼은 예외이니 그리 알게. 나는 아내에게는 아무것도 알리고 싶지 않네. 아내가 나에 대해 가진 과거의 기억을 가급적 순수하게 보존해 주고 싶은 것이 내 유일한 희망이니, 내가 죽은 후에도 아내가 살아 있는 한 자네에게만 털어놓은 내 모든 비밀을 마음속에 묻어두기 바라네.

인간의 마음에 대한 깊은 고찰

『마음』은 나쓰메 소세키가 만년에 쓴 신문 연재소설이다. 1914년 4월 20일부터 8월 11일까지 100회에 걸쳐 〈도쿄·오사카 아사히신문〉(이후부터는 〈아사히신문〉으로 표기)에 연재되었다. 신문에 연재하기 전의 예고에 따르면 여러 편의 단편을 써서 전체 제목을 『마음(心)』이라고 할 예정이었다고 한다. 그 첫 번째 단편이 '선생님의 유서'이다. 그러나 이것을 써 나가는 동안 생각했던 것과는 달리 빨리 끝낼 수가 없어 『선생님의 유서』만으로 연재를 끝낸 후, 같은 해 9월 20일 제목을 『마음(こころ)』으로 바꾸고 이와나미서점(岩波書店)에서 간행했다.

이때 전체를 세 부분으로 나눠 '선생님과 나', '부모님과 나', '선생님과 유서'로 재구성하였다. 소세키는 그때까지 자신의 저서를 슌요토우(春陽堂)나 오오쿠라서점(大蔵書店)에서 출판했는데 『마음』은 이와나미서점에서 출판하게 되었다. 소세키의 집에서 있었던 모임인 '목요회'의 제자 중 한 사람이었던 이와나미 시게오(岩波茂雄)는 고서점인 이와나미서점을 시작한 지 2년째 되던 해 출판업에 진출하고자 소세키에게 작품을 부탁했고, 제자에 대한 지지로 소세키는 작품을 주었다. 그러자 이와나미는 기세 좋게 출판 비용까지 빌려 달라고 부탁했고, 그 결과 소세키는 자비로 책을 출판하게 되었다. 자비 출판에 흥미를 느낀 소세키는 표지를 비롯한 책의 체제를 자신이 직접 고안했다. 표지는 중국 고대 석고문(*중국 산시 성 파오치 현에서 당나라 때 발견된 석각문)의 탁본을 본떠 만들었는데, 이는 나중에 소세키 전집에 몇 차례나 사용되면서 소세키의 특색이 되었다. 다음의 광고문도 소세키가 직접 썼다.

'자신의 마음을 파악하고자 하는 사람들에게, 인간의 마음을 파악하고 있는 이 작품을 권한다.'

『마음(心)』과 『마음(こころ)』

앞서 밝힌 대로 소세키는 이 작품에 『마음(心)』이라는 한자 제목을 붙일 예정이었으나, 책을 간행할 때 히라가나로 쓴 『마음(こころ)』으로 변경했다. 한국어로는 똑같은 '마음'으로 번역되는 일본어의 마음 '心[신]'과 'こころ[고코로]'의 차이는 무엇일까?

먼저 '心'은 일본어로 '신[しん]'으로도 읽히고 '고코로[ここ ろ]'로도 읽힌다. 일본 〈고시엔 사전〉에는 '고코로[こころ]'를 '인 간 정신 작용의 근본이 되는 것. 또는 그 작용.'이라고 정의하고 있다. 한편 '신[しん]'은 '심장', '마음', '사물의 중심'으로 정의하 고 있다. 예를 들면 양초의 심지[蝋燭の心]도 '心[しん]'을 사용 한다. 즉, '心'은 인간이나 사물에 상관없이 물리적인 의미가 강 하지만 '고코로(こころ)'는 인간에게 한정되어 사용되면서 인간 심연에 존재하는 본질, 또는 심리라는 의미를 담고 있다. 때문에 한자로 제목을 할 경우 '고코로'와 '신' 양쪽 모두 읽힐 수 있기 때 문에 일부러 히라가나인 '고코로(こころ)'로 한 것이 아닐까 싶다. 그리고 책의 체제를 직접 고안하면서 한 글자인 '心'이 주는 왜소 한 느낌보다는 세 자인 'こころ'가 훨씬 여유롭고 독자들에게 다 양한 의미로 다가갈 수 있으리라 생각하지 않았을까. 단순하지 만 제목 속에 인간이 움직이는 동력으로써 그 깊은 '마음'을 표현 하고자 고심한 소세키의 흔적을 느낄 수 있다.

불우했던 어린 시절

꼭 작가와 작품을 연결 지어 읽어야 하는 건 아니지만, 소세키의 성장 과정을 알면 『마음』을 더 깊이 이해하게 된다. 나쓰메 소세키(夏目漱石)는 1867년 2월 9일 에도 우시고메 바바시타 요코초(현재 신주쿠 구 기쿠이초)에서 묘슈(名主, 사전지를 소유했던 자주 및 자영농) 나쓰메 고헤나오카쓰(夏目小兵御直克, 50세)와 어머니 치에(千枝, 41세)의 5남 3녀 중 막내로 태어나 긴노스케(金之助)라고 이름 붙여졌다.

고령 부부의 늦둥이로 태어난 그는 그리 환영받는 존재는 아니었던 것 같다. 그는 태어나자마자 요츠야의 만물상에 양자로 보내진다. 어느 날, 긴노스케의 누나가 요츠야 거리를 걷다가 노천 만물상 옆에서 잠들어 있는 그를 발견하고 가엾게 여겨 친가로 데리고 돌아오나, 젖을 먹지 못하여 밤새 울던 긴노스케는 다시 만물상으로 돌려보내지고 그곳에서 젖을 뗄 때까지 지내게 됐다는 이야기도 있다.

얼마 후 일단 친가로 돌아오나, 이번에는 나쓰메 집안 서생이었던 묘슈 시오바라 쇼노스케(塩原昌之介)에게 양자로 보내진다. 아이가 없어 양자를 찾고 있던 시오바라 부부는 마침 나쓰메 집안에서 천덕꾸러기 취급을 당하던 긴노스케를 입양한 것이다. 그러나 입양된 집에서도 긴노스케의 평탄한 생활은 오래가지 않았다. 그가 7세 때, 양아버지의 여자 문제로 양부모가 이혼을 하게 된 것이다. 하지만 그는 9세가 되어서야 비로소 친가로 돌아올 수 있었다. 이후에도 양부와 친부의 불화로 인해 나쓰메가로 복적되지 못하고 계속 시오바라 성을 쓰다가, 1888년 21세가 되던 해에야 비로소 나쓰메가로 복적된다.

부모의 사랑을 듬뿍 받으며 살아야 할 어린 시절을, 그는 이 집 저 집 옮겨 다니며 자라야 했다. 그래서 그런지 그의 작품 속에 나타난 가족 관계는 그리 좋지 못하다. 이 작품에서도 선생님의 친구 K는 스님의 둘째 아들로 태어나 계모 밑에서 자라다가 입양된다. 그러나 입양된 집에서 원하는 것과 자신이 하고 싶은 것이 달라 불화를 일으키고 결국 파양될 뿐 아니라 본가로부터도 의절당한다. 선생님 역시 일찍 부모를 여의고 숙부에게 맡겨지나 숙부에게 금전적으로 배신을 당한다. 그 일로 인간을 신뢰할 수 없게 된 그는 가장 가까워야 할 아내에게조차 자신의 마음을 털어놓지 못하고 쓸쓸히 자살로 생을 마감하고 만다.

소세키의 초기작인 『도련님』에서도 주인공 도련님은 가족들에게는 마음을 붙이지 못하고 불화한다. 아버지는 입버릇처럼 도련님에게 "너는 틀렸어."라고 말하고, 어머니는 옆에서 아버지를 거든다. 형과도 늘 다툰다. 형과의 다툼이 있을 때면 아버지는 형의 편을 들고, 심지어 호적에서 파 버리겠다고까지 한다. 그래서 그는 가족보다는 집안일을 거드는 할머니에게 깊은 정을 느낀다. 심지어 어머니가 돌아가셨을 때조차 '그렇게 큰 병이었다면 좀 더 얌전히 굴었을 텐데.'라고만 생각할 뿐이다.

1909년 6월부터 9월에 걸쳐 〈아사히신문〉에 연재한 『그 후』의 주인공 다이스케 역시 가장 부담스러워하는 대상이 아버지이다. 결국 다이스케는 정략결혼을 시키려는 아버지의 뜻을 거스르다가 '앞으로 평생 너와는 만나지 않겠다. 어디를 가든 무슨 일을 하든 상관하지 않겠다. 널 아들로 생각하지 않을 것이며, 또 날 아버지라 생각하지도 말라.'는 말을 전해 듣는다.

그러고 보니 『마음』의 '나'도 임종을 눈앞에 둔 아버지를 고향 집에 남겨 놓고 피서지에서 알게 된 선생님의 안부를 걱정하며 도쿄행 기차에 오른다. 자신의 혈육보다도 우연히 알게 된 선생님에게 마음을 더 쏟는 '나'를 볼 수 있다.

이렇듯 소세키의 소설에 등장하는 가족 관계에서는 그다지 가족애가 느껴지지 않는다. 이는 불우했던 자기 어린 시절의 투영이 아닐까.

불꽃처럼 타올랐던 10년

1890년에 도쿄제국대학 영문과에 진학하여 1893년에 졸업한 후 고등사범학교 영어 교사, 마쓰야마중학교 교사를 거쳐, 1896년에 제5고등학교 강사가 된 소세키는 1900년 9월에 문부성 파견 유학생으로 선발되어 2년 동안 런던으로 건너갔다가, 1903년 1월 귀국하여 제1고등학교 강사 겸 도쿄제국대학 교수로 영어영문학을 강의한다. 그러나 신경 쇠약으로 한때는 처자식과 떨어져 지내기도 한다. 소세키가 신경 쇠약으로 힘들어하고 있을 때, 다카하마 교시(高浜虚子)가 글을 써 볼 것을 권유한다. 이때 자가 치료를 위해 쓰기 시작한 것이 〈호토토기스〉(1905년 1월호)에 발표한 『나는 고양이로소이다』이다. 당대의 삶과 사회를 그려내 호평을 받은 이 소설로 소세키는 1907년 4월 일체의 교직을 그만두고 도쿄 아사히신문사에 입사하여 전속 소설가가 된다. 1907년 6월부터 『우미인초』를 〈아사히신문〉에 연재하게 되는데, 이후의 소설들은 모두 〈아사히신문〉에 연재한 것이다.

의욕적으로 일하던 소세키는 1910년, 43세 때 위궤양으로 입원했다가 퇴원 후 슈젠지 온천으로 요양을 가게 된다. 이곳에서 병상이 악화되어 다량의 피를 토하며 자기 스스로 '30분간의 죽음'이라고 부르는 인사불성의 위독한 상태에 빠졌다. '슈젠지의 대환'이라고도 불리는 이 체험을 계기로 그의 연재소설은 성격

>>>

이 조금 바뀌게 된다. 인간의 생과 사에 관한 인식이 더욱 투철해진 것이다. 1914년에 연재된 『마음』 역시 이 체험 이후의 작품으로 그러한 경향이 진하게 나타나 있다. 이후 1916년 『명암』을 연재하던 중 위궤양으로 영면할 때까지 소세키는 약 10년 동안 한 해도 쉬지 않고 신문에 연재소설을 썼다.

『마음』의 매력

『마음』은 출판된 지 100년이 지난 작품이지만 지금 읽어도 그다지 위화감이 느껴지지 않는다. 그 이유는 무엇일까?

첫째는 소세키가 작품 속에 당시로서는 흔하지 않았던 현대적 산물을 적절히 배치했기 때문이다. 『마음』은 여름 방학을 맞은 내가 해수욕을 갔다가 서양인과 함께 있던 선생님에게 호기심을 느껴 접근하던 때를 회상하는 장면으로 시작한다. 즉, 선생님과 피서지에서 만나게 된 것이다. 본문의 '피서 온 남녀로 가득했다'라는 구절에서처럼 약 100년 전에도 더위를 피하기 위해 바닷가에 휴양을 가는 개념이 있었다는 사실에 놀라게 된다. 그리고 이러한 배경은 작품을 현대적으로 느끼는 데 기여하고 있다. 또한 선생님의 아내는 나에게 '수제 아이스크림'을 대접하고, 졸업식 날 억지로 친구에게 이끌려 술집에 간 나는 '맥주 거품' 같은 친구의 호소를 듣는다.

둘째는 '근대'의 그늘을 잘 표현하고 있기 때문이다. 소세키는 영국으로 국비 유학을 갔었는데, 19세기의 마지막 해인 1900년 9월에 갔다가 1903년 1월에 돌아왔다. 당시 런던은 지하철과 자동차가 다니고 산업화로 인하여 농업은 괴멸 상태에 이르렀으며 완전히 도시화되어 있었다. 그는 세계 최대 도시 런던에서 '근대'를 접하며 생활이 편리해짐으로 인해 인간이 점점 소외되는 것을 느꼈다. 누구보다 먼저 근대를 접한 나쓰메 소세키는 『마음』에서 지금 우리의 문제이기도 한 인간 소외를 잘 그려 내고 있다. 즉, 선생님과 아내의 단절, 선생님과 친구 K의 단절, 선생님과 세상의 단절 등이 그것이다. 이러한 점 때문에 『마음』은 현대를 사는 우리들에게도 깊은 감동으로 다가온다.

선생님이 죽음을 선택한 이유

고등 교육을 받았고 일하지 않고도 먹고 사는 데 지장이 없으며 아름다운 아내가 있는 선생님, 겉으로 보기에 남부럽지 않은 생활을 하던 선생님이 죽음을 선택한 진짜 이유는 무엇일까? 이 책을 끝까지 읽더라도 이것에 대해서 다시 생각하지 않을 수 없다.

『마음』의 결말을 보면 1912년 여름 메이지 천황이 사망한 후 장례식이 있던 날 밤 노기 대장 부처(夫妻)가 할복자살을 한다. 선생님은 노기 대장의 할복자살을 골똘히 생각하며 자신도 자살을 결심한다. 한국 독자들은 이 부분이 납득되지 않을 수도 있는데, 이 부분을 이해하기 위해서는 일본 천황에 대해 살펴볼 필요가 있다.

근대 국가를 표방했던 일본의 메이지 시대는 서구 열강을 따라하는 개혁에도 불구하고 제2차 세계 대전 종전까지 근대 국가의 정신은 갖추지 못한다. 근대 국가는 쉽게 표현하면 국민 국가라고 말할 수 있는데, 일본은 '국가는 있으나 국민은 없는 나라'로 불리는 것처럼 '천황은 현인신(現人神)으로 절대적인 권력이 주어졌고, 국민은 천황이라는 신에게 봉사하는 신민(臣民)이자 갓난아이로 간주한 일종의 신화적 틀'이 강요된 사회였다. 이런 시대정신 가운데 당시 일본이 추구하던 하나의 가치는 '부국강병'이었다. 빠른 시일 내에 서구 열강들과 같아지고자 했던 일본은 산업화를 위한 자원 획득 방법으로써 잇따라 전쟁을 일으켰다. 적진으로 자폭하러 가는 가미카제 특공대는 태평양 전쟁 당시 일본군의 상징이기도 하지만, 메이지 시대가 낳은 황국 신민이라는 일본인의 집단의식을 보여 준다고 할 수 있다.

1945년 8월 15일, 미국의 원폭 투하로 일본은 무조건 항복을 선언한다. 패전으로 인해 미국의 요구를 받아들여야 했던 일본은 1946년 1월 1일에 천황이 '인간 선언'을 함으로써 일왕이 되는데, 이것은 일본인들에게 엄청난 충격이자 상실감을 안겨 준 사건이었다. 살아 있는 신이었던 메이지 천황의 죽음도 이에 미루어 짐작해 볼 수 있을 것이다.

노기 대장은 세이난 전쟁(1877)에서 적에게 깃발을 빼앗겼다. 이는 일본 군인에게 있어서 최대의 치욕이었다. 이때 노기를 처벌하자는 동의(動議)도 있었으나 천황의 중재로 아무 일 없이 넘어갔다. 이로 인해 노기 대장은 메이지 천황에게 죄송한 마음을 품고 항상 죽을 장소를 찾고 있었다. 이후 그는 러일 전쟁(1904) 중 여순 공격에서 많은 장병을 전사하게 한 책임을 느껴 할복하고자 했으나 또다시 메이지 천황이 허락하지 않았다. 오랫동안 죽음을 생각하며 살아온 노기 대장은 메이지 천황의 장례식 날 결국 아내와 함께 할복자살했는데, 당시 노기 대장의 할복자살에 이어 일본에서 자살자가 속출했다고 한다.

『마음』의 선생님 역시 친구 K를 자살로 몰아넣은 죄책감에 괴로워하며 오래 전부터 자살을 생각한다. 그러나 아내를 생각하여 실행하지 못하다가 메이지 천황의 사망 소식과 이어진 노기 대장의 할복자살 소식을 듣고 유서에 이렇게 고백한다.

> 그런데 더위가 한창이던 여름, 메이지 천황이 붕어하셨네. 그 때 나는 메이지 시대의 정신이 천황에서 시작되어 천황으로 끝났다는 생각이 들었네. 메이지의 영향을 가장 많이 받은 우리들이 그 후에 살아 있는 것은 결국 시대에 뒤처지는 것이라는 느낌이 격하게 내 가슴을 쳤지.(277쪽)

표면적으로 선생님은 천황의 사망 소식과 이후 노기 대장 부처가 할복자살을 한 잇따른 사건으로 인해 자신도 자살을 실행에 옮기는 것으로 표현된다. 지금까지 아내에 대한 배려로 자신의 죽음을 유예시켜 오던 선생님이 이 대목에서 자살을 결심할 때, 우리는 의문을 품지 않을 수 없다. 선생님은 자신의 자살을 '순사'로 위장한 게 아닌가, 일본의 사회적 분위기를 고려한다고 하더라도 왜 메이지 천황의 죽음이 그 세대의 죽음이 되어야 하는가, 등의 의문이 남는다. 생각할수록 선생님이 죽음을 선택한 이유가 알쏭달쏭해진다.

나는 결국, K가 나처럼 혼자 외로움을 견딜 수 없게 된 결과 갑자기 죽기로 결심한 것이 아닐까, 하고 의심하기 시작했네. 그리고 다시 오싹해졌지. 나도 K가 걸어간 길을 똑같이 걸어가고 있다는 예감이 바람처럼 나의 가슴을 스치고 지나가기 시작했던 탓이네.(273쪽)

죄의식과 외로움 속에서 K가 느꼈을 심정을 깨달은 선생님은 K가 걸어간 길을 자신도 가고 있다고 느낀다. 여기서 선생님은 죽음밖에 길이 없다는 걸 어렴풋이 알게 되지만, 장모님을 간호하며 속죄의 감정에 매달린다. 하지만 그럴수록 K에 대한 속죄는 죽음뿐이라는 것이 선생님의 의식 가운데 명백해진다.

나는 다른 사람에게 채찍질당하기보다는 나 스스로를 채찍질 해야겠다는 생각이 들었지. 아니, 나 스스로를 채찍질하기보다는 스스로를 죽여야겠다는 생각이 들기 시작했네.(275쪽)

죽음만이 선생님에게 열린 길이었기에 선생님에게 유일한 삶의 목표는 죽음의 때를 찾는 데 있었다고 할 수 있을 것이다. 즉, 불가능한 속죄 대신, K를 따르는 것이 삶의 방법이 될 수 있었을 것이다. 다만 아내에게는 자신의 비밀을 그대로 묻어 두면서 K를 따를 수 있어야 했다. 그때 마침, 노기 대장의 순사 사건이 일어났고, 선생님은 이 '순사'라는 말에 죽음의 길로 자연스럽게 인도되는 것처럼 보인다. 순수한 아내에게 자신의 진실을 들키지 않는 방법인 동시에, 자신의 양심을 따르는 윤리적 인간으로 돌아가는 길이자 끝내 자기보다 멋지다고 생각했던 친구 K가 간 길을 뒤따른다는 의미로써 '순사'를 이해한다면, 선생님의 자살에 대한 의문은 어느 정도 해소되지 않을까.

인간 존재에 대한 깊은 고찰

『마음』은 다각적인 해석이 가능하지만 다음의 두 가지 점에서 '인간의 존재'를 깊이 고찰하고 있다고 생각한다.

첫째는 인간 본성에 내재된 에고이즘으로 인해 자신도 모르게 악인이 되어가는 과정을 세밀히 보여 준다는 점이다. 젊은 시절에 부모님을 여읜 선생님은 부모님의 유산 관리를 숙부에게 맡긴다. 선생님의 유산을 관리하던 숙부는 유산의 많은 부분을 가로채는데, 이로 인해 선생님은 인간 불신에 빠지게 되고 자신만은 다르다고 생각하며 살아간다.

그런데 이후, 선생님은 하숙집 딸을 차지하기 위해 친구 K를 배신한다. 함께 하숙하던 K가 자신이 좋아하는 하숙집 딸을 좋아한다는 사실을 알고 나서 K 모르게 하숙집 아주머니에게 딸을 달라고 선수를 친 것이다. 이 사실을 알게 된 후 K는 자살하게 되고, 선생님은 결국 하숙집 딸과 결혼하지만 평생 죄책감 속에 살아가게 된다.

즉, 젊은 시절 숙부를 통해 인간의 악을 경험한 선생님은 이기심으로 인한 인간의 악을 혐오하게 되었지만, 친구 K를 배신하며 자신 안에 숨어 있는 이기심을 깨닫고 살아갈 희망을 잃어버린다. 돈이든 사랑이든, 인간은 욕심을 품게 되면 이기적인 행동을 하게 된다. 이처럼 에고이즘은 인간의 본성으로, 자기의 의지와는 상관없이 저지르는 일이라 할지라도 결국 타인의 자아에 상처를 입히는 것이다. 인간 본성에 내재된 이 비극을 경험한 선생님은 그래서 '나'에게 인간의 에고이즘을 '악' 또는 '죄'라고 말하는 것이다.

평소에는 모두 선한 사람들이라네. 적어도 모두 보통 사람들이지. 그랬던 사람들이 어떤 계기로 갑자기 악인이 되니 무서운 거라네.(79쪽)

　선생님은 '나는 죽기 전에 단 한 명이라도 좋으니 믿을 만한 사람을 만나고 싶네.'라고 고백한다. 인간이 이기적이라는 것을 알면서도 다른 사람을 믿고 싶어 하는 선생님이 애잔하다.

　둘째는 가까운 사람에게조차 자신의 모습을 털어놓지 못하고 살아가는 현대인의 고독한 모습을 뼛속 깊이 느끼게 해 준다는 점이다. 인간 불신에 빠진 선생님은 하숙집 주인 딸을 사랑하면서도 좀처럼 자신의 속내를 드러내지 못한다. 하숙집 아주머니가 자신과 특수한 관계를 맺는 것이 결코 손해가 아니기 때문이라고 여기며, 숙부에게 한 번 기만당한 선생님은 다시는 남에게 속지 않겠다고 생각한다. 이런 의식으로 인해 선생님은 미온적인 태도를 유지하게 된다. 그러던 중 K가 하숙집 딸에 대한 자신의 마음을 선생님에게 털어놓자, 위기감을 느낀 선생님은 앞에서도 언급했듯이 하숙집 아주머니에게 딸을 달라고 선수를 치고 친구에게 배신당한 K는 자살을 한다. K의 자살로 죄책감에 시달리지만 선생님은 그 사건을 아내에게 털어놓지 못한다. 아내 역시 비밀을 가지고 있는 선생님을 이해하지 못하여 괴로워한다. 결국 선생님은 자살밖에는 길이 없는 삶을 살다 생을 마감한다. K의 자살 역시 마음속 깊은 곳에 있는 고독에서 비롯된 것임을 독자들은 선생님을 통해 간접적으로나마 이해하게 된다.

읽는 이조차도 몸서리쳐질 만큼 고독의 블랙홀 속에 갇힌 선생님이 했던 말이 들려오는 듯하다.

"자유와 독립, 자아로 가득한 현대에 태어난 우리들은 그 대가로 모두 이 외로움을 맛봐야 하네."

이 말은 100년 전 뿐 아니라, 지금 우리에게도 유효하다.

—**장현주**(옮긴이)

《나쓰메 소세키 연보》

1867년 2월 9일 에도(현재의 도쿄)에서 지역의 묘슈(名主: 사전지를 소
유했던 지주 및 자영농민) 나쓰메 고헤나오카쓰와 후처였던 어머니
치에 사이의 5남 3녀 중 막내로 태어남. 본명은 긴노스케(金之助).

1868년 연로한 부모님과 형제들이 많은 탓에 시오바라 마사노스케
의 양자로 들어감.

1870년 천연두에 걸려 얼굴에 흉터가 남음.

1872년 호적법이 시행되어 시오바라가 집안의 장남으로 등록됨.

1874년 도다 소학교에 입학.

1876년 불화했던 양부모가 이혼하고 소세키는 시오바라가의 성을
가지고 본가로 돌아감. 이치가야 소학교로 전학.

1878년 친구들과 만든 잡지에 한문으로 쓴 「마사시게론(正成論)」(남
북조 시대의 무장 구스노키 마사시게에 관한 논문)을 게재함.

1879년 도쿄 부립 제1중학교에 입학.

1881년 친모 치에가 54세로 사망.

　도쿄부립제1중학교를 중퇴하고 니쇼 학사에 들어가 한학을 배움.

1883년 대학예비문(도쿄제국대학 입학 전 대학 수업에서 요구되는 외국
어 습득을 위한 교육 기관) 입학시험을 준비하기 위해 세이리쓰 학사
에 입학하여 영어 공부에 매진.

1884년 대학예비문 예과에 입학하였으나 곧 복막염을 앓게 되어 잠
시 생가로 돌아감.

1887년 큰형 다이스케가 사망하고, 3개월 후 둘째 형 나오노리가
폐결핵으로 연달아 사망.

1888년 시오바라가에서 나쓰메가로 복적. 이해 제1고등중학교(대학

예비문의 개칭) 예과를 졸업하고 영문학을 전공하기 위해 본과 1부 (문과)에 입학.

1889년 일본 제국 헌법이 공포됨.

하이쿠(5·7·5의 3구 17음절로 된 일본 고유의 단시) 시인 마사오카 시키를 만나 교류하며 문학적 영감을 얻음. 마사오카 시키의 시문집을 비평하며 처음으로 '소세키'라는 필명을 사용함.

1890년 제1고등중학교 본과를 졸업하고 도쿄제국대학 영문과에 문부성 장학생으로 입학.

1891년 영어 실력을 인정받은 소세키는 J. M. 딕슨 교수의 부탁으로 일본의 고전인 가마쿠라 시대의 수필 『호조키(方丈記)』를 영어로 번역함.

1892년 징병을 피하려고 친가로부터 분가하여 본적을 홋카이도로 옮김.

도쿄전문학교(현재의 와세다대학)의 강사가 됨.

논문 「노자의 철학」을 쓰고, 〈철학 잡지〉의 편집 위원이 됨.

1893년 「영국 시인의 천지산천(天地山川)에 대한 관념」을 대학 문학부 간담회에서 강연한 후, 〈철학 잡지〉에 연재.

도쿄제국대학 영문학과 졸업 후 동 대학원에 입학. 학교에 적을 두고 도쿄고등사범학교(현재의 쓰쿠바대학) 영어 교사로 부임.

1894년 폐결핵 초기 진단을 받고 가마쿠라의 엔카쿠지에서 참선하며 요양을 하게 됨. 이즈음 일본인으로서 영문학을 한다는 것에 위화감을 느끼며 신경 쇠약 증세가 심해짐.

청일 전쟁 발발.

1895년 청일 전쟁이 일본의 승리로 끝남.

신경 쇠약으로 괴로워하던 중 도쿄고등사범학교를 그만두고 마쓰야마중학교(현재의 마쓰야마히가시고등학교)의 영어 교사로 부임. 당시 교장보다 20엔이나 더 많은 월급을 받았던 소세키는 그곳 주민들에게 '80엔 선생'으로 불리며 관심의 대상이 됨. 이후 10일만에 쓴 작품인 『도련님』의 소재를 이곳에서 얻음.

도쿄로 올라와 귀족원 서기관장의 장녀 나카네 교코와 맞선을 보고 약혼.

1896 마쓰야마중학교를 사직하고 제5고등학교(현재의 구마모토대학) 강사로 취임. 이후 교수로 승진함.

나카네 교코와 결혼.

「인생」을 제5고등학교 학우지에 게재.

1897년 부친 사망.

오아마온천을 여행하며 『풀베개』의 영감을 얻음.

1898년 제5고등학교 학생으로 소세키의 문하생이 된 수필가 데라다 도라히코에게 하이쿠를 지도함. 도라히코는 훗날 『나는 고양이로소이다』에 나오는 이학사 간게쓰의 모델로 알려짐.

1899년 구마모토의 아소산을 여행하며 『이백십일』의 소재를 얻음.

1900년 문부성으로부터 영어 연구를 위해 2년간 영국으로의 유학을 명령받음.

런던 소재의 유니버시티 칼리지에서 영문학 강의를 청강함.

1901년 『문학론』 집필을 구상하고 귀국할 때까지 저술에 몰두함.

1902년 영일 동맹 체결.

유학비 부족과 영국인들 사이에서 왜소한 신체로 갖게 된 열등감 (소세키의 키는 160cm가 채 되지 않았음), 집필에 대한 과도한 집중 등으로 인해 신경 쇠약이 악화됨. 이 사실이 문부성에 전해지고 귀국 지시를 받아 귀국길에 오름.

1903년 도쿄로 돌아와 제1고등학교와 도쿄제국대학 영문과 강사를 겸임.

신경 쇠약이 재발하고 부인과의 불화로 별거를 시작.

소세키의 문하생이 되길 희망한 대학생들이 자택을 찾는 일이 많아짐.

수채화를 배우기 시작.

1904년 러일 전쟁 발발.

메이지대학 강사를 겸임.

『나는 고양이로소이다(吾輩は猫である)』의 주인공이 된 고양이 한 마리가 집으로 들어왔으며, 이해 12월 정신적 안정을 위해 첫 작품 『나는 고양이로소이다』를 쓰기 시작함.

1905년 잡지 〈호토토기스〉에 발표한 『나는 고양이로소이다』가 호평을 받으며 총 11회에 걸친 장편으로 연재를 이어감. 이로 인해 작가로 살아갈 뜻을 굳힘.

러일 전쟁이 일본의 승리로 끝남.

1906년 〈호토토기스〉에 『도련님(坊っちゃん)』을, 〈신쇼세쓰(新小說)〉에 『풀베개』를 발표.

제자들의 자택 방문이 잦아 창작 활동이 어려워진 소세키가 문하생들의 방문을 '목요일 오후 3시'로 정하게 도고, 이후 이 모임은

'목요회'로 불리게 됨.

요미우리신문사에서 입사 의뢰가 들어왔으나 거절.

1907년 〈호토토기스〉에 『태풍(野分)』을 발표.

제1고등학교와 도쿄제국대학 강사를 사임하고 아사히신문사에서 소설을 쓰는 전속 작가로 입사.

『문학론』출간.

도쿄 우시고메 구 와세다미나미초로 이사한 후 '소세키산방'이라고 불린 이 집에서 죽을 때까지 거주함.

『우미인초(虞美人草)』를 〈아사히신문〉에 연재.

1908년 〈아사히신문〉에 『갱부(坑夫)』, 『몽십야(夢十夜)』, 『산시로(三四郎)』를 연재.

『나는 고양이로소이다』의 모델이 되었던 고양이 사망 소식을 친구들에게 전함.

1909년 『문학평론』출간.

〈아사히신문〉에 『그 후(それから)』연재.

남만주철도주식회사 총재였던 친구 나카무라 제코의 초대로 만주와 한국을 여행한 후, 기행문 『만한 이곳저곳(滿韓ところどころ)』을 연재.

1910년 한국이 일본에 강제로 합병됨.

〈아사히신문〉에 『문(門)』을 연재.

『문』탈고 후 위궤양 진단을 받고 입원. 이후 요양 차 슈젠지 온천에 갔으나 다량의 피를 토하고 30분간 인사불성의 위독한 상태에 빠짐. 이 체험을 바탕으로 『생각나는 일들(思い出す事など)』을 연재.

1911년 문부성으로부터 문학박사 칭호를 수여한다는 통지를 받으나 거절함.

아사히신문사의 의뢰로 간사이(關西) 지방에서 '현대 일본의 개화' 등을 강연.

아사히신문사에 사표를 냈으나 반려됨.

1912년 〈아사히신문〉에 『춘분 지나고까지(彼岸過迄)』, 『행인(行人)』을 연재.

메이지 천황 사망.

1913년 신경 쇠약과 위궤양이 재발하고 악화되어 자택에서 요양.

1914년 〈아사히신문〉에 『마음』 연재.

가쿠슈인(學習院)에서 '나의 개인주의'라는 주제로 강연.

1915년 『유리문 안에서(硝子戶の中)』와 자전적 소설인 『한눈팔기(道草)』 연재.

이해 11월 아쿠타가와 류노스케, 구메 마사오가 처음으로 목요회에 참가하고, 이들은 소세키의 마지막 문하생이 됨.

1916년 아쿠타가와 류노스케가 쓴 『코(鼻)』를 격찬함.

위궤양 내출혈로 위독한 상태에 빠진 후 12월 9일 사망.

12월 28일, 도쿄 도시마 구에 있는 조시가야 묘지(『마음』에서 나오는 인물 K가 묻힌 장소)에 안장됨.

〈아사히신문〉에 연재하고 있던 『명암(明暗)』은 미완성으로 중단되고 이듬해 1월에 출간됨.

1918년 소세키의 문하생 중 한 명이었던 이와나미 시게오가 설립한 이와나미서점에서 최초로 『나쓰메 소세키 전집』이 출간됨.

나쓰메 소세키 본명은 나쓰메 긴노스케(金之助)로, 서양 문명이 들어오면서 일본이 근대 국가로 급격히 전환한 메이지유신이 일어나기 바로 전인 1867년 에도(지금의 도쿄)에서 태어났다. 그는 태어나자마자 양자로 보내졌다가 9세 때 양부모가 이혼하면서 다시 본가로 돌아오는 등의 불안정한 유년기를 보냈다. 영문학을 전공하고 1900년 당시 서양 문명의 정점에 있던 런던으로 유학을 떠난 소세키는 2년간의 유학 생활에서 불안과 고독, 신경 쇠약이라는 고통을 겪으며 인간을 고립시키고 불안하게 만드는 문명의 정체를 느꼈다. 그런 서양을 흉내 내는 데 급급한 일본의 실상을 보며 그는 근대 문명에 대한 비판적 정신을 문학관으로 확립하게 된다. 귀국 후, 고양이의 눈을 통해 세상과 인간 군상을 풍자한 첫 작품 『나는 고양이로소이다』를 발표하여 호평을 받았고, 1906년에는 『도련님』, 『풀베개』를 연달아 발표하였고, 이듬해 아사히신문사의 전속 소설가가 되어 영면할 때까지 10여 년 동안 『갱부』, 『몽십야』, 『산시로』, 『그 후』, 『문』, 『행인』, 『마음』, 『한눈팔기』 등을 남기며 일본 근대 문학을 대표하는 작가가 되었다.

장현주 인천대학교에서 일어일문학을 공부한 뒤, 일본으로 건너가 분쿄대학교와 대학원에서 일본 문학을 전공했고 연구생으로 있었다. 지금은 번역 및 외서 기획을 하고 있으며, 옮긴 책으로는 『IQ210 김웅용 – 평범한 삶의 행복을 꿈꾸는 천재』, 『살아갈 힘』, 『마음』 등이 있다.

클래식 보물창고에는
오랜 세월의 침식을 견뎌 낸
위대한 세계 문학 고전들이 총망라되어 있습니다.
세대와 시대를 초월하여 평생을 동반할 '내 인생의 책'을
〈클래식 보물창고〉에서 만나 보세요.

1. 이상한 나라의 앨리스 루이스 캐럴 지음 | 황윤영 옮김

특유의 유쾌한 상상력과 말놀이, 시적인 묘사와 개성적인 캐릭터, 재치 넘치는 패러디와 날카로운 사회 풍자로 아동청소년문학사와 영문학사에 큰 획을 그은 루이스 캐럴의 환상동화.
★BBC 선정 영국인 애독서 100선 ★학교도서관사서협의회 추천도서

2. 키다리 아저씨 진 웹스터 지음 | 원지인 옮김

서간문이라는 독특한 형식과 소녀적 감성이 결합된 성장기이자 로맨스 소설! 20세기 초 사회의 모순을 고발하고 개혁을 주장했던 진보적인 사상은 페미니즘 문학으로서의 의미를 더한다.
★학교도서관사서협의회 추천도서

3. 보물섬 로버트 루이스 스티븐슨 지음 | 민예령 옮김

인간이 가진 절대적인 선과 악을 그린 세계 최초의 해양모험소설. 영국 빅토리아 시대의 흥미진진한 꿈과 낭만을 대변하는 동시에 선악의 경계를 아슬아슬하게 줄타기하는 인간의 욕망을 고찰한다.
★BBC 선정 영국인 애독서 100선 ★미국대학위원회 SAT 권장도서

4. 노인과 바다 어니스트 헤밍웨이 지음 | 민예령 옮김

헤밍웨이 문학의 총 결산이자 미국 현대문학의 중추로 일컬어지는 걸작. 생애의 모든 역경을 불굴의 투지로 부딪쳐 이겨 내는 인간의 모습을 하드보일드한 서사 기법과 절제미가 돋보이는 문체로 형상화했다.
★노벨 문학상 수상작가 ★퓰리처상 수상작 ★노벨연구소 선정 세계문학 100선
★대학수학능력시험 출제 작품

5. 하늘과 바람과 별과 시 윤동주 지음 | 신형건 엮음

우리나라 사람들이 가장 많이 애송하는 '민족 시인' 윤동주의 문학 세계를 엿볼 수 있는 시와 산문을 한데 모았다. 시대의 아픔을 성찰하며 정면으로 돌파하려 한 저항 정신은 물론이고 인간 윤동주의 맨얼굴을 만날 수 있다.
★연세대 필독도서 200선

6. 봄봄 동백꽃 김유정 지음

어려운 현실을 풍자와 해학으로 극복한 한국 근대소설의 정수, 김유정의 대표작을 모았다. 원전을 충실하게 살려 아름다운 우리말을 풍요롭게 담고, 토속적 어휘는 풀이말을 달아 이해를 도왔다.

7. 거울 나라의 앨리스 루이스 캐럴 지음 | 황윤영 옮김

『이상한 나라의 앨리스』보다 한층 탄탄해진 구성과 논리적인 비유를 통해 보다 깊고 넓어진 재미와 감동을 선사하는 후속작. 현실 속의 정상과 비정상, 논리와 비논리, 의미와 무의미의 경계를 고찰한다.
★BBC 선정 영국인 애독서 100선 ★명사 101명이 추천한 파워클래식 ★학교도서관사서협의회 추천도서

8. 변신 프란츠 카프카 지음 | 이옥용 옮김

현대인의 고독과 불안을 그림으로써 20세기 실존주의 문학의 발전에 커다란 영향을 끼친, 20세기 문학계에서 가장 난해한 '문제작가'로 꼽히는 프란츠 카프카의 대표작을 모았다. 원전에 충실한 번역으로 특유의 문체가 지닌 묘미를 만끽할 수 있다.
★서울대 권장도서 100선 ★연세대 필독도서 200선 ★미국대학위원회 SAT 권장도서

9. 오즈의 마법사 L. 프랭크 바움 지음 | 최지현 옮김

영화, 뮤지컬, 온라인 게임 등 다양한 장르로 재생산되어 지구촌 대중문화를 견인함으로써 문화 콘텐츠가 가지는 파급력의 정도를 생생하게 보여 주는 세기의 고전. 짜릿한 모험담 속에 담긴 치유의 기운이 마법 같은 순간을 선물한다.

★학교도서관사서협의회 추천도서

10. 위대한 개츠비 F. 스콧 피츠제럴드 지음 | 민예령 옮김

미국 현대 문학의 거장으로 꼽히는 F. 스콧 피츠제럴드의 대표작. 미국에서만 한 해 30만 부 이상 팔리는 스테디셀러로, 재즈 시대를 살았던 젊은이들의 욕망과 물질문명의 싸늘한 이면을 담아 낸 명실공히 미국 현대 문학의 최고작.

★〈타임〉지 선정 100대 영문 소설   ★미국대학위원회 SAT 권장도서
★〈뉴스위크〉지 선정 100대 명저   ★BBC 선정 꼭 읽어야 할 책

11. 오 헨리 단편선 오 헨리 지음 | 전하림 옮김

평범한 소시민의 일상과 삶의 애환을 따뜻한 시선으로 그린 오 헨리 문학의 정수로 손꼽히는 작품을 모았다. 인도주의적 가치관 위에 부조된 작가적 개성의 특출함을 만끽할 수 있다.

12. 셜록 홈즈 걸작선 아서 코난 도일 지음 | 민예령 옮김

세기의 캐릭터와 함께 펼치는 짜릿한 두뇌 게임. 치밀한 구성과 개연성 있는 전개, 호기심을 자극하는 독특한 설정이 포진되어 있음은 물론, 추리의 과정부터 카타르시스가 느껴지는 결말이 펼쳐져 있는 매력적인 소설.

13. 소공자 프랜시스 호즈슨 버넷 지음 | 원지인 옮김

사랑의 입자를 뭉쳐 만들어 놓은 것 같은 캐릭터를 통해 사랑의 선순환을 형상화한 소설. 순수한 직관과 무한한 잠재력을 지닌 동심의 세계를 느낄 수 있다.

14. 왕자와 거지 마크 트웨인 지음 | 황윤영 옮김

대중성과 작품성을 겸비해 '미국 현대문학의 아버지'로 평가받는 마크 트웨인의 대표작으로 '뒤바뀐 신분'이라는 숱한 드라마의 원조 격인 소설. 부조리하고 불합리한 사회상에 대한 날카로운 비판과 통쾌한 풍자 속에 역사적 지식과 상상력을 담아 냈다.

15. 데미안 헤르만 헤세 지음 | 이옥용 옮김

자신의 내면세계를 향해 고집스럽게 걸음을 옮긴 주인공 싱클레어의 성장을 그린 영원한 청춘의 성서. 철학, 종교, 인간을 끊임없이 탐구했던 작가의 깊이 있는 시선과 인간 내면의 양면성에 대한 치밀한 묘사가 시선을 사로잡는다.

★노벨 문학상 수상 작가

16. 말괄량이와 철학자들 F. 스콧 피츠제럴드 지음 | 김율희 옮김

재즈 시대의 자유분방한 젊은이들의 풍속도를 그린 F. 스콧 피츠제럴드의 소설집. 1920년대 고동치는 젊은이의 맥박을 생생하게 전달했다는 평가를 받는 작품들을 모았다.

17. 벤자민 버튼의 시간은 거꾸로 간다 F. 스콧 피츠제럴드 지음 | 김율희 옮김

70세의 노인으로 태어나 결국 태아 상태가 되어 삶을 마감하는 벤자민 버튼의 일생을 그린 환상소설을 비롯해 『위대한 개츠비』의 전신이라고 할 수 있는 F. 스콧 피츠제럴드의 작품들을 모았다. 실험적이고 혁신적인 화법으로 생생하게 형상화한 재즈 시대를 만끽할 수 있다.

18. 이방인 알베르 카뮈 지음 | 이효숙 옮김

출간과 동시에 하나의 사회적 사건으로까지 이야기된 알베르 카뮈의 대표작. 부조리하고 기계적인 시스템 속에서 인간이 부딪치게 되는 절망적 상황을 짧고 거친 문장 속에 상징적으로 담아낸, 작품 자체가 '이방인'인 소설.

★노벨 문학상 수상 작가 ★노벨연구소 선정 세계문학 100선 ★미국대학위원회 SAT 권장도서

19. 크리스마스 캐럴 찰스 디킨스 지음 | 김율희 옮김

영국의 대문호 찰스 디킨스의 작가 정신과 개성이 고스란히 담겨 있는 대표작. 19세기 영국 사회의 구조적 모순과 크리스마스 정신, 인간성의 회복을 그린 영원한 고전이자 크리스마스의 상징이 되어 버린 소설.

★BBC 선정 영국인 애독서 100선 ★학교도서관사서협의회 추천도서

20. 이솝 우화 이솝 지음 | 민예령 옮김

2,500년 동안 이어져 온 삶의 지혜와 철학을 담은 인생 지침서이자 최고(最古)의 고전! 오랜 세월 인류가 축적해 온 지식과 철학이 함축되어 있으며 남녀노소 누구나 읽을 수 있는 인류의 고전이라 할 수 있다.

21. 수레바퀴 아래서 헤르만 헤세 지음 | 함미라 옮김

작가의 자전적 경험이 녹아들어 있는 헤르만 헤세의 대표적인 성장소설. 총명한 한 소년이 개인의 자유와 개성을 억압하는 딱딱한 교육 제도와 권위적인 기성 사회의 벽에 부딪혀 비극으로 치닫는 이야기를 섬세하게 그리고 있다.

★노벨 문학상 수상 작가 ★서울대 선정 고전 200선 ★국립중앙도서관 청소년 권장도서

22. 너새니얼 호손 단편선 너새니얼 호손 지음 | 한지윤 옮김

『주홍 글자』로 유명한 호손은 에드거 앨런 포, 허먼 멜빌과 더불어 미국 낭만주의 문학의 3대 거장으로 꼽힌다. 이 책은 45년간 우리나라 교과서에 실리기도 했던 『큰 바위 얼굴』을 비롯해 호손 문학의 대표 단편소설 11편을 실었다.

23. 에드거 앨런 포 단편선 에드거 앨런 포 지음 | 황윤영 옮김

『검은 고양이』, 『모르그 거리의 살인 사건』 등으로 유명한 에드거 앨런 포는 미국 낭만주의 문학의 거장이자 단편문학의 시조이며 추리 소설의 창시자이기도 하다. 기괴하고 환상적인 소재를 통해 인간 내면의 광기와 복잡한 심리를 치밀하게 형상화했다.

★미국대학위원회 SAT 권장도서 ★노벨연구소 선정 세계문학 100선

24. 필경사 바틀비 허먼 멜빌 지음 | 한지윤 옮김

장편소설 『모비 딕』의 작가 허먼 멜빌은 에드거 앨런 포, 너새니얼 호손과 함께 미국 낭만주의 문학의 3대 거장으로 꼽힌다. 정체불명의 필경사 바틀비의 '선호하지 않는' 태도와 철학은 갑갑한 현실 속에서 우리에게 깊은 공감과 위로를 이끌어 낸다.

★미국대학위원회 SAT 권장도서

25. 1984 조지 오웰 지음 | 전하림 옮김

『멋진 신세계』, 『우리들』과 더불어 세계 3대 디스토피아 소설로 불리는 걸작으로, 가공의 국가 오세아니아의 전체주의 지배하에서 인간의 존엄을 지키고자 했던 한 인물이 파멸되어 가는 과정을 그렸다. 오늘날에도 여전히 유효한 이 작품 속 경고는 시간이 지날수록 그 힘이 더욱 강력해지고 있다.

★〈뉴스위크〉지 선정 세계 100대 명저 ★〈타임〉지 선정 '20세기 최고의 책 100선'
★노벨연구소 선정 세계문학 100선 ★〈모던 라이브러리〉 선정 '20세기 100대 영문학'

26. 걸리버 여행기 조너선 스위프트 지음 | 김율희 옮김

풍자 문학의 거장 조너선 스위프트의 『걸리버 여행기』는 결코 온순하지 않다. 이 작품의 원문은 18세기 영국의 정치와 사회뿐만 아니라 인간의 본성을 신랄하게 풍자하고 있기 때문이다. 이 무삭제 완역본에는 스위프트가 고찰한 인간과 사회를 관통하는 통렬한 아이러니가 고스란히 담겨 있다.

★서울대 선정 고전 200선 ★미국대학위원회 SAT 권장도서
★〈뉴스위크〉지 선정 100대 명저 ★노벨연구소 선정 세계문학 100선

27. 헤르만 헤세 환상동화집 헤르만 헤세 지음 | 이옥용 옮김

헤세의 대표적인 동화 16편이 실린 작품집으로, 자기 발견과 자아실현을 위한 갈등과 모색을 독창적이면서도 환상적으로 표현했다. 또한 난쟁이, 마법사, 시인 등 신비로운 인물들과 천일야화, 중국과 인도의 민담, 신화 등 초자연적이면서도 경이로운 이야기들이 다채롭게 펼쳐진다.

★노벨 문학상 수상 작가

28. 별 마지막 수업 알퐁스 도데 지음 | 이효숙 옮김

특유의 시적 서정성과 감수성으로 19세기 말 프랑스의 정취를 그려 낸 작가 알퐁스 도데의 단편 소설을 모았다. 그의 대표작 「별」부터 전쟁의 비극을 감동적으로 풀어 낸 「마지막 수업」까지 알퐁스 도데의 진면목을 만끽할 수 있는 작품 15편이 들어 있다.

29. 피터 팬 제임스 매튜 배리 지음 | 원지인 옮김

연극, 뮤지컬, 영화 등으로 재탄생되며 100년이 넘는 세월 동안 전 세계 사람들의 사랑을 받아 온 '영원히 늙지 않는' 고전! 어른이 되지 않는 '피터 팬'과 어른이 없는 나라 '네버랜드'를 탄생시키과 동시에 '피터 팬 신드롬'이라는 말을 낳으며 동심의 상징이 되었다.

30. 제인 에어 샬럿 브론테 지음 | 한지윤 옮김

『폭풍의 언덕』과 함께 '브론테 자매'의 걸작으로 손꼽히는 샬럿 브론테의 대표작으로, 어린 나이에 홀로 고난과 역경을 이겨 내고 오로지 '열정'으로 나이와 신분을 뛰어 넘어 사랑을 쟁취하는 여성, 제인 에어의 삶과 사랑을 자서전 형식으로 그려 냈다.

★미국대학위원회 SAT 권장도서 ★BBC 선정 영국인 애독서 100선 ★연세대 필독도서 200선

31. 폭풍의 언덕 에밀리 브론테 지음 | 황윤영 옮김

에밀리 브론테가 남긴 유일한 소설로, 주인공의 광기 어린 사랑과 복수를 통해 인간 내면의 세계와 본질을 그려 냄으로써 오늘날 세계 10대 소설, 영문학 3대 비극으로 꼽히는 걸작이다.

★미국대학위원회 SAT 권장도서 ★〈옵저버〉지 선정 '가장 위대한 소설 100'
★피터 박스올 〈죽기 전에 읽어야 할 1001권의 책〉 선정도서

32. 젊은 베르테르의 슬픔 요한 볼프강 폰 괴테 지음 | 함미라 옮김

독일 문학사를 일거에 드높였다는 평을 받는 세계적인 문호 요한 볼프강 폰 괴테가 젊은 시절의 체험을 바탕으로 써 내려간 자전적 소설. 찬란하지만 위태로운 젊음의 이면성을 격정적인 한 젊은이를 통해 그려 냈다.

★피터 박스올 〈죽기 전에 읽어야 할 1001권의 책〉 선정도서

33. 바스커빌가의 개 아서 코난 도일 지음 | 한지윤 옮김

〈셜록 홈즈〉 시리즈 사상 최악의 적수와 벌이는 사투가 팽팽한 긴장감을 자아내며 끝까지 숨 쉬는 것도 잊게 만들 정도로 독자들을 사로잡는다. 독자들과 평론가 양쪽 모두에게 그 어떤 작품보다도 뛰어나다는 평가를 받아 온 아서 코난 도일의 대표작.

34. 헤르만 헤세 시집 헤르만 헤세 지음 | 이옥용 옮김

소설 『수레바퀴 아래서』와 『데미안』, 『유리알 유희』 등으로 꾸준한 사랑받고 있는 독일 문학의 거장 헤르만 헤세의 대표 시 105편을 묶었다. 통일과 조화를 꿈꾸며 화합하는 삶을 살고자 한 헤세의 고뇌를 엿볼 수 있다.

★노벨 문학상 수상 작가

35. 인간 실격 다자이 오사무 지음 | 김아영 옮김

'내면적 진실의 정신적 자서전'이자 '문학 형태의 유서'이며, '자화상'이라고 평가받는 다자이 오사무의 대표작으로, 인간에 대한 불신과 그로 인한 소외감과 죄악감으로 몸부림치다 세상에서 연약하게 무너질 수밖에 없었던 한 사람의 고백서이다.

★〈뉴욕 타임스〉지 선정 일본문학

36. 월든 헨리 데이비드 소로 지음 | 김율희 옮김

인간과 자연에는 신성이 내재되어 있다고 보고 정신적 삶을 지향했던 미국 초월주의 사상가 소로의 정수가 담긴 『월든』은 지나친 물질주의 속에서 거칠고 가난해진 정신을 지닌 현대인들에게 삶을 자유롭고 충만하게 사는 방법을 깨우쳐 준다.

★미국대학위원회 SAT 권장도서

37. 싯다르타 헤르만 헤세 지음 | 이옥용 옮김

불교의 교리를 창시한 석가모니와 같은 시대를 살았던 브라만 계층의 청년 싯다르타의 자아실현 과정을 담은 성장소설이다. 제1차 세계 대전 이후 전쟁의 상처를 어루만진 헤르만 헤세만의 동양 사상은 오늘날까지 주체적이고 실존적인 길을 제시한다.

★노벨 문학상 수상 작가

38. 호두까기 인형 E.T.A 호프만 지음 | 함미라 옮김

카프카와 함께 '환상적 사실주의'의 대표적인 작가이자 독일 낭만주의 사조에서 중요한 위치를 차지하는 호프만의 동화소설로, 꿈과 환상의 세계를 평범한 일상과 뒤섞어 놓은 독특한 서술 기법은 그로테스크한 긴장감과 함께 마술적인 시공간으로 독자들을 인도한다.

39. 정글 북 러디어드 키플링 지음 | 원지인 옮김

영어권 문학의 최초이자 최연소 노벨 문학상 수상 작가 러디어드 키플링의 대표작이다. 독창적인 상상력과 이야기를 다루는 키플링의 탁월한 재능은 인간 사회보다 더 인간미 넘치는 정글의 세계를 그려냄으로써 고전으로 자리매김했다.

★노벨 문학상 수상 작가

40. 마음 나쓰메 소세키 지음 | 장현주 옮김

일본의 국민 작가 소세키가 말년에 쓴 대표작으로, 일본 내에서만 1,000만 부 이상 판매될 만큼 뛰어난 작품성을 인정받았다. 100년 전에 쓰였음에도 불구하고 인간 본성에 대한 통렬한 진실은 시대를 초월한 독창성과 함께 지금을 살아가는 우리의 고뇌를 비추며 보편성을 얻고 있다.

★서울대 권장도서 100선

*'클래식 보물창고'는 끝없이 이어집니다.